过 士 行 剧 作 选

厕　所

中 华 书 局

图书在版编目(CIP)数据

过士行剧作选:厕所/过士行著. —北京:中华书局,2015.4
ISBN 978-7-101-10405-9

Ⅰ.过… Ⅱ.过… Ⅲ.话剧剧本–中国–当代 Ⅳ.I234

中国版本图书馆 CIP 数据核字(2014)第 210815 号

书　　名	过士行剧作选:厕所
著　　者	过士行
责任编辑	何　龙
出版发行	中华书局
	(北京市丰台区太平桥西里 38 号　100073)
	http://www.zhbc.com.cn
	E-mail:zhbc@zhbc.com.cn
印　　刷	北京天来印务有限公司
版　　次	2015 年 4 月北京第 1 版
	2015 年 4 月北京第 1 次印刷
规　　格	开本/920×1250 毫米　1/32
	印张 12⅝　字数 240 千字
印　　数	1–3000 册
国际书号	ISBN 978-7-101-10405-9
定　　价	65.00 元

目　录

附录

坏话一条街

人物表

耳　聪——女，民谣搜集者。

目　明——男，游客。

花白胡子。

童　男。

童　女。

神秘人。

女清洁工。

郑大妈。

媳妇。

居民甲、乙、丙、丁。白大褂两人。

群众越多越好。

〔这是北方的一条普通街道——槐花街。远处是鳞次栉比的新楼房，有的楼房的阳台上开着盆栽的各色花木。

〔那些火红的石榴花格外惹眼。

〔槐花街的几棵老槐树全部是光秃秃的枝丫，上面满是被风吹上去的白色塑料袋。灰色的砖房和这些老树很是般配，它们的身上都显出岁月的痕迹。

〔街角是一个电话亭，招牌上写着：国内国际长途直拨。

〔花白胡子坐在亭子里看报。

〔童女在亭子前踢毽子。

〔一个外地人模样的女清洁工把垃圾扫进街旁的沟眼里。

童　　女　（边踢毽子边念）一个毽儿踢吧啦踢，马蔺开花二十一。二八二五六，二八二五七，二八二九三十一。

花白胡子　（念报）做女人挺好。（恍然大悟，挺起胸）做女人挺好！

〔女清洁工向花白胡子嫣然一笑。

花白胡子　你怎么又往沟眼里扫？你就不怕下雨堵了？

清洁女工　会有人掏的。（边扫地边下）

花白胡子　哼！外地人，干什么都偷懒。过去扫街的都是起五更……

〔电话铃响。

花白胡子　（拿起电话）什么？餐厅？不对，什么餐厅，我是厕所！（挂断电话）

〔童男一边拉着裤子的拉链一边从电话亭后边走出来。

花白胡子　成心，是吧？

童　　男　没撒。拉链坏啦。

花白胡子　赶紧回家，憋着可不行。（电话铃又响，拿起电话）我

3

是厕……什么？一男一女？没见着呀。你哪儿呀？这电话费……（挂上电话）

〔耳聪上。

耳　聪　大爷，你是这地方的老住户吗？

花白胡子　是呀，你是干什么的？

耳　聪　（掏出一个小录音机）我是……

花白胡子　推销？

耳　聪　不是，我是来搜集民谣的。

花白胡子　什么叫民谣？

耳　聪　就是民间的谣……

童　男　谣言。

花白胡子　谣言？

童　女　不是，是歌谣。

耳　聪　对啦。小朋友说对啦。

花白胡子　你搜集它干什么？

耳　聪　爱好，嘿嘿，爱好。

花白胡子　（将信将疑地）光是爱好吗？

耳　聪　真的，不骗你。

花白胡子　什么你你的，没点儿规矩。

耳　聪　不就一个代词嘛，您，行不？

花白胡子　你背一段歌谣我听听，听完了，兴许我能给你凑不少。

耳　聪　背哪段好呢？

〔目明背着一架望远镜上。

目　明　老先生，请问这里是槐花街吗？

童　男　是。

4

童　女　是。

目　明　终于到了。(用望远镜对准槐树) 啊,已经开了。

花白胡子　什么开啦?

目　明　槐花。当然是槐花啦。

花白胡子　什么眼神呀!

目　明　我这是第一次看槐花,它的花朵好大呀!

童　女　那是塑料袋。

目　明　我不相信,塑料袋怎么会上树呢?

童　男　风刮的。

目　明　你们仁慈些好不好,就说它是,不行吗?

童　女　没开就是没开。

花白胡子　你们别吵吵啦,那姑娘……

耳　聪　我叫耳聪。

花白胡子　好,你就背段吧。

耳　聪　说起槐花,我就背段槐花的吧。

目　明　你要背槐花?

　　　　〔耳聪打量了目明一眼。

目　明　我叫目明,是专程来看槐花的。

耳　聪　我不是,我是来搜集民谣的。

花白胡子　你倒是背不背?

耳　聪　我背:

　　　　高高山上一树槐,

　　　　手扒槐丫望郎来。

　　　　娘问女儿望什么?

　　　　女望槐花几时开。

〔童女和童男为耳聪做着夸张的歌伴舞动作。

目　明　槐花还是没有开。为什么槐花都不开了呢?

耳　聪　其实这首歌谣说的不是槐花。

目　明　说的是女儿。可槐花呢?

童　女　不对,说的是狼。

耳　聪　小朋友真聪明。这首歌谣多妙呀。女儿为什么不把她望什么告诉母亲呢?

童　男　怕她妈害怕。

耳　聪　害怕?

童　男　因为她妈老了,跑得慢。

耳　聪　这是一个中国妈妈,不是外国妈妈,她不会去和女儿抢一个郎的。

童　女　可是她会被吃掉的。

耳　聪　怎么? 郎还吃人吗? 你们以为是什么郎?

目　明　什么狼?

耳　聪　情郎。

童　女　情郎不吃人吗?

花白胡子　谁说的,那拆白党能白忙活吗?

耳　聪　什么叫拆白党?

〔神秘人上。看见耳聪和目明,止步。掏出手机拨号。

〔电话亭里铃声响起。

花白胡子　(拿起电话) 喂?

神秘人　你为什么不说实话?

花白胡子　哪跟哪呀。

神秘人　你不是说没看见一男一女吗?

花白胡子　呦！他们刚来。你看见了还问我干吗？（挂断电话）

　　　　　〔神秘人收起手机，藏在树后。

花白胡子　连拆白党都不知道，还搜集民谣？

耳　聪　知道拆白党就知道民谣呀？

花白胡子　书到用时方恨少，钱逢花处不嫌多。

耳　聪　那就请你这个拆白党专家背段歌谣吧。

花白胡子　这话怎么不那么顺耳呀。

目　明　忠言逆耳。

花白胡子　是吗？（电话铃声。花白胡子拿起电话）

神秘人　（从树后探出头来，对着手机叫）赶快背给他们听。

花白胡子　这不正要背嘛，哎，你是谁呀？有本事你出来。（挂
　　　　　断电话）

　　　　　〔神秘人收起手机。

花白胡子　我也给你背段花儿的。

目　明　是槐花的吗？

花白胡子　你是养蜂的呀？干吗非死认一种，这又不串味儿。

耳　聪　您就快背吧。（打开录音机）

花白胡子　什么开花节节高，什么开花猫着个腰，什么开花无
　　　　　人见，什么开花一嘴毛……

童男、童女　（抢着背）芝麻开花节节高，棉花开花猫着个腰，藤
　　　　　子开花无人见，玉米开花一嘴毛。喜鹊穿青又穿白，
　　　　　乌鸦穿出皂靴来，野鸡身披十样锦，鹗丽儿身披麻布
　　　　　口袋……

花白胡子　我问你们下边儿了吗？碍喜鹊什么事呀？

耳　聪　（关掉录音机）他们背得很有趣。

花白胡子　这叫刨活。

耳　聪　这里的语言真丰富，您知道哪儿卖电池吗？

花白胡子　往前，一拐弯儿。

目　明　您知道哪儿还有槐树吗？

花白胡子　往前，一拐弯儿。

〔耳聪、目明往远处走。

童　女　锛儿头，锛儿头，下雨不发愁，人家打雨伞，她打大锛儿头。

目　明　(向耳聪) 说你呢。

耳　聪　你别多事。

童　男　大秃子有病二秃子瞧，三秃子买药四秃子熬，五秃子捡板儿六秃子钉，七秃子抬，八秃子埋，九秃子哭着走过来，十秃子问，怎么啦？我们家死了个秃乖乖。

耳　聪　说你呢。

目　明　我耳朵不聋。

〔耳聪和目明下。

〔神秘人疾步从树后走出，来到花白胡子身旁。

花白胡子　吓我一跳。

神秘人　他们还说了些什么？

花白胡子　你是干什么的？警察？(神秘人摇头) 法院的？(神秘人摇头) 那你是干什么的？

神秘人　我知道你为什么要这样猜我。如今这两行有些白玉微瑕。有人不是讽刺他们——大壳帽，两头尖，吃完原告吃被告吗？

花白胡子　谁这么废物呀？两头尖，您可吃不着原告和被告。

8

神秘人　为什么吃不上？

花白胡子　您辙口不对。

神秘人　那两头尖就什么也吃不上了吗？

花白胡子　您让我想想，活人还能让尿憋死？有了，两头尖，您
　　　　　吃完鹿茸吃鹿鞭。

神秘人　容易上火。

童　男　吃完铁球吃铁锨。

童　女　吃完鬼子吃汉奸。

神秘人　不能胡吃。说，怎么才能吃上原告和被告呢？

花白胡子　您还是想吃？

神秘人　不是我想吃，是看看用什么辙。

花白胡子　那您得给帽子动手。

神秘人　我让你给辙口改改。

花白胡子　是呀，那您也得在帽子上想办法。您不会把它窝一
　　　　　窝，两头翘，您不就吃完原告吃被告了吗？

神秘人　对对，原来也是这句话，我记错了。就能吃这些吗？

花白胡子　还得有吧，要不您吃完中药吃西药？吃完麻药吃炸药？

神秘人　他们回来了。

　　　　　〔耳聪和目明上。

花白胡子　你是干什么的？干吗老跟着人家？

神秘人　我还是暂时回避的好。

花白胡子　那电话是你打的吧？交钱。

　　　　　〔神秘人做了个待会儿见的手势，下。

童　女　你们看到槐花了吗？

目　明　没有。一个也没有。

耳　聪　是一朵也没有。

目　明　对,一朵也没有。

童　男　已经好几年没有了。

目　明　今年一定会有的。你们这条街上有没有临时的空房?
　　　　我住几天。

童　男　六号有空房。

童　女　他说的是郑大妈。

耳　聪　还有吗? 我也想住几天。

花白胡子　你们想住她家?

目　明　怎么啦?

花白胡子　没事。

耳　聪　她住她的,我住我的,没有什么不妥的吧?

花白胡子　跟她打交道,没有全须全尾儿的。

目　明　还有没有别的院子? 要是有,我住别的房子也行。

花白胡子　还真没有啦。

耳　聪　这郑大妈有什么不好?

花白胡子　惹不起。

目　明　我们不惹她。

花白胡子　就怕你们惹不起也躲不起。

耳　聪　到底她怎么啦?

花白胡子　没怎么,人家有房呀。

目　明　反正就住几天,也不会有什么大事。

耳　聪　说不定,她还会不少民谣呢。

目　明　我们去看看。

　　　　　〔目明和耳聪来到六号院,叩门。门不开。

10

童　男　(跑过来) 老太太,真奇怪,上窗台儿,啃白菜,到了夏天好凉快!

　　　　〔门突然开了,童男迅速藏到一棵树后。

　　　　〔一个风韵犹存的妇女满脸怒容地出了大门。

目　明　对不起,不是我骂的。

郑大妈　小兔崽子。

耳　聪　不是他骂的。

郑大妈　我不是说你们。这些孩子有人挑唆,整天无事生非。

　　　　(欲关门)

目　明　大妈,我想在您这里借住几天,房钱照付。

耳　聪　要是有空房,我也想住几天。

郑大妈　(看了一眼电话亭) 河边无青草,哪儿来的多嘴驴,谁告诉你们的?

耳　聪　是,我们随便问问,要是没有就算了。

郑大妈　空房倒是有两间,你们是哪儿的?

目　明　我是来旅游的。

郑大妈　你怎么不住旅馆?

目　明　我是来看槐花的。你们这里的槐花是出了名的。

郑大妈　好几年不开了,不看也罢。你们是一起的?

耳　聪　不是,我是来搜集民谣的。

郑大妈　幸亏有这姑娘,不然还真不能让你住。

目　明　为什么?

郑大妈　我一孤老婆子,不招惹闲话。

目　明　您可不是老婆子,您也就比我表姐大几岁。

郑大妈　胡说,那我就更得加小心。你表姐多大?

目　明　好几个呢，您问哪个？

耳　聪　费劲，当然是刚才你提的那个。

目　明　那是最大的，五十五。

郑大妈　五十五下山虎，打打太极拳，跳跳拉丁舞。我过了这个岁数。

耳　聪　您真年轻。

郑大妈　有身份证吗？

耳　聪

目　明　有。

郑大妈　进来说吧。

〔暗转。

〔郑大妈的院子。舞台上可以看见三间北房，两间东房，两间南房。房后是街道上的槐树。靠南房还搭出一间厨房，门口有个水管子。

郑大妈　这东房和南房你们挑吧，厕所在胡同一拐弯。孩子们解小手都在那公用电话后边。

目　明　房钱怎么算呢？

郑大妈　回头再说吧，你们看着办。反正也没几天。愿意外头吃就外头吃，嫌外头不干净就跟我一起凑合。

耳　聪　大妈，您一个人住这么多房？

郑大妈　这是退还的私房，孩子们另外有房，不跟我一起住。

目　明　您老伴呢？

郑大妈　没啦。

目　明　去世啦。

郑大妈　没啦，干吗？查户口？

耳　聪　你住哪间？

目　明　你先挑。

耳　聪　我住南房，用水方便。

郑大妈　是南方人吗？

耳　聪　不是。

郑大妈　南方人爱和弄水。

耳　聪　不给您浪费。

郑大妈　你们把房子收拾收拾，我去买点儿菜，晚上就在家吃吧。（出院门）

　　　　〔目明进了东房，耳聪进了南房。

　　　　〔童男和童女跑进了院子。童男扒在东房的窗户上往里看，童女往南房的窗户里看。

童　女　你看见什么啦？

童　男　什么也没看见。你呢？

童　女　不告诉你。

　　　　〔目明和耳聪同时出了房门。

目　明　你们怎么来啦？

耳　聪　你们这是干什么？

　　　　〔童男和童女跑到大门口。

童　男
童　女　对儿虾，对儿虾，一块两毛八。（跑下）

目　明　这么便宜？

耳　聪　他们是在骂人。

目　明　我怎么听不出来。

耳　聪　你对此地的民谣不熟悉。

目　明	用食物来骂人？
耳　聪	对，比如说你糊涂，就说你是白薯。
目　明	这个比喻别的地方也有，说你没用，就说你是饭桶。
耳　聪	饭桶不是食物，是器皿。
目　明	是吧？就别那么严格啦。说你笨，像鸭子。
耳　聪	鸭子是动物。
目　明	动物都是食物。
耳　聪	不如植物更典型。
目　明	那对儿虾是说什么呢？
耳　聪	一对儿。
目　明	一对儿什么？
耳　聪	真是个木头。
目　明	植物？
耳　聪	植物是有生命的，最多只能算作材料。
目　明	到底是一对儿什么？
耳　聪	自己动动脑子。
目　明	我现在有点材料。
耳　聪	什么材料？
目　明	我有点木头。
耳　聪	你不够材料，不告诉你。
	〔郑大妈提着一塑料袋菜进了大门。
郑大妈	刚才有人来吗？
目　明	有两个孩子来过。
郑大妈	有没有一个神神道道的人来过？
耳　聪	没有。

〔郑大妈把菜倒进一个塑料盆，择起菜来。

〔一阵风把塑料袋吹走了。

目　明　槐花就是这样变大的。

郑大妈　你们到底是干什么的？

目　明　我是个游客。

耳　聪　我是来搜集民谣的。

郑大妈　问你们你们也不会告诉我，你们呀，住两天就走吧，别给我惹事。

耳　聪　您到底遇见谁啦？

郑大妈　你们别说出去。

目　明　我们不会的。

郑大妈　有个生人打听你们。

目　明　没印象。

耳　聪　好像是有个人影来着。

郑大妈　那个花白胡子来过吗？

耳　聪　没有。

郑大妈　别让他进来。

目　明　他怎么啦？

郑大妈　不是个正经东西。

目　明　不正经？

郑大妈　他嘴里没好人。

耳　聪　他好像会不少民谣。

郑大妈　那谁不会。

耳　聪　您一定也会不少。

郑大妈　男不养猫，女不养狗。

耳　聪	这是民谣?
郑大妈	是不是的,反正有这么个说法。
耳　聪	您为什么想起这句呢?
郑大妈	那花白胡子就养了个猫。
目　明	为什么不能养?
郑大妈	我也不知道。(把菜洗好,端到厨房)今天给你们烙馅
	儿饼。
	〔剁馅儿的声音。
目　明	花白胡子利用这只猫干过什么坏事?
郑大妈	……晚上叫得疹人。
目　明	花白胡子?
郑大妈	他哪儿有那个底气。
耳　聪	是他的猫?
郑大妈	也不一定都是。反正都奔他那儿集合。(剁馅儿声止)
	你们饿吗? 我和上面,马上就烙。
目　明	大妈,这对儿虾……
郑大妈	对儿虾可吃不起。
目　明	才一块七八。
耳　聪	一块两毛八。
郑大妈	哪儿那么……喔,是孩子起哄吧? 水开啦,你们先喝茶。
	〔郑大妈拿着茶壶茶碗出来。
郑大妈	把房檐下那小桌摆这儿,待会就在这儿吃吧,凉凉快
	快的。
	〔耳聪把小桌搬来,郑大妈把茶倒上。
	〔目明搬来三只小板凳。三个人坐下喝茶。

郑大妈　（唱）小板凳呀摆一排，小朋友们坐上来呀坐上来，皮
　　　　　球积木都摆好呀，大家坐好就开车，轰隆隆隆隆，轰
　　　　　隆隆隆隆——呜儿——

耳　聪　您会儿歌？

郑大妈　那还是孩子们小时候唱的。一晃，人就老了……

耳　聪　孩子们不来看您吗？

郑大妈　孩子们又有了孩子。儿孙自有儿孙福，莫为儿孙做马牛。

目　明　做什么马牛呀，您已经做奶奶啦。

郑大妈　还有外孙子。拉大锯，扯大锯，姥姥家唱大戏，接闺女
　　　　　请女婿，小外孙子也要去……咳，（怅然）小外孙子在
　　　　　哪儿呢？

耳　聪　是呀，孩子们也该来看看呀。

郑大妈　都说这地方的人爱说坏话，怕孩子们学坏了，不让来。

目　明　您就没想过搬走？

郑大妈　你说说，哪儿的人不说人坏话？

耳　聪　听说，外国人就不是这样，光说人好话。

郑大妈　你也别听风就是雨。我倒是听说，外国说人坏话的报
　　　　　纸好卖，说人好话的报纸没人买。

目　明　您去过外国？

郑大妈　外地我都没去过。

耳　聪　那您怎么能断定外国？

郑大妈　好事不出门，坏事行千里。哪国都一样。

耳　聪　这是谚语。

目　明　这地方的人都说人什么坏话呢？

郑大妈　呦，熟啦。（跑进厨房）

目　明	还是外国人有经济头脑，什么都能赚钱。连坏话都能变成钞票。
耳　聪	你别这么自暴自弃的，中国人不为了赚钱。
目　明	那干吗说坏话？
耳　聪	什么都不为。
目　明	那为什么？

〔郑大妈端着一盘馅饼出来。

郑大妈	吃吧，趁热。粥是现成的，我这就盛。（又进厨房）
目　明	你说呀，到底为什么？
郑大妈	（端出两碗粥）什么什么的？吃还堵不上嘴呀？
目　明	我问为什么说坏话不赚钱，还有人说？
郑大妈	不赚钱不就是白说吗？
目　明	为什么要白说呢？
郑大妈	不说白不说呗。
目　明	还是没说。
郑大妈	快吃吧。看凉了。
耳　聪	（咬一口馅饼）真好吃。
郑大妈	那就好，其实这算什么呀。菜都是上了化肥的，兴许还有农药伍的，肉也不一定保险，注水是少不了的，别赶上豆儿猪肉就不错了。
耳　聪	您这么一说，我都不想吃了。
目　明	咳，只要不吃出人肉来……
郑大妈	你还别说，前两年不就是有两个浙江弹棉花的让人给蒸了包子啦吗？
耳　聪	（作呕）我不吃啦。

目　明　吃出棉花来啦？

耳　聪　别说啦！

郑大妈　说点儿别的吧。困难时候我们这胡同儿可抄上了，吃
　　　　不完的槐花。

目　明　坏话？

郑大妈　槐花。把槐花跟棒子面和上，上屉蒸，一条街都是槐
　　　　花香。

耳　聪　一定很好吃。

郑大妈　不能多吃。

目　明　为什么？

郑大妈　吃多了脸发绿。

目　明　那可以做染料嘛。

郑大妈　就你聪明，早就是染料。

耳　聪　附着力怎么样？

郑大妈　好使着哪，脸都能上色，你就甭说别的啦。

目　明　这日子我没赶上。以后也不会再有了。

耳　聪　是呀，现在的人连肉都不愿吃了，谁还吃槐花。

郑大妈　想吃也没有了。

　　　　〔目明掏出望远镜往院外的树上望。

郑大妈　你干吗？

目　明　我看看槐花开了没有？

郑大妈　开啦？

目　明　没有。

郑大妈　你眼神儿不好？

目　明　我想看它的全过程，从绽放蓓蕾，到全部开放，凋谢。

郑大妈　　真是个孩子。

　　　　　〔神秘人改装后上。

神秘人　　(敲门，进院) 查水表。

郑大妈　　你怎么这么面熟呀？

神秘人　　老查，还不熟？

郑大妈　　好像刚才在哪儿见过？

神秘人　　(扫视院子和耳聪) 刚才查别的院儿来着。

郑大妈　　您吃饭啦？

神秘人　　(心不在焉地) 吃完鹿茸吃鹿鞭。

郑大妈　　您有钱，想吃什么就吃什么吧。

　　　　　〔神秘人打开水井盖，查表。

　　　　　〔一阵救护车的笛声，呼啸而过。神秘人脸色大变。

郑大妈　　多少？

神秘人　　二八二九三十一。

郑大妈　　逗咳嗽是吧？

神秘人　　看不清楚。

目　明　　我试试。(用望远镜望井底) 161。

郑大妈　　可不嘛，上回是130，正好三十一。您脑子真好。

神秘人　　(愠怒) 我脑子没任何问题。

郑大妈　　那就麻烦您啦，不吃点东西吗？

神秘人　　(看了看馅饼) 还没完事呢，(抓起一个馅饼) 吃完水井
　　　　　吃馅饼。(边吃边下)

郑大妈　　我招谁惹谁啦。

耳　聪　　吃完水井吃油井更好一点。

目　明　　吃完水井吃松井也行。

郑大妈　松井？

目　明　《平原游击队》里的。

〔远处的楼房亮起灯。郑大妈把北房房檐下的电灯打开。

〔一声凄厉的猫叫。

〔众人悚然。

郑大妈　在哪儿呢？

耳　聪　没在这附近。

郑大妈　我借你那望远镜看看。（拿过望远镜向房上张望）不
　　　　行，头晕。

目　明　（接过望远镜往房上张望）您得调调焦距。

〔郑大妈和耳聪收拾桌子。

〔随着一声凄厉的猫叫，神秘人赫然出现在房上，直勾
　勾地望着院里。

目　明　太大了！

〔神秘人迅速消失了。

〔郑大妈和耳聪疑惑地望望房上，又看看目明。

目　明　（放下望远镜）没了。

郑大妈　别一惊一乍的。

耳　聪　房上是有动静。

郑大妈　要是猫，听不见。

目　明　肯定有，我看见了，有一人多高。

耳　聪　我这心口直扑腾。

郑大妈　你们俩都休息吧，我在院子里守一会儿。

耳　聪　好吧。（胆怯地进了南房）

〔南房的灯亮了。

目　明　我睡不着,陪您坐会儿。

郑大妈　你们俩真不认识?

目　明　真不认识。

郑大妈　你也别在意,刚才街上说你们的闲话。

目　明　说什么?

郑大妈　说你们是对儿虾。

目　明　一块多?

郑大妈　真是个傻小子。

目　明　那些不懂得生活的人才是傻子。

郑大妈　你懂?

目　明　生在这条街上,却不知道关心美丽的槐花,不是傻子
　　　　是什么?

郑大妈　这条街可是够热闹的。

目　明　看不见什么人呀?

郑大妈　你要是真想看呀,到处是嘴。

目　明　吃东西?

郑大妈　说坏话。

目　明　槐花?

郑大妈　坏话。

目　明　对儿虾肯定是那两个孩子说的。

郑大妈　那个男孩的爸爸被抓起来啦。

目　明　犯了什么罪?

郑大妈　听说是把别人的钱花啦。

目　明　花别人的钱就抓起来吗?

郑大妈　那看花多少了。

目　明　多少就抓起来？

郑大妈　不会太少吧，要不然还不够费事的呢？

目　明　此话怎讲？

郑大妈　什么不得开销？你花了人家二十，警察抓你得花四十，还不够折腾的呢。

目　明　最少多少警察就不抓啦？

郑大妈　这可不好说。得看他们经费有没有富余。

目　明　要是有富余呢？

郑大妈　那没准赔本儿也抓。

目　明　(抚摸着望远镜)二百多他们会抓吗？

郑大妈　不做亏心事，不怕鬼叫门。你打听这个干什么？

目　明　那个女孩子的爸爸为什么事抓起来的？

郑大妈　干吗都抓起来呀？我说他抓起来啦吗？

目　明　可是那个男孩子的爸爸已经抓起来了呀。

郑大妈　男孩子的爸爸抓起来了，女孩的爸爸也得抓起来吗？

目　明　他们老在一起呀。

郑大妈　可他们家大人没老在一起呀。

目　明　那她们家谁抓起来啦？

郑大妈　你怎么不盼人家点好？

目　明　那她爸爸这个同志怎么样？

郑大妈　她爸爸还真老实。

目　明　老实挺好的。

郑大妈　可也太老实了，老实得都窝囊。

目　明　窝囊就不会花人家钱。

郑大妈　可人家会花他的钱。

目　明　那就把那个人抓起来。

郑大妈　抓谁呀？人家不花他钱，还给他钱。

目　明　那就把他抓起来。

郑大妈　他招你啦？你老抓他干吗？

目　明　谁花人家钱，就抓谁。

郑大妈　可这钱他有份儿。

目　明　那就不抓。

郑大妈　那是她媳妇儿挣的。

目　明　那就正大光明。

郑大妈　可就是不正大光明。

目　明　你怎么知道？

郑大妈　老有汽车送她回来。

目　明　面的？

郑大妈　那还有什么说的？有那四个圈儿的……

目　明　奥迪。

郑大妈　那叫奥迪呀？还有那一个圈儿的。

目　明　一个圈儿？

郑大妈　一个圈儿里有个人字儿的。

目　明　人字？是个三角吧？那是大奔。

郑大妈　对对，是大奔。还有那个一个圈儿……

目　明　那就还是大奔。

郑大妈　不是，这圈儿里有个2，两边儿出头儿。

目　明　那是欧宝。

郑大妈　还有那个一个圈儿，里边儿俩蓝块儿俩白块儿……

目　明　那是宝马，她怎么尽坐带圈儿的？

郑大妈　带圈儿的好记，还有别的我记不住。

目　明　人家坐好车也不行？

郑大妈　是呀，可那换车不就换开车的吗？今天这个，明天那个，让你你怎么说？

目　明　不换不行，一个人怎么能有这么多好车？

郑大妈　不跟你说了，整个一个木头。

目　明　怎么就人家还给他钱了呢？

郑大妈　要说给钱谁也没看见。

目　明　那没看见不能瞎说。

郑大妈　可眼瞧着她爷们儿一天比一天瘦。

目　明　花人家钱都一天比一天胖。

郑大妈　那是花得少，花多了就瘦了。现在找个瘦子比胖子难多了，还是真有钱的少，您要是想瘦，不花钱能瘦吗？你要是想练得一身都是瘦肉，一点肥的没有，你不花钱行吗？花了钱还容易反复哪，今天您练瘦了，明天不练又来一层肥的，后天一练，又一层瘦的，一层肥一层瘦，一层瘦一层肥，成五花儿了。

目　明　他成五花儿了？

郑大妈　成五花儿倒好了，做米粉肉合适。

目　明　那他是什么肉？

郑大妈　没肉了。

目　明　那就证明他有钱啦？

郑大妈　你想想什么花钱瘦得快？

目　明　不知道。

郑大妈　吸毒呀，又费钱，又瘦得快。

目　明　他吸毒？

郑大妈　你小点儿声。谁也没看见，就这么说。

目　明　我困了。

郑大妈　时候不早了，你睡吧。

目　明　您还不睡？

郑大妈　人老了，觉少。

　　　　〔目明打着哈欠，走进东房。

　　　　〔东房的灯亮了。

　　　　〔郑大妈走近窗户往里张望着。

　　　　〔南房的门开了，耳聪走了出来。

　　　　〔郑大妈赶紧退回来。东房的灯灭了。

耳　聪　睡不着。

郑大妈　睡不着就在院儿里坐会儿。

　　　　〔郑大妈和耳聪坐在小桌旁。

耳　聪　这胡同里除了吸毒的，抓起来的，还有没有什么正经人？

郑大妈　你全听见了？七十岁以上的人倒是嘴里留德，不过都
　　　　糊涂了，你干吗？

耳　聪　我就是要搜集点民谣。

郑大妈　这傻小子你以前不认识？

耳　聪　不认识，怎么啦？

郑大妈　我看他有时候是装傻充愣。

耳　聪　不会吧，他可能真的有点缺心眼。

郑大妈　他可是往里傻，不往外傻。

耳　聪　您发现什么啦？

郑大妈　他那望远镜是他自己的吗？

耳　聪　这有什么关系?

郑大妈　我刚一提骗人钱,他就变颜变色的。

耳　聪　一个望远镜能有多少钱,您管他呢。

郑大妈　怎么也得二百多块。

耳　聪　您怎么知道?

郑大妈　他自己露出来的。

耳　聪　二百多块,都不够立案的。

郑大妈　他要是不住我这儿,我何必管闲事?他既然住在我这
　　　　儿了,我就不能不加个小心。

耳　聪　我那里还有个录音机……

郑大妈　你是个老实孩子,大妈还看不出来?

耳　聪　……那可不一定。

郑大妈　睡吧。

　　　　〔郑大妈和耳聪各自回屋。

　　　　〔突然,所有房顶上都站满了人,他们直勾勾地望着院
　　　　子里。

　　　　〔暗转。

　　　　〔槐花街。景同第一场。

　　　　〔六号门前,三三两两的人在交头接耳。

　　　　〔花白胡子从胡同深处走出来。

花白胡子　　(叫猫)花儿,花儿,花儿——(向房上张望)

　　　　〔清洁女工打开下水道的铁箅子,掏垃圾。

清洁女工　　您老找什么?

花白胡子　你怎么又往……掏呢?当初你别往里弄多好。

清洁女工　这不是通知,雨季快到了,让疏通吗。您找什么?

花白胡子　我找我那猫呢。这么多人这是怎么啦？

〔清洁女工向六号门努努嘴。

〔人声鼎沸，可一句也听不清。

〔六号的大门打开了，人声顿时消失。

〔目明拿着望远镜走出门。人们向他指指点点。

目　明　都是来看槐花的吗？（用望远镜远望）应该开了。

花白胡子　谁看见我的猫了？

居民甲　猫是奸臣，狗是忠臣。

〔耳聪走出来，手里摆弄着录音机。

〔人群又是一阵骚动，冲着耳聪指指点点。

花白胡子　谁看见我的猫啦？

居民乙　猫不通人性。

居民丙　人老奸，猫老滑，蛐蛐儿老了不开牙。

耳　聪　这第三句我还是头一回听说。

居民丁　是人老奸，马老滑。

花白胡子　你说谁呢？

居民丁　我没说您。

花白胡子　这儿就我岁数大。

居民丁　岁数大，也不能捡骂。

花白胡子　你跟我犯葛。我骂人的时候你迈门槛儿还蹭蹬儿呢。

居民丁　千年的王八万年的龟，不就一个老吗？

花白胡子　要是比说俏皮话，你是醋坛子里洗澡——有点扑通不开，我的太爷。

居民丁　那你就是澡堂子里洗澡，没钱洗不了，我的太太，不是，我的太爷。

〔耳聪忙不迭地把录音机来回在骂人者之间移动着。

花白胡子　要说俏皮话，你是……

耳　聪　能不能说民谣。

花白胡子　别打岔！要说俏皮话，你是屎壳郎敲门——都臭到
　　　　　家了，太爷。

居民丁　你是屎壳郎逛花园儿——不是这里的虫，我的太太，
　　　　不，小子。

花白胡子　又小子啦。

居民丁　小子。

花白胡子　你是屎壳郎打喷嚏——你满嘴都喷粪了，小子。

居民丁　你呀，是屎壳郎……小子！

花白胡子　什么呀？

居民丁　没想起来。

花白胡子　你是屎壳郎掉到热锅上——麻爪了，小子。

居民丁　你是屎壳郎吃屎壳郎，你简直有点饿晕了，小子。

花白胡子　这下子你是武大郎盘杠子——上下够不着了，小子。

居民丁　你是武大郎开店——比你高的都不让进，小子。

花白胡子　你是武大郎放风筝——出手不高，小子。

居民丁　你是武大郎碰上西门庆——该出手时不出手，小子。

花白胡子　要说武大郎你可差远了，光武大郎就有一千多种。

居民丁　我都能背。

花白胡子　那你听着，你是武大郎的脑袋——算不了王八头，
　　　　　小子。

居民丁　它……

花白胡子　你是武大郎的眼睛——算不了王八珠子，小子。

居民丁　那个……

花白胡子　你是武大郎的脊梁——算不了王八盖，小子。

居民丁　那……

花白胡子　你是武大郎的手——算不了王八爪儿，小子。

居民丁　你……

花白胡子　你是武大郎的脚丫子——算不了王八蹄儿，小子。
　　　　剩下都归你了，来呀。

居民丁　没什么啦，武大郎全完啦。嗨，我想起来了，你是武大
　　　　郎的儿子——王八蛋！

目　明　算啦算啦，别打啦。

花白胡子　谁打啦？我们这是遛活呐。

　　　　〔众人鼓掌。

　　　　〔清洁女工下。

居民丁　见笑见笑，还得说是老爷子厉害。

耳　聪　俏皮话也应该搜集。

花白胡子　我那猫呢？

　　　　〔郑大妈拿着塑料袋出了门。

　　　　〔众人四散。

郑大妈　大早上起来，就在这儿胡数流丢。

花白胡子　谁说的男不养猫，女不养狗，我养了，怎么啦？

郑大妈　什么人养什么鸟儿，武大郎专玩儿夜猫子。

耳　聪　又出来一个武大郎。

郑大妈　别答理他们。（往胡同深处走去）

花白胡子　反正我不养汉。

　　　　〔救护车的声音。

〔两个穿白大褂的男人上。

白大褂　你们看见一个二十多岁的小伙子没有?

居民甲　(一指目明)是他吗?

白大褂　不是。

居民乙　怎么啦?

白大褂　从医院里跑出来的。

花白胡子　是不是拿着个大哥大?

白大褂　那是大夫的。

花白胡子　来过,他那电话钱是不是你们先交喽?

白大褂　这个我们不管,你们要是看见了,及时和我们联系。

居民乙　他是什么病?

白大褂　福尔摩斯综合征。

耳　聪　什么症状?

白大褂　老想破案。他很危险,你们要当心。(下)

　　　　〔花白胡子走到电话亭边,摘下窗上木板。

　　　　〔众人散去。

　　　　〔耳聪跟到电话亭边。

耳　聪　那个查水表的就很可疑。他说吃完水井吃馅饼。

花白胡子　你们昨天吃馅儿饼啦?

　　　　〔目明走过来。

目　明　是呀,吃的是馅儿饼。

花白胡子　什么馅儿?

耳　聪　还真没吃出来,味儿挺怪的。

花白胡子　(警觉)不是猪肉?

耳　聪　不是吧……

花白胡子　不是牛羊肉?

耳　聪　不是,先挺香的,后来让大妈一说,挺恶心的。

花白胡子　酸吗?

目　明　酸的。

耳　聪　那是醋吧?

花白胡子　(激动地)什么醋! 那是猫,我的猫!

耳　聪　你的猫?

花白胡子　你们吃的是猫肉。

　　　　　〔耳聪呕吐。

花白胡子　你看你看,现在还恶心呢。

目　明　可我们吃完了,猫还叫呢。

花白胡子　什么? 你们那是活吃呀,作孽呀! 猫有九个魂儿,你

　　　　　们不得好死!

　　　　　〔花白胡子冲进六号院。

　　　　　〔房上,神秘人探了一下头又缩了回去。

　　　　　〔童男、童女上。

童　　男

童　　女
　　　　　出来瞧,出来看,出来晚了看不见。

　　　　　〔郑大妈提着一塑料袋菜走过来。

童　　男

童　　女
　　　　　老太太,真奇怪,上窗台,啃白菜,到了夏天好凉快! (跑下)

郑大妈　小兔崽子!

　　　　　〔花白胡子怒冲冲地从院内跑出。

郑大妈　你个老不死的,你往我们家跑什么?

花白胡子　我猫呢?

郑大妈　你那死猫别上我这儿找来。

花白胡子　我就知道你弄死的。

郑大妈　我吃饱撑的？

花白胡子　你就是撑的。吃什么不成，你吃猫肉。

郑大妈　我还嫌它酸呢。

花白胡子　怎么样？露相了吧，你没吃，怎么知道它是酸的？

郑大妈　我没工夫跟你扯淡。（进院）

花白胡子　打狗还得看主人呢，何况是猫！你等着，你拔我根汗
　　　　　毛，我让你立根旗杆。

目　明　我们吃馅饼的时候，那猫一直在远处叫，我们吃的肯
　　　　　定不是猫肉。

花白胡子　那是猫的魂儿在叫，人就一个魂儿，猫有九个。

目　明　怎么见得？

花白胡子　人死了，尸首停在屋里，头一件事，就是看住了猫。

耳　聪　它吃死人吗？

花白胡子　不吃，它从死人身上一过，死人就会诈尸。

耳　聪　真可怕。

目　明　什么是诈尸。

花白胡子　就是尸首站起来啦。

目　明　能动吗？

花白胡子　能呀，蹦着走。

目　明　能走多远？

花白胡子　要是拦不住，且走呢。

耳　聪　那就是活了。

花白胡子　还是没全活。

耳　聪　那也就不错了，有些活人不是还走不了那么远吗？

目　明　就是，死而复活总是好事。

花白胡子　那可不行，还得让他躺下。你想想，后事都安排好了，大伙儿工作这么忙，好不容易凑到一块堆儿，他不死了，这不是遛人家吗？

耳　聪　亲属会高兴的。

花白胡子　亲属最不高兴。东西都分了，他再跟大伙翻脸。

目　明　要是您死的时候，怎么办？

花白胡子　我死的……你这是怎么说话呢？

目　明　我不是这个意思……

花白胡子　没关系，我告诉你，你别告诉别人。我死的时候，就搂着只猫，你想想，死人都能让它给弄起来，我没死就先预防，还死得了吗？

目　明　要是大家都用这个办法，人的平均寿命就大大提高了。

花白胡子　你别多事，要是都不死，单位非急了，你们这不是成心吗？这么多人怎么办呀？

耳　聪　有的单位都倒闭啦。

花白胡子　那就更惨啦，单位死到你前边儿。要不说怎么你也得抢到单位头喽呢。

目　明　那您那主意就没用了。

花白胡子　是呀，那猫，都抢到我头喽啦。这死老太太。

　　　　〔童男、童女上。

童　男
童　女　打竹板儿，迈大步，眼前来到了棺材铺，棺材棺材真叫好，装上死人跑不了，装上活人受不了。

耳　聪　民谣，没来得及录。

花白胡子　滚! 别这儿添乱。

　　　　　〔童男、童女跑下。

　　　　　〔花白胡子沏茶。

目　明　好像是槐花的香味。

耳　聪　是茉莉花的香味。

花白胡子　是我这茶叶。

目　明　(用望远镜望树) 还是老样子。

花白胡子　你干吗老来回折腾?

目　明　怕错过。花总是突然就开了。有句诗不是说"忽如一夜
　　　　春风来，千树万树梨花开"吗?

花白胡子　你这望远镜多少钱?

目　明　干什么?

花白胡子　随便问问。你知道吗? 心诚则灵。

目　明　难道我心还不诚吗?

花白胡子　上庙里进香，都得自己花钱，别人的香不灵。

目　明　我的望远镜……

耳　聪　难道借的就不行吗? 这不是香烛。

花白胡子　我是怕它不灵。

耳　聪　您的猫是自己生的吗?

花白胡子　这是怎么说话呢? 我没那本事。

耳　聪　我是说它不是天上掉下来的吧?

花白胡子　是从树上掉下来的，那么一大点儿，我一口一口把
　　　　它喂大。它能听懂我的话。我连耗子都舍不得让它
　　　　逮，怕不卫生，我都是自个儿逮，就这么个宝贝儿，结

果还让你们给吃了。

耳　聪　肯定不是我们吃的。

目　明　它一定还活着。

花白胡子　我跟那老太太没完。

耳　聪　您得了解清楚，不能冤枉人。

　　　　〔电话铃响。

花白胡子　（接电话）喂？什么，老太太没吃猫，你是谁？你老这
　　　　么瞎打电话让我搭多少钱？（挂断电话）

耳　聪　这不是那个福尔摩斯综合征吗？

花白胡子　我怎么忘了，他还给人家打保票，谁给他兜着呀。大
　　　　夫说他很危险，咱们得想个办法把他诓出来。

目　明　为什么要这么做？

花白胡子　让他哪儿来的回哪儿。

目　明　那他就失去自由了。

花白胡子　他危险。

目　明　他没伤害任何人。

花白胡子　他可老是盯着你们。

目　明　他发现了什么？

花白胡子　不像发现了什么，他还让我注意你们呢。

目　明　我们又没招惹他。

耳　聪　我们倒不怕他，您倒是得当心点儿。他跟您来往得太
　　　　多了，这种人的情绪很不稳定。

花白胡子　他是冲着你们来的。你们要是走了，他也就走了。

目　明　槐花不开我是不会走的。

耳　聪　录音带不用完我也不会走。

花白胡子　不找着我那猫,我也不走。

耳　聪　您上哪儿去?

花白胡子　我不守着这电话了,我伺候猫去。

　　　　　〔郑大妈站在大门口。

郑大妈　你们俩,吃饭不吃?

耳　聪
　　　　　吃。(进院)
目　明

　　　　　〔神秘人悄然而至。

　　　　　〔花白胡子紧张起来。

花白胡子　听说……

神秘人　听说什么?

花白胡子　听说您是研究福尔摩斯的?

神秘人　少来这套。(挥拳将花白胡子打昏)

　　　　　〔神秘人与其对换服装,最后摘下花白胡子的胡子,自
　　　　　　己戴上,将花白胡子塞进电话亭里的桌子下,自己坐在
　　　　　　电话亭中。

神秘人　(念报)做女人挺好。

　　　　　〔清洁女工扫地上。她往沟眼里扫尘土。

清洁女工　您老还看那张报呢?

神秘人　(从报纸后迅速看了一眼女工,马上用报纸挡上脸)嗯。

清洁女工　我又往沟眼里扫了。

神秘人　嗯。

清洁女工　您不骂我了?

神秘人　嗯。

清洁女工　您不问问为什么?

神秘人　（含混地）不问。

清洁女工　又没雨了。（看看神秘人）真没劲。（下）

　　　　　〔神秘人的眼睛从报纸上端露出来，看着女工远去，又
　　　　　　迅速地用报纸挡上脸。

　　　　　〔童男、童女跑上。

童　男
　　　　　老头儿，老头儿，玩儿火球儿，烫了屁股抹香油儿。
童　女

童　男　没听见。

童　女　装的。

　　　　　〔童男、童女用地上的果皮扔神秘人，然后笑着跑下。

　　　　　〔居民丁骑一辆平板三轮，拉着几箱醋上。

居民丁　老爷子，来点儿醋吧。吃面不搁醋，炮打西什库；吃面
　　　　　不搁卤，炮打英国府。

神秘人　吃面不搁酱，炮打交民巷。

居民丁　没错儿，庚子年的事啦。我爷爷说，官府向着义和团，
　　　　　随便烧，随便抢。可干吗到哪儿都吃面呢？也别说，那
　　　　　年头儿，穷人有面条儿吃就不错了。您来几瓶儿醋？便
　　　　　宜。不答理我？你是馄饨锅里煮皮球——说你混蛋你
　　　　　还有口气，我说小子。

　　　　　〔神秘人放下报纸。

居民丁　呵，年轻了，太爷。你是吊炉烧饼安爪子——算不了海
　　　　　螃蟹，小子。

神秘人　你是海螃蟹拔了爪儿——算不了吊炉烧饼，小子。

居民丁　你是山绿豆安爪儿——算不了土蜘蛛，小子。

神秘人　你是土蜘蛛拔了爪儿——算不了山绿豆，小子。

居民丁　你是荞麦皮安爪儿——算不了死臭虫，小子。

神秘人　你是死臭虫拔爪儿——算不了荞麦皮，小子。

居民丁　芝麻安爪儿——你算不了大虱子，小子。

神秘人　虱子拔爪儿——算不了大芝麻，小子。

居民丁　你是真没劲，我的太爷，车轱辘话来回说。你再听这个。

　　　　〔耳聪拿着录音机冲出，把录音机放在三轮上。

耳　聪　真精彩。

居民丁　(来劲) 正月里，正月正，姐儿俩商量去逛灯。大姑娘名叫粉红女，二姑娘名叫女粉红。粉红女身穿一件粉红袄，女粉红身穿一件袄粉红。粉红女抱着一瓶粉红酒，女粉红抱着一瓶酒粉红。姐儿俩找到无人处，推杯换盏饮刘伶。女粉红喝了粉红女的粉红酒，粉红女喝了女粉红的酒粉红。粉红女喝得酩酊醉，女粉红喝得醉酩酊。粉红女追着女粉红就打，女粉红见着粉红女就拧。女粉红撕了粉红女的粉红袄，粉红女撕了女粉红的袄粉红。姐儿俩打架停了手，自己买线自己缝。粉红女买了一条粉红线，女粉红买了一条线粉红。粉红女反缝缝缝粉红袄，女粉红缝缝缝反袄粉红。小子，你来呀。

神秘人　……吃完鹿茸吃鹿鞭，吃完铁球吃铁锨，吃完鬼子吃汉奸……

　　　　〔花白胡子苏醒，欲起，被神秘人按住。

居民丁　喜欢吃？你来这个，猪吃我屎，我猪吃屎。

神秘人　猪吃我屎，我吃猪屎。

居民丁　（大笑）回见吧。

〔花白胡子爬到神秘人的身后，和神秘人演一段双簧。

花白胡子　回来！你听这段。数九寒天冷风飕，转年春打六九头，正月十五龙灯会，有一对狮子滚绣球；三月三王母娘娘蟠桃会，孙猴子就把仙桃偷；五月初五端阳节，白蛇许仙不到头；七月七日天河配，牛郎织女泪双流；八月十五云遮月，月宫嫦娥犯忧愁。要说愁，净说愁，唱一段绕口令十八愁：狼也愁，虎也愁，象也愁，鹿也愁，骡子也愁马也愁，牛也愁，羊也愁，猪也愁来狗也愁，鸭子也愁，鹅也愁，蛤蟆也愁，螃蟹也愁，蛤蛎也愁，龟也愁，鱼也愁来虾也愁。虎愁不敢把高山下，狼愁野心耍滑头，象愁脸憨皮又厚，鹿愁头上长了大犄角，马愁备鞍行千里，骡子愁的一世休，羊愁从小把胡子长，牛愁净挨鞭子抽，狗愁改不了总吃屎，猪愁离不开臭水沟，蛤蟆愁长了一身脓包癞，螃蟹愁的浑身净横沟，鸭子愁的扁扁嘴，鹅愁长了个锛儿喽头，蛤蛎愁的是闭关自守，乌龟愁的是不敢出头，鱼愁离水不能走，虾愁空枪乱扎没准头。说我诌，我就诌，闲来没事我溜溜舌头……

居民丁　（痛苦地）既生瑜，何生亮！（下）

〔耳聪连忙把录音机拿走。

神秘人　吃完原告吃被告，吃完麻药吃炸药……

花白胡子　什么呀，（欲站起）

〔神秘人一拳将花白胡子打晕，重又把他塞到桌下。

耳　聪　您不歇会儿，忙活什么呢？

40

神秘人　说我诌，我就诌，闲来没事我溜溜舌头。

耳　聪　您不是诌，您的知识太渊博啦。我愿意多跟您请教。

神秘人　山是远看才高。

耳　聪　这是格言。

神秘人　你搜集这些东西到底要干什么？

耳　聪　问渠哪得清如许，为有源头活水来。

神秘人　天王盖地虎，宝塔镇河妖。

耳　聪　与其聚敛财富，不如积累知识。

神秘人　医生掌握知识，病人的钱财都给了医院。

耳　聪　生存还是毁灭，这是一个问题。

神秘人　几个人打架是斗殴，全国的人打架是革命。

耳　聪　我愿意追随您，永远留在您的身边。

神秘人　我不习惯别人跟着我，如果你不介意，我更愿跟着别人。

耳　聪　有人研究您不好吗？

神秘人　研究就是拆散，再攒到一起，就不是原装。小时候我拆过瑞士手表，装上后走得还没有国产的准。

耳　聪　您不愿意身边有崇拜您的人？

神秘人　崇拜是一种过量的期望。比如有人相信你吃两倍以上的氯丙嗪和五倍以上的安眠酮会承受得住，给你穿上紧身衣，捆住你的手脚，还说你照样能飞檐走壁。

耳　聪　可是我已经下定决心，永远不再离开你。

神秘人　这样接近一个陌生的异性，会给你带来麻烦的。

耳　聪　世界上哪有不付出代价就能获得的事情。

神秘人　你知道你的话包含着什么样的承诺吗？

耳　聪　知道。

神秘人　一座玲珑塔,面向青寨背靠沙。

耳　聪　我应该怎样回答?

神秘人　天下大夯拉。

耳　聪　真是妙不可言。

神秘人　这是五十年前土匪的黑话。

耳　聪　尽在不言中,多么精炼的语言。我们应该挖掘土匪文化。

神秘人　可以开辟成旅游景点。绑票、杀人不过是表演,盈利
　　　　才是目的。

耳　聪　让我跟随您吧。

神秘人　是处女吗?

耳　聪　这有什么关系?

神秘人　真正的土匪只要处女。

耳　聪　我刚在上海做的再造手术。

神秘人　那就行了,无非是面子上的事情,土匪没有不要面
　　　　子的。

耳　聪　我可以跟随您了?

神秘人　可我不是土匪,我是一个普通人。

耳　聪　可你对民谣的博大精深让我倾倒。

神秘人　(烦躁起来)我不能容忍后面跟着一个人盯着我。

耳　聪　我会以"子曰"的方式,记录先生的言论。

神秘人　你这是饯行。记录别人的言行是我的活儿。

耳　聪　可你无法记录自己的言论,更不能冠以"子曰"。

神秘人　(自语)糟了,这下我再也无法享受监视别人的乐趣,我
　　　　怎么才能摆脱她?

耳　聪　我还可以照料你的生活，你只管说和吃就行了。

神秘人　说不说我不在乎，走自己的路，让别人去说，自己去吃。

耳　聪　这是格言？

神秘人　可是吃比说重要。那些只说不吃的人都是傻子。

耳　聪　那些只吃不说的人都是废物。

神秘人　废物才可以永存，才没有人打他的主意。高大的树木
　　　　被人砍伐，低矮的小草享受四季。

耳　聪　这是老子的观点。

神秘人　这是我的一个病友的观点。他总引不起别人的注意。
　　　　医生总是忘记给他吃药。

耳　聪　吃药？

神秘人　（自语）坏了，言多语失。（向耳聪）对，你要是非跟随我
　　　　不可，那就得吃我的药。

耳　聪　这药有什么作用？

神秘人　它让你除了民谣，什么都不记得。

耳　聪　还有谚语？

神秘人　那就得再吃一片儿。

耳　聪　还有歇后语？

神秘人　就是武大郎盘杠子——上下够不着，小子？

耳　聪　小子可以省略。

神秘人　那是对传统的背叛。

耳　聪　好吧，那就全盘继承。

神秘人　再吃两片儿。

耳　聪　为什么？

神秘人　传统太丰厚了，要加大药量。

耳　聪　还有歌词?

神秘人　凡是押韵的都行,朦胧诗不管事。

耳　聪　您连朦胧诗都研究过?

神秘人　我的一个病友是朦胧诗人。

耳　聪　再吃一片儿?

神秘人　(自语)我看足够了。(向耳聪)这是最后一片儿,无论再
　　　　有何种理由,也不能再吃了。

耳　聪　可是我怕药量不够,产生抗药性,万一有什么别的种
　　　　类受冷落。

神秘人　吃了这些药,你连摇滚都可以对付。

耳　聪　不会是摇头丸吧?

神秘人　不是,那太贵。

耳　聪　那我就吃了。(接过神秘人的药片)您知道,现在假药
　　　　特别多……

神秘人　今天你可以放心,全国打假一周。

耳　聪　一周之后呢?

神秘人　不要为明天忧虑,明天自有明天的忧虑。

耳　聪　有水吗?

　　　　〔神秘人把花白胡子的茶水递上。

　　　　〔花白胡子醒来。

花白胡子　那是我刚沏的……

　　　　〔神秘人又一拳将花白胡子击晕。

耳　聪　(吞药,喝水)您说什么?

神秘人　我说水是刚沏的。

耳　聪　我有些脚底发飘。

神秘人　像是在云彩里?

耳　聪　是,像是倒挂在云彩里。

神秘人　你坐一下。

〔神秘人扶着耳聪坐在电话亭边,然后回到电话亭里。

耳　聪　月是故乡明。

神秘人　难道你要离开自己的祖国?

耳　聪　凭着这样丰富的民谣,我可以在任何国家得到汉学博
士学位。

神秘人　任何国家的医院也没有中国的更容易让病人逃跑。

〔救护车的笛声。

〔神秘人与花白胡子对换服装,把胡子摘下给花白胡子
戴上。

神秘人　你听得见我说话吗? 看来是睡着了。我得赶快离开这
里。一个人被一个崇拜者缠上,这是最让人头疼的事。
(救护车笛声)可是我能逃到哪里? 我只要出了这条胡
同,就可能被抓回医院。假如我冒充别人留在这里,又
会遇到民谣搜集者的纠缠;我该怎么办?(痛苦地思索,
浑身颤抖)我就是被抓回去,也不愿意有人崇拜我。

(留恋地下)

〔收光。

〔光渐显。

〔花白胡子醒来,站起。

花白胡子　天旋地转。(转圈)

〔童男、童女跑上。

童　男
　　　　金刚金刚转转，拉屎让我看看。
童　女

　　　　〔花白胡子摇摇头。

童　男
　　　　金刚金刚摇摇，拉屎让我瞧瞧。
童　女

花白胡子　我想起来了，有人打我。

童　男　谁呀？是她吗？

童　女　她睡着了。

花白胡子　睡着了？（走出电话亭）是她？

童　女　您让她打了？

花白胡子　不是，待会儿就想起来了。你醒醒，姑娘。

　　　　〔童男、童女扶住耳聪摇晃，耳聪渐渐苏醒。

耳　聪　（向花白胡子）您老多了。

花白胡子　那我倒没觉着。就是这脑子慢多了。

耳　聪　那您那段绕口令多精彩呀，谁能认为您脑子慢？

花白胡子　那是嘴快，嘴可以跟脑子分开用，凡是嘴快的，都
　　　　　不用脑子，一用脑子，嘴就跟不上了。

耳　聪　我终于可以追随您了。

花白胡子　你这是什么意思？

耳　聪　我们讲好了的呀？您反悔了？

花白胡子　我这脑子真是不管事，对啦，我好像是找什么来
　　　　　着，猫，我那猫让你们吃了。

耳　聪　我只吃了您的药，没有吃您的猫。

花白胡子　我的药？什么药？

耳　聪　我怎么会知道？说是吃完了，能记住更多的民谣。

46

花白胡子　你记得吗? 背两段我听。

耳　聪　高高山上一树槐, 手扒槐丫望郎来, 娘问女儿望什么?
　　　　女望槐花几时开。

花白胡子　背过。

童　男
　　　　狼是拆白党。
童　女

花白胡子　别胡说八道。你再来段儿。

耳　聪　猪吃我屎, 我猪吃屎。

花白胡子　对。

耳　聪　一座玲珑塔, 面向青寨背靠沙。

花白胡子　这就不对了, 是玲珑塔, 塔玲珑, 玲珑宝塔十三层。

耳　聪　怎么又变了?

花白胡子　一直就是这个。

耳　聪　不对吧? 我明明记得您说还要靠土匪开展旅游呢。

花白胡子　没有, 我没说过。

耳　聪　我这儿有录音, 不知录上没有? (开录音机)
　　　　〔传来神秘人和耳聪刚才的谈话声。

花白胡子　这是我的声音吗?

耳　聪　是有点不一样。

花白胡子　嘴里缺功夫呀。

耳　聪　可他有点功夫在诗外的味道。

花白胡子　噢, 这就是打我的那个人。

耳　聪　哪个?

花白胡子　从医院里跑出来的那个。

耳　聪　福尔摩斯综合征? 不可能。我亲眼看见是您和蹬三轮的对阵。

花白胡子　那是他。

耳　聪　那他就是我要找的人。

花白胡子　不是,那是我。

耳　聪　到底是谁? 不要再骗我。

花白胡子　你瞧见的是他,可实际上是我。他哪有那两下子?

耳　聪　我瞧见的是他,可实际上是您?

花白胡子　这么说吧,他在前面儿比划,我在后面儿出声儿。

耳　聪　双簧?

花白胡子　哎,可以这么说。

耳　聪　这让我如何选择? 前面的他虽然也有胡子,可他英姿
　　　　勃发。

花白胡子　他那胡子是我的。(摘下胡子)

耳　聪　他的胡子是假的?

花白胡子　我的也是假的。

耳　聪　那他该是多么的年轻呀。

花白胡子　嘴上无毛,办事不牢。(戴上胡子)

耳　聪　他就是不收我。

花白胡子　他会什么? 有我呢。

耳　聪　您收留我?

花白胡子　收留不行,我那儿就一间房,教你俏皮话儿没问题。

耳　聪　美哉,少年!

花白胡子　呜呼,老年!

耳　聪　我该怎么办? 老年人如僧,少年人如侠;老年人如鸦
　　　　片烟,少年人如白兰地;老年人如埃及之金字塔,少年

人如西伯利亚之铁路。

花白胡子　老年人如树，少年人如猴儿；老年人如酸梅汤，少年
　　　　　人如矿泉水；老年人如旧鼓楼，少年人如新街口儿。

耳　聪　可是您没有"之"字，人家梁启超是老年人如埃及
　　　　　"之"金字塔，少年人如西伯利亚"之"铁路。

花白胡子　我这儿是老年人如地安门之旧鼓楼，少年人如平安
　　　　　里之新街口儿。

耳　聪　他真是会打动人，我几乎要被他征服了。

童　男
童　女　老头儿，老头儿，玩儿火球儿，烫了屁股抹香油儿。

花白胡子　滚！

耳　聪　如果您能现编两句童谣回击这两个孩子，我就永远跟
　　　　　随您，永不变心。

花白胡子　我想想，我刚才挨了一拳。

耳　聪　忘记刚才的事情。

花白胡子　他们是老头儿，老头儿，我就是小孩儿，小孩儿；有
　　　　　了，小孩儿，小孩儿，……什么都不玩儿……

耳　聪　那不行，总要德智体全面发展。

花白胡子　现在小孩儿除了看电视，没的玩儿呀。

耳　聪　那是您没有办法。

花白胡子　有了，小孩儿，小孩儿，玩儿马扎儿，

耳　聪　什么是马扎儿？

花白胡子　就是一种能折叠的软椅。

耳　聪　一种椅子？

花白胡子　对啦。小孩儿，小孩儿，玩马扎儿，夹了屁股……什

么都不弄。

耳　聪　那不行,总得处理一下。

花白胡子　不用,他一个孩子,又不老坐着开会。

耳　聪　可我们的民谣需要。

花白胡子　有了,小孩儿,小孩儿,玩儿马扎儿,夹了屁股垫铜
　　　　　钱儿。

耳　聪　有点硌得慌,太硬了。

花白胡子　那就垫皮钱儿。

耳　聪　我还是有些不甘心,那个翩翩少年。

花白胡子　什么我都能对,天对地,雨对风,大陆对长空;山花
　　　　　对海树,赤日对苍穹;雷隐隐对雾蒙蒙。

耳　聪　老年人如……

花白胡子　怎么又回来啦?

耳　聪　老年人如博物馆。

花白胡子　少年人如疯人院。

耳　聪　少年人如水货。

花白胡子　老年人如海关。

耳　聪　少年人如信用卡,可以透支,随便花钱。

花白胡子　老年人如取款机,经常死机,拒绝付款。

耳　聪　少年人如"大哥大",能漫游天下。

花白胡子　老年人如无线局,对不起,不在服务区。

耳　聪　红了樱桃,绿了芭蕉。

花白胡子　红了江青,绿了林彪。

耳　聪　看来我是属于您的啦。我要永远跟随您。

花白胡子　别上家去,街坊容易误会。

〔暗转。

〔六号院内。

郑大妈　这孩子是犯神经了。

目　明　她在街上跟花白胡子泡了一天。

郑大妈　你们什么时候走？

目　明　我等槐花开了就走。

郑大妈　你们走吧。再不走，早晚要出事。

目　明　（激动地）槐花不开我不会走的！

郑大妈　可我替你们担待不起。

目　明　难道我给您带来什么麻烦？

郑大妈　走着瞧吧，在这条街上，针鼻儿大的窟窿，斗大的风。

〔耳聪上。

耳　聪　大妈。

郑大妈　你大喜啦。

耳　聪　我也是犹豫再三。他实在是太有才华了。他要是有那
　　　　个神秘人的魅力就更没挑了。

郑大妈　您还看上不止一个。

耳　聪　鱼和熊掌不可兼得。

郑大妈　熊掌？他连猪蹄儿都不配。

耳　聪　您还生气猫的事呐？

郑大妈　生气的事多啦。花白胡子是什么人？

耳　聪　聪明人。

郑大妈　有一年，他上街买冰棍儿，给人家一块钱，那年头儿
　　　　牛奶的五分，红果儿的三分，他买了一根红果儿的，一
　　　　根儿牛奶的，应该找他多少？

目　明　九毛。

郑大妈　又一个白薯。

耳　聪　当然是九毛二。

郑大妈　他看了看找的钱，撒腿就跑。

耳　聪　跑什么？

郑大妈　是呀，把卖冰棍儿的也弄蒙了，心说这小子怎么啦？噢，别是多找了他钱吧？不行，叫他站住。卖冰棍儿的一喊，他跑得更快了。卖冰棍的赶紧就追。他一慌，一脚踩空，摔了个狗吃屎。那手还攥着钱不放。卖冰棍儿的追上来，掰开他手一看，差点儿没气死。

目　明　多找他钱啦？

郑大妈　哪儿呀，还少找他一毛。这个熬嗍。心说我追他干吗？现在怎么收场？是给人家不给？他呢，摔得满嘴流血，门牙掉了俩，吐了一个咽了一个。

耳　聪　您怎么知道？

郑大妈　我就在旁边儿。找着一个牙，我一看他嘴，掉了俩，我说那个呢？他说咽了，完了就哭。我一想，那冰棍儿是我让他买的，我不能不管。

目　明　卖冰棍的怎么办？

郑大妈　卖冰棍儿的想打马虎眼，要走。我不干了，我说你少找他钱了。卖冰棍儿的不承认，他以为我没看见他数钱，就说你再数一遍。我这么一数，他气更大了，找的钱剩七毛二了。他纳闷儿，怎么又少一毛？他拿过去一数，没脾气，认倒霉吧。给了两毛走了。我把那多的一毛给了他。

耳　聪　　怎么会又少一毛?

郑大妈　　我这手里跟他变了点儿戏法儿。许你不仁就许我不义!

目　明　　你切了人家一刀。

郑大妈　　他们家穷,早上起来没早点,一天就吃两顿。第二天拿
　　　　　那一毛钱吃了一顿早点。买了一个芝麻烧饼,一个焦
　　　　　圈儿,还喝碗白浆。

目　明　　一毛钱吃一顿早点?

郑大妈　　五几年,对儿虾才两毛五一对,一尺长的。

目　明　　不对,是一块两毛八。

郑大妈　　那是为了押韵。他吃出便宜来啦,第二天又去买冰棍
　　　　　儿,人家说什么也不卖他啦。为这一毛钱,卖冰棍儿
　　　　　的让媳妇儿抓得脸上青一道子紫一道子的。你想想,
　　　　　卖一根儿冰棍才挣一分钱,他十根儿白卖。

耳　聪　　你们那时候多大?

郑大妈　　我十二。

耳　聪　　他呢?

郑大妈　　他跟我一般儿大。

耳　聪　　噢,青梅竹马呀?

郑大妈　　什么竹马,净骑瞎马。

耳　聪　　那么说他挺笨的。

郑大妈　　笨?勾搭女人他能个儿着呢。

耳　聪　　那您让他……

郑大妈　　他休想。瞧他那德行。他也就是跟二秃子他姥姥、妞
　　　　　子她姑姑、三麻子他寡嫂伍的打连连。

耳　聪　　现在吗?

郑大妈　现在？现在他都什么岁数啦，二秃子也二十多了，敢
　　　　抽他。

耳　聪　他家里还有什么人？

郑大妈　有个媳妇儿瘫在床上。

耳　聪　他媳妇儿？

郑大妈　儿媳妇儿。老伴儿死了。

耳　聪　儿子呢？

郑大妈　上法国啦。

耳　聪　留学？

郑大妈　留学？流哈喇子吧，跟一个浙江弹棉花的偷渡走的。

耳　聪　那他养着儿媳妇儿还挺有人性的。

郑大妈　哼，也让人戳脊梁骨。说他扒灰。

目　明　就是拾煤渣？

郑大妈　还捡烂纸呢。是真不懂，还是假不懂？

目　明　大概意思我知道，这个人挺勤劳的，净干些很低下的
　　　　工作。

郑大妈　你能把谁气死，不知道就别插嘴。

耳　聪　那他到底有没有那种事情呢？

郑大妈　我是不信，可传得有鼻子有眼儿的，不由你不信。嗨，
　　　　跟你们说这些个干什么，你们什么时候走？

耳　聪　我想长期租您的房子。

郑大妈　那可不行。我刚才还跟目明说，你们赶紧走吧，这条
　　　　街，吐沫都能把你们淹死。

耳　聪　可我上哪儿去呢？

郑大妈　最迟明天就走。

目　明	我哪儿也不去。
郑大妈	出门在外的别使性儿。
目　明	我哪儿也不去。(跑进南房)
耳　聪	那是我的房子。
郑大妈	哪个是你们的房子? 都是我的房子。

〔目明跑出南房,跑入东房。把门锁上。

郑大妈	哎,你开开门!

〔救护车的声音。

〔神秘人越房而过。

郑大妈	房上有人?
耳　聪	隔墙花影动,疑是玉人来。

〔敲门声。两个白大褂走进来。

白大褂	有人看见病人进了你们院子。
郑大妈	这不没影儿的事吗? 哪儿呐?
白大褂	我们得查查。
郑大妈	不行,我这儿没有。
白大褂	老太太,这可马虎不得,留下他是个祸害。搜!

〔两个白大褂分别进了北房和南房。

郑大妈	这是要干什么? 砸明火呀? (追入北房)

〔两个白大褂出来,又奔东房。

〔郑大妈跟来。

白大褂	(推门,门不开) 里面有人?
郑大妈	不是你们要找的人。
白大褂	打开。
郑大妈	你要能打开,我还得谢谢你们呐。

白大褂	出来！不给你穿紧身衣。
白大褂	撞！

〔白大褂撞开门后，冲入。郑大妈跟进。

〔神秘人从南房上溜下。欲往大门口走。

〔童男、童女的声音。

童 男 童 女	不出，不出，一窝老母猪。

〔神秘人止步。

〔耳聪急忙把神秘人推进南房。

童 男 童 女	（跑进来）三天不打，上房揭瓦。

〔众邻居涌入。

〔白大褂、郑大妈和目明出来。

郑大妈	这门你们给撞坏了，得赔。
白大褂	要是消防队来，连玻璃也保不住。
目 明	你们私闯民宅，我告你们。
郑大妈	要告得我告，我是户主。
居民甲	您就不该私留外人住宿。
郑大妈	你们家没来过人呀？
居民乙	报临时户口了吗？
郑大妈	你们给我出去！
居民丙	是房多烧的。
郑大妈	房多是老辈儿留下的，你眼气呀？
居民丁	你一人儿住这么多房就不公平。
郑大妈	你还敢抢占呀？

居民丙　你小心第二次抄家！

郑大妈　你做梦去吧，我活着见不到，你死了也见不到啦。

居民甲　(呼口号) 不许郑老太太……

居民乙　太客气啦。

居民甲　(呼口号) 不许姓郑的一人住……(向旁边人) 几间？
　　　　数数。

居民乙　七间。

居民甲　不许姓郑的一人住八间。

居民乙　七间。

居民甲　还有厨房呢。

居民丁　(喊) 不许姓郑的住厨房！

〔众人哄笑。

居民丙　你别扰乱会场。

〔白大褂挤出人群，下。

郑大妈　你们都给我出去！

花白胡子　大伙儿先回去吧。

居民丙　我知道你就得向着她。

居民甲　老花，你还是旧情不死呀。

〔救护车笛声渐远。

居民丙　是不是还有猫腻？

花白胡子　猫都让她吃了，还有什么猫腻？

郑大妈　你红口白牙，别胡说八道！

居民甲　不许姓郑的吃猫！

花白胡子　我也没说现在就让你赔呀。我这不是劝大伙先走吗？

郑大妈　谁我都不用，你们怎么来的怎么滚出去！

居民甲　你骂谁呢? 你再说一遍,我抽你!

郑大妈　我听蝲蝲蛄叫唤,还不种庄稼了。

居民丁　算啦算啦,大伙儿活动活动,看坨了。

耳　聪　你们走吧,我们不在这儿住,不就行了。

郑大妈　不走,房子是我的,我让谁住,谁就住。

居民甲　走! 不过我告诉你,房子是你的,可地皮是国家的,谁
　　　　也别想传代! (念〔地溜子〕) 任凭你房有八间,俺自有鹿
　　　　茸鹿鞭,说坏话传闲言猫肉发酸,不给房子,七窍生烟!

　　　　〔众人纷纷下。有人顺手拿走根竹竿、抄走捆葱什么的。

居民甲　给我留根葱。

郑大妈　简直就是土匪!

耳　聪　一座玲珑塔,面向青寨背靠沙。

花白胡子　不对,又错了……

郑大妈　行啦,请吧,今天我领情啦。

　　　　〔花白胡子摇摇头下。

　　　　〔郑大妈缓缓坐在一个板凳上,抽泣起来。

　　　　〔忽然,南房里有茶缸子掉在地上的声音。

郑大妈　(疑惑地) 谁在屋里?

耳　聪　(慌张地) 没有谁呀,我看看去。

郑大妈　走,我跟你去。(站起)

耳　聪　您歇会儿,我去就行了。

　　　　〔耳聪迅速进屋,返回。

耳　聪　没什么,是茶缸子掉地下了。

郑大妈　茶缸子怎么好模大样地掉地下?

耳　聪　没放好呗。

58

郑大妈　关大门。

　　　　　〔切光。

　　　　　〔耳聪的房间。

耳　聪　你不能走,你会被抓走的。

神秘人　已经半夜了,大夫都下班了。

耳　聪　万一街上有人看见怎么办?

神秘人　我不能在这里坐一夜吧?

耳　聪　你睡,我替你守夜。

神秘人　我讨厌别人看着我。

耳　聪　你睡你的,我不看你就是了。

神秘人　我怕天一亮,就更走不了了。

耳　聪　走不了就多待几天。

神秘人　可是我不习惯和生人在一起。

耳　聪　我们算是生人吗?

神秘人　反正不能算熟人。

耳　聪　你要走,在哪儿过夜?

神秘人　(唱)我们都是飞行军,哪怕那山高水又深……在那密
　　　　密的树林里,到处都安排着同志们的宿营地,在那高
　　　　高的山冈上,有我们无数的好兄弟。

耳　聪　很动听,可你到底在哪儿栖身?

神秘人　我不会告诉任何人的。

耳　聪　你是怎么住院的?

神秘人　我反对修长城。长城的价值在于它的历史感,新修的
　　　　已经不是原来的,再说我们总不能修到嘉峪关去吧?
　　　　真修到那里,我们不是成了秦始皇啦?

耳　聪　那也不至于就让你住院。

神秘人　我要炸掉新修的长城。

耳　聪　你有炸药吗？

神秘人　自己造。

耳　聪　自己造？

神秘人　一硝二磺三木炭，没什么难的。

耳　聪　造出来了？

神秘人　没等造出来，就被叛徒告密了。

耳　聪　那你逃出来还会干吗？

神秘人　不，太幼稚了，炸毁了，还会有人来修，这样修下去，子子孙孙是没有穷尽的。

耳　聪　那你怎么办？

神秘人　我要提高人民的审美意识，让他们知道什么是美，什么是丑，明白了这点就不会再有人干蠢事。

耳　聪　你就保护长城吗？

神秘人　不，一切古建筑我都保护。我最近不去长城一是因为太远，二是那里现在保护得太好，好得已经不像古长城啦。

耳　聪　你为什么跑到这条街上来？

神秘人　你们为什么跑到这条街上来？

耳　聪　搜集民谣呀。

神秘人　那个拿望远镜的呢？

耳　聪　来看槐花的。

神秘人　不对，你们是建筑公司的，勘查地形的。

耳　聪　我不是建筑公司的。

神秘人　他是?

耳　聪　他也不像。

神秘人　(冷笑) 你们要拆毁这条街道。在这里盖写字楼?

耳　聪　你听谁说的?

神秘人　我的一个病友。

耳　聪　神经病。

神秘人　你才神经病。我告诉你,这是最后一条古街道。明代
　　　　就有了,你们不能拆。

耳　聪　我们不拆。

神秘人　这么说,你们还是建筑公司的?

耳　聪　我们不是。

神秘人　你们不是为什么承诺不拆?

耳　聪　不是就不能反对拆吗? 再说,你为什么不做做居民的
　　　　工作?

神秘人　他们为了眼前的利益是会牺牲这条街道的。他们一间
　　　　平房会变成一间楼房,会有自己的厕所和厨房,可以不
　　　　再听街坊的坏话,可以关起门来过自己的日子,他们为
　　　　什么反对? 他们当然要和建筑公司同流合污。

耳　聪　你这是不相信人民。长城就是人民修的。

神秘人　长城也是人民拆的。你以为长城的坍塌都是风化的结
　　　　果吗? 你到河西走廊没人的地方去看看,汉长城的土
　　　　墙还完好地屹立着。而这里的长城的城砖都被人民拆
　　　　回去砌猪圈了。

耳　聪　我不信,拆长城的砖多麻烦呀。

神秘人　你不了解人民。人民是不怕麻烦的。

〔敲门声。

耳　聪　　快，藏起来。

　　　　　〔神秘人熟练地钻到床下。

耳　聪　　来啦，谁呀？

郑大妈　　我。

　　　　　〔郑大妈和目明进了屋。

耳　聪　　这么晚，您还没睡呀？

郑大妈　　（扫视着房间）你刚才和谁说话呢？

耳　聪　　没谁呀。

郑大妈　　（坐到床上）目明也听见了。

耳　聪　　您坐椅子上吧，床上太乱。

郑大妈　　我听得真真的，好像还有男人的声音。

耳　聪　　没人，我背民谣呢。

郑大妈　　背的哪段儿？

耳　聪　　就那段儿……

郑大妈　　哪段儿？

耳　聪　　老太太吃白菜……

郑大妈　　什么？谁吃白菜！

耳　聪　　不是，妈妈骑马，马慢妈妈骂马；妞妞牵牛，牛拧妞妞
　　　　　拧牛……

郑大妈　　这么容易还用你背。这床有点活动，得垫垫啦。（弯腰
　　　　　欲看床下）

耳　聪　　大妈，是这段儿（郑大妈直腰）车子上山吱扭扭，瘸
　　　　　子下山乱点头，蛤蟆有头无有尾，蝎子有尾无有头，
　　　　　板凳儿有腿儿家中坐，小船儿没腿游九州。赵州桥，

62

鲁班修，玉石的栏杆圣人留。张果老骑驴桥上走，柴王爷推车压了一条沟。周仓扛刀桥上站，关公勒马看《春秋》。

郑大妈　他看《春秋》，我看床底下。（又欲低头）

耳　聪　罗成白，敬德黑，张飞胡子一大堆。

郑大妈　（抬头）怎么啦？

耳　聪　（咬牙切齿地）一道黑，两道黑，三四五六七道黑，八九道黑十道黑。

郑大妈　你要咬我呀？（欲弯腰）

耳　聪　（一步抢上，与郑大妈并肩而坐，搂住郑大妈）买个烟袋乌木杆儿，掐住两头儿一道黑。二姐描眉去打鬓，照着个镜子两道黑。

〔郑大妈欲弯腰。

耳　聪　（拦住郑大妈）粉皮墙写川字儿，横瞧竖瞧三道黑。象牙的桌子乌木的腿儿，放在炕上四道黑。买个小鸡儿不下蛋，圈到笼里捂到（五道）黑，挺好骡子不吃草，拉到街上遛到（六道）黑。姐俩南洼去割麦，丢了镰刀拔到（八道）黑。挺大的姑娘跳了河，人捞网打救到（九道）黑。卖瓜子的没注意，哗啦撒了一大堆，笤帚簸箕不凑手，一个一个拾到（十道）黑。

目　明　要是没事儿，我先回去了。

郑大妈　等等，要是出来个大马猴，你得上手。（站起，欲弯腰看床下）

耳　聪　（急跪在郑的面前，抱住郑的双腿）大妈！

郑大妈　你抱我腿干吗？

耳　聪　(如泣如诉地) 山前住着崔粗腿, 山后住着崔腿粗, 两个山前来比腿, 也不知道崔粗腿比崔腿粗的腿粗, 也不知道是崔腿粗比崔粗腿的腿粗。

郑大妈　(感动地) 你起来吧。

耳　聪　我不!

郑大妈　我不难为他, 你让他出来吧。

〔神秘人从床下钻出。

郑大妈　是他!

神秘人　查电表。

郑大妈　你别电死。

神秘人　告辞。

郑大妈　站住。你就这么走了?

神秘人　好男儿志在四方。

郑大妈　你们刚才说的我都听见了, 你既然有这份儿好心……

神秘人　哪份儿? 我好心太多。

郑大妈　你不是反对拆这条街吗?

神秘人　您也反对?

郑大妈　那是自然。我就做点儿好事, 留你住几天。

神秘人　我还是走吧。

郑大妈　我敢断定, 这街上有人盯着咱们的大门, 你一出院儿, 就得让人抓住。

神秘人　可, 怎么住呀?

郑大妈　不能让耳聪跟你住一起……这么着吧, 耳聪住到东屋。

耳　聪　这怎么行?

郑大妈　让目明搬过来。

目　明	我不搬。
郑大妈	你总不能和人家姑娘住一块儿呀? 去拿东西。
	〔耳聪收拾东西。
	〔目明拿着望远镜进来。
目　明	我就这么一个家当。
耳　聪	(拿着录音机和书包) 我走了。
郑大妈	去吧。
耳　聪	(向神秘人) 我明天再来看你。
神秘人	我自横刀向天笑,去留肝胆两昆仑。
耳　聪	莫愁前路无知己,天下谁人不识君。
郑大妈	甭说暗号儿。
	〔耳聪下。
郑大妈	今天先凑合,明天搭铺。(下)
目　明	你睡里边还是外边?
	〔神秘人拿过望远镜,对准目明。
神秘人	比真人还清楚。
目　明	放下,别动。
神秘人	你是建筑公司的?
目　明	不是,你给我。
神秘人	规划局的?……
目　明	不是。
神秘人	建筑设计院的?
目　明	哪儿的都不是,你给我望远镜。
神秘人	那你带它干什么?
目　明	看槐花。

神秘人　　不给你来点硬的，你是不说实话。

目　明　　你要干什么？

神秘人　　可惜紧身衣没穿来。把你裤腰带解下来。

目　明　　你别胡来。

神秘人　　解！

〔目明委屈地解下裤带，神秘人用裤带把目明绑在椅子上。

神秘人　　说，哪儿的？

目　明　　待业。

神秘人　　胡说，王大夫，电他。

目　明　　什么王大夫，这里就咱们俩。

神秘人　　那我就揍你。（扒下目明的袜子，塞进目明的嘴里）

〔神秘人痛打目明。目明痛苦地挣扎。

神秘人　　（拔下袜子）说，哪儿的？

目　明　　（呻吟）我没有工作。

神秘人　　你们什么时候拆这条街？

目　明　　不知道。

神秘人　　想想。你就不想出院？跟家人团聚？

目　明　　我真的不知道！

〔神秘人欲摔望远镜。

目　明　　别！

神秘人　　说！

目　明　　我真的不知道呀！

〔神秘人摔望远镜。

目　明　　啊！（哭）我怎么看槐花呀！

神秘人　　你眼神儿真不好使？

目　明　我再也看不见槐花了。

神秘人　(伸出一只手) 这是几?

目　明　(摇头) 不知道。

神秘人　你再好好看看,是什么?

目　明　脚。

神秘人　幽默? (吐出舌头) 这是什么?

目　明　舌苔。

神秘人　那舌头呢?

目　明　全是舌苔。

神秘人　奇怪,你能看见舌苔,却看不见舌头?

目　明　你的舌苔太厚。

神秘人　这是什么意思?

目　明　你说话的时候一定很费劲。

神秘人　是,我常常找不到一个合适的字眼儿,总是辞不达意。

目　明　因为你的心灵也长满舌苔。

神秘人　要长也是心苔,怎么会是舌苔?

目　明　一个长满舌苔的心灵一定非常痛苦。

神秘人　没有人理解我。你的眼睛一定也长满舌苔。

目　明　要有,也是白内障。

神秘人　为什么到你这儿就不是舌苔? 我就非得是舌苔? 我要
　　　　改成心内障。

目　明　你的内心将永远充满障碍和痛苦。

神秘人　我要你尽快离开此地。

目　明　休想。

神秘人　那就让你不得好死。(打目明)

〔目明喊叫。

〔敲门声。郑大妈和耳聪冲进来。

郑大妈　这是干什么? 怎么打人呀?

耳　聪　不是真的吧, 是不是你们闹着玩儿?

目　明　他把我望远镜摔了。

耳　聪　(捡起望远镜, 望了望) 行, 还能用。

郑大妈　(拿过望远镜, 望了望) 这里边儿净是人了, 玻璃裂了吧。

目　明　槐花开以前, 你得赔我。

郑大妈　不错, 你得赔。今儿别住这儿了, 你们俩分开, 你 (向目明) 还回东屋。

耳　聪　那我呢?

郑大妈　你跟我睡。

耳　聪　真倒霉。

郑大妈　你说什么?

耳　聪　我说倒腾什么。

郑大妈　快搬吧。

神秘人　你们就不怕我跑喽?

郑大妈　嘿, 逗气儿啊。可也是, 谁看着他呢? 总不能我看着他吧?

耳　聪　我陪您。

郑大妈　那也没法睡呀。别捣乱啦, 我看只好让他走吧。

神秘人　那最好。

耳　聪　可你会被人抓住的。

郑大妈　你去看看街上有人没有?

神秘人　　我上房。

郑大妈　　刚才我倒是看了，房上没人。

神秘人　　告辞。

耳　聪　　小心点儿。

　　　　　〔神秘人下。

　　　　　〔收光。

　　　　　〔花白胡子的房间。

　　　　　〔这是一个厨房和卧室兼用的房间。一道帘把房间隔成
　　　　　　两半，帘子两边各有一张床。戏开始的时候，帘子是拉
　　　　　　开的。媳妇儿半靠在里边的床上，她有严重的半身不
　　　　　　遂。花白胡子从火上把饺子捞出来，盛到盘子里，端到
　　　　　　媳妇面前。

花白胡子　好吃不如饺子，舒服不如倒着。

媳　妇　（点头，口齿不清地）好……吃……

花白胡子　不过你老倒着，也不见得舒服。（喂饺子给媳妇）

媳　妇　　不舒……

花白胡子　听着像法语。

媳　妇　（愤怒地）不……不……

花白胡子　一提法国，你就生气。那个小王八蛋真没良心。

　　　　　〔媳妇难过。

花白胡子　（给媳妇擦嘴，接着喂饭）法国有什么？不就三剑客，
　　　　　　想扎谁就扎谁吗？

媳　妇　　不……不……

花白胡子　法国女人想得开，比着给爷们儿戴绿帽子……

媳　妇　　不……不……

花白胡子　这你别跟我争，这都在论的。那个小王八蛋到法国
　　　　　老实不了。你别老想他了。

媳　妇　不……（吐饺子）

花白胡子　你不同意没关系，别吐呀。

媳　妇　圣……女……

花白胡子　什么？圣……女？

媳　妇　圣女……贞……德……

花白胡子　圣女贞德？干吗的？

媳　妇　……英雄。

花白胡子　哪个国家没一个半个的好人，那不管事。

媳　妇　……艺术。

花白胡子　法国艺术？画画儿的多？

　　　　〔媳妇点头。

花白胡子　那当不了饭吃。起码活着时候吃不上饭，死了以后
　　　　　画儿能卖个几百万，管个屁用？听说有个画画儿的，饿
　　　　　得把自己耳朵都咬下来了。

媳　妇　（拼命摇头）不……拉……

花白胡子　……行啦，你别比划啦，是拉的是不是？

　　　　〔媳妇点头。

花白胡子　我也纳闷，就说法国人嘴大，他也够不着自己耳朵
　　　　　是不是？

　　　　〔媳妇笑。

花白胡子　得得，你这一笑比哭还寒碜。

　　　　〔媳妇哭。

花白胡子　你知道为什么画画儿的活着不值钱？

〔媳妇摇头。

花白胡子　要不还得说人家外国人会做买卖。不是人家不识
　　　　　货，是人家有算计。你想想，他要活着就值钱，他一高
　　　　　兴得画多少？您就是钞票也如是，印多了就不值钱。
　　　　　他一死，再也画不了了，剩下的都有数儿，这就好办
　　　　　了。要是那小王八蛋在法国学学画画儿，等他死了，咱
　　　　　们也……嗨，等不到他死了，我就先咽气啦。

媳　妇　你……不……死。

花白胡子　你不愿意我死？好孩子。你有良心。可你也有私心。
　　　　　我死了，谁喂你吃饭？谁给你端屎端尿？

媳　妇　（委屈地）不……是……

花白胡子　得得，跟你闹着玩儿呢，别急。你说你们家人也真
　　　　　够狠的，扔下你就不管了。

媳　妇　（伤心地）对……不……起。

花白胡子　甭客气。我说句你不爱听的，你连我自己的媳妇儿
　　　　　都耽误了。小王八蛋气死他妈以后，我就想去跳跳舞
　　　　　什么的，怎么我也能弄回一个半个的老伴儿吧？你别
　　　　　不信，那本事大的，弄回来还不止一个呢，见天儿打
　　　　　架，热闹着哪。

媳　妇　你……去。

花白胡子　我去个六猴。有你在，我也没法在家约会呀？白费
　　　　　事。

　　　　　〔媳妇赌气，不吃了。

花白胡子　你瞧你瞧，又生气了。要是吃饱了，就说吃饱了，别
　　　　　找茬儿。拢共三十个饺子，你吃了二十，我还剩十个，

71

你亏心不亏？

〔媳妇嗔怪地一笑。

花白胡子　你说你将来可怎么办？我一死……

媳　妇　能……好……

花白胡子　好了，也是个残疾。远看金鸡独立，近看累马歇蹄，走起路来风摆荷叶，躺在炕上长短不齐。

〔媳妇哭。

花白胡子　又哭，你也得让我说说吧，谁也不能拦着我耍贫嘴，我就这一乐儿了。对了，有个东西让你高兴高兴。

〔花白胡子从自己的床下找出一个鞋盒子，来到媳妇面前。

花白胡子　（拿出一双皮鞋）瞧瞧，地道的软牛皮，大方头儿，大厚底儿。

媳　妇　（撒娇地）太……沉。

花白胡子　（乐了）这个现在正时髦儿，你这两年没出去，现在什么笨兴什么。你还管它沉不沉，反正也不走，净躺着。

媳　妇　（生气）不……穿。

花白胡子　不穿我穿……我成妖怪啦。你得穿上，他谁来了，一看，也不能小瞧咱们。我们妞子没病的时候就爱俏，也会俏，现在就是瘫了，也比二秃子他姐酷。

媳　妇　（感动）想……死。

花白胡子　死也得穿着皮鞋死，不能让阎王爷说咱们土。

〔花白胡子给媳妇穿鞋。

童　男
童　女　（闯入）瘸子瘸，瘸子瘸，长大不能穿皮鞋。

媳　妇　（生气）嗯——

花白胡子　谁说的，穿着呢。我防的就是你们这手儿。这叫不
　　　　瘸还不穿皮鞋。滚！

　　　　〔童男、童女下。

　　　　〔耳聪叫门。

耳　聪　有人吗？

花白胡子　净人啦。

耳　聪　（进屋）大爷。

花白胡子　（诧异地）你怎么摸这儿来啦？不是告诉你别上家
　　　　来吗？

耳　聪　公用电话那儿找不着您，只好到家来。

花白胡子　有急事吗？

耳　聪　老没跟您请教了。

花白胡子　是呀，你老不来，我寻思着八成是够了。

耳　聪　这位大姐的身条儿真好。

花白胡子　打哪儿看出来的？

耳　聪　腿多长呀！

花白胡子　那是腿细。一细就显着长。

媳　妇　（嗔怪地）是……长……

花白胡子　不乐意啦。是长是长。

耳　聪　这双鞋真漂亮。

　　　　〔媳妇点点头。

花白胡子　你真有眼力，听说你们院儿昨晚上闹鬼啦？

耳　聪　您听谁说的?

花白胡子　隔墙有耳。

耳　聪　我跟您说了,您可别告诉别人。

花白胡子　我干吗那么多事。

耳　聪　那个医院找的人跑到我们院子里去了。

花白胡子　是不是正乱的那会儿?

耳　聪　你怎么知道的?

花白胡子　我看你变颜变色的,就知道你屋里有人。

耳　聪　本想多留他几天,可大妈不让,怕他惹事。

花白胡子　就怕留不住他。这条街人多嘴杂,纸里包不住火。

耳　聪　他这一走,怕是早晚让医院抓回去。

花白胡子　他得赶紧离开这儿。

耳　聪　可他非说我们是建筑公司的,来拆这条胡同的。

花白胡子　就是,碍着他什么啦?

耳　聪　他不让拆。

花白胡子　他管得着吗?这条胡同还不该拆吗?拆了,我这破
　　　　　房得给两间,我领个人来,也方便不是。(倒了点水,端
　　　　　到媳妇面前)喝口水。

耳　聪　我来吧。(给媳妇喂水)

媳　妇　谢……谢。

耳　聪　没什么。也真够难为您的。

花白胡子　这也是命。有这么个不孝顺的儿子,你不受累谁
　　　　　受累?

耳　聪　我给大姐梳梳头吧。

花白胡子　那我替妞子谢谢您啦。

〔耳聪给媳妇梳头。

媳　妇　谢……谢。

耳　聪　也真够可怜的。大姐长得还挺漂亮呢。

花白胡子　心眼儿也好，你说怎么偏偏好人不得好报？她也是
　　　　让我那个小王八蛋给气的。再找个主儿不结了？非等
　　　　他，连个信儿也没有。姑娘，现在不是王宝钏那个年月
　　　　啦，苦守寒窑十八年，犯得上吗？

耳　聪　您看我像那种人吗？

花白胡子　你呀，也是个死心眼儿。那个神经病你干吗拿不起
　　　　放不下的？

耳　聪　谁放不下啦？我是怕他受罪。

花白胡子　谁不受罪呀？他管闲事也管得太宽啦，他不让拆，
　　　　他凭什么？

耳　聪　您在这儿住了一辈子，真拆了，您就不留恋？

花白胡子　要说一点不留恋，那是瞎话。小时候的事，现在还
　　　　在眼面前儿。可现在这人不知道怎么净把人往坏处
　　　　想，背地里说别人要多难听有多难听。佛家说不妄语，
　　　　就是不让人胡说八道。

耳　聪　您信佛吗？

花白胡子　不信，信了就不能吃肉。这饺子刚吃了几年呀？

耳　聪　您说都住楼就舒心啦？

花白胡子　那倒也不一定。可是那些个眼睛就不老盯着别人啦。

耳　聪　您把人都想得太复杂了。

花白胡子　一点也没冤枉他们。就说我吧，我伺候着个瘫子，招
　　　　多少闲话。

耳　聪　是吗? 我就没听说。

花白胡子　你这是不打自招。就那郑老太太不跟你念叨才怪呢。你说小时候多可人疼的个丫头,现在怎么这么讨厌? 有一年,她上街买冰棍——(重复郑的话)

〔耳聪接茬。

花白胡子　你都知道啦? 她还说我什么?

耳　聪　人家净说您好话。

花白胡子　不可能。她能吐出象牙来? 她说我什么?

耳　聪　不告诉您。

花白胡子　你这不是逗咳嗽吗?

耳　聪　当初怎么你们没结婚?

花白胡子　他爸爸嫌我穷。可倒好,嫁了个房产主,房子也收了,家也抄了,虽说房子后来又发还了,可人的好时候过去啦。

耳　聪　她男人呢?

花白胡子　自杀,就在你住的房子里上的吊。

耳　聪　什么? 干吗非在我的屋子里上吊?

花白胡子　怕在正屋里吓着她呗!

耳　聪　那她的子女们就扔下她不管?

花白胡子　子女们都嫌弃她。

耳　聪　为什么?

花白胡子　这不能告诉你,说了就是说人坏话。

耳　聪　您告诉我嘛,保证不乱说去。

花白胡子　你非知道这个干什么?

耳　聪　看看子女们对不对?

花白胡子　你要是为这个，倒是不碍的。可还是不说的好。

耳　聪　那我走啦。

花白胡子　别，咱们还没遛活呢？

耳　聪　我不听了。

花白胡子　我告诉你，你可别传到她那儿去。

耳　聪　您看您。

花白胡子　她这房子怎么发还的？就是跟房管所的那位打枪不用瞄准儿的所长乱搞。

耳　聪　打枪不用瞄准儿？

花白胡子　斜眼单瞪，一只眼不管用。

耳　聪　怎么回事？

花白胡子　二十多年前吧，那时候她还漂亮着呢。

耳　聪　您看见啦？

花白胡子　我哪儿忍心呀。让二秃子他姐撞上啦，嚷嚷的满街都知道啦。

耳　聪　那她还不搬走？

花白胡子　换不走，人家一听说她院儿里死过人，就拜拜啦。

耳　聪　她不会不说这事？

花白胡子　甭等她说，这街上早有多嘴的说了。

耳　聪　真倒霉。您怕死过人的房子吗？

花白胡子　我怕什么？我是穷不怕。我都这样了，就是跟死人住一屋我也不在乎。

耳　聪　那您为什么不租她的房子？

花白胡子　租？白给我我都不住。

耳　聪　为什么？

花白胡子　还不够招闲话呢。

耳　聪　死要面子活受罪。

花白胡子　你听说这条街什么时候拆?

耳　聪　没听说。这条街这么老,没准儿政府还保护呢?

花白胡子　有什么可保护的。不就百十来年吗?您再往下挖没
　　　　　准儿还有恐龙呢?咱们还不敢俩脚着地了。她还说我
　　　　　什么?

耳　聪　没有。

花白胡子　不可能。

耳　聪　她说您勾搭女人有一套。

花白胡子　我冤不冤啊?净造谣。

耳　聪　她说您跟……

花白胡子　打住。传闲话是不是?

耳　聪　您瞧,不说吧,偏问;说了,就是传闲话。要是大家都
　　　　　不爱听闲话,也就没人说了不是。

花白胡子　自古来就是好事不出门,坏事行千里。谁背后不说
　　　　　人坏话?

耳　聪　还真有一个人。

花白胡子　谁?

耳　聪　您猜?

花白胡子　(指媳妇) 她。

　　　　　〔媳妇发出鼾声。

花白胡子　嘿,着了。我猜不出。

耳　聪　目明。

花白胡子　那个拿望远镜的傻小子?

耳　聪　　对，我发现他从来不说人坏话，也不传闲话。

花白胡子　说人坏话的不见得是坏人，不说坏话的不见得是
　　　　　　好人。

耳　聪　　也许是吧？可是说人坏话总是不好。

花白胡子　你找我真的没别的事？

耳　聪　　我想您也许能见着那个福尔摩斯，要是见着，您劝劝
　　　　　　他早点儿离开此地。

花白胡子　见着他我就给医院打电话。

耳　聪　　别，您别害他。

花白胡子　谁让他反对拆迁呢。

耳　聪　　他起不了什么作用，您让他走了就完了。

花白胡子　他是跟着你们的，他不放心的是你们。要是你们走
　　　　　　了，他也就不在这儿糗着啦。

耳　聪　　那我就没法跟您学民谣啦？

花白胡子　那你想好了。

耳　聪　　那我只好牺牲自己。

花白胡子　不学了？

耳　聪　　不学了。

花白胡子　为了这个神经病你值吗？

耳　聪　　我不认为他是神经病。他说的话都很有道理。

花白胡子　我说的那些民谣都没道理？我还不如一个神经病？

耳　聪　　这是两回事儿。

花白胡子　可光你一个人走了，他还是不走，非得那个傻小子
　　　　　　也走了，他才会走。

耳　聪　　是呀，槐花不开，他是不会走的。

花白胡子　不行，我得上班啦。

耳　聪　我跟您一起去。

花白胡子　我求你件事，你先在这儿待会儿……

耳　聪　您是怕有人说闲话？

花白胡子　……不是，待会儿她醒了，你帮她解个手，再走。

耳　聪　行。

　　　　　〔花白胡子下。

　　　　　〔耳聪收拾屋子。

　　　　　〔居民甲乙丙丁上。

耳　聪　你们找谁？

居民甲　我们找花白胡子。

耳　聪　他不在。

居民乙　（拉帘）真不在？

耳　聪　你们别乱动。

居民丙　你在这儿干什么？

耳　聪　我要照顾大姐解手。

居民甲　我们来吧。

耳　聪　敢！

居民丁　咱们走吧。

居民甲　妞子这皮肤真白。

居民丙　那是老不出去捂的。

居民甲　人家一直就这么白。

居民丙　老花真有艳福。

耳　聪　你们别胡说。

居民丁　咱们走吧。

居民甲　就你怕事。

居民乙　老花就这么心甘情愿伺候人？不图利谁早起呀？

居民丙　跟我们说说，老花是怎么伺候儿媳妇的？

耳　聪　真无耻。滚出去！

居民甲　真无耻的人你倒觉得是好人。你早晚躲不过老花……

　　　　〔媳妇醒来。

媳　妇　解……手。

居民丙　尿盆儿呢？

耳　聪　你们给我出去！

居民丁　房上有人。我走啦。

居民甲、乙、丙　着什么急？

媳　妇　混蛋！出去！

　　　　〔居民丁下。

居民甲　嘿，别介。

　　　　〔神秘人上。

　　　　〔媳妇大哭。

神秘人　冤家路窄。

居民乙　这回看你往哪儿跑？

居民丙　咱们仨还对付不了他一个？

耳　聪　你们想干什么？

居民甲　神经病都有蛮劲。咱们恐怕不是个儿！

　　　　〔耳聪护住神秘人。

神秘人　(推开耳聪) 哈哈，你们不说出个所以然来，休想从这
　　　　里出去。

居民丙　咱们要齐心，听我的，上！

〔三人齐上，把神经病轻易制伏。

居民甲　你没有神经病。

神秘人　你怎么知道？

居民甲　哪有这么尿的神经病？

神秘人　你们要向医院反映这个问题。

居民丙　先把他捆起来。

居民乙　用什么捆？

居民甲　用那姑娘的丝袜子。

耳　聪　我要喊人了。

居民丙　把你也一起捆了。（上前扒耳聪的袜子）

耳　聪　我自己来。（脱下袜子）

〔居民丙把两人分别捆了。

居民甲　你说，你们俩是什么关系？

耳　聪　朋友关系。

居民乙　你是他女朋友？

耳　聪　是的，怎么样？

神秘人　她不是我女朋友。我没有女朋友。

耳　聪　你别害怕。

神秘人　我不害怕。我只是不爱她。

耳　聪　什么？我不相信我的耳朵。

神秘人　我不爱你。

居民甲　别演戏了。你，（推耳聪）过去亲他。

耳　聪　我愿意这样做。亲哪里？

居民甲　你们说呢？

居民乙　一般都是亲嘴。

居民丙　还有不一般的呢?

居民甲　先来一般的,渐入佳境。

居民丙　好,先亲嘴,要投入。

神秘人　投入? 还要往里扔东西吗?

居民甲　待会儿再扔,先亲。

　　　　〔耳聪大胆地过去吻神秘人。

神秘人　(躲闪)住口! 士可杀而不可吻。

耳　聪　是不可侮。

神秘人　眼下情况紧急,就改一字吧。

耳　聪　为什么怕我吻你?

神秘人　……病从口入。

居民乙　啰唆什么! 快着。

媳　妇　滚……出……去!

居民丙　别理她。你们别磨蹭。

耳　聪　按他们的吩咐去做吧,不然要吃苦头。

神秘人　(突然挣脱)都给我听着。

　　　　〔三人拥上,企图制伏神秘人,神秘人轻而易举地将他
　　　　　们撂倒。

居民甲　你真是神经病?

神秘人　你们到这里来干什么?

居民乙　找点儿乐子。

神秘人　(把三人捆在一起)今天让你们乐够了。

耳　聪　快把我解开。

神秘人　我要让你反省,你做了不该做的事。

耳　聪　我是真的爱你。

神秘人　你在出卖我。

耳　聪　你就这么走了吗？

神秘人　(指媳妇)我要救她。

居民甲　我就知道他另有所图。

神秘人　(踢甲一脚)闭嘴。(向媳妇)你想逃离这里吗？

媳　妇　想……

居民丙　小船无腿游九州。

神秘人　那你就一定做得到。现在你跟我学着做。大拇哥(挑
　　　　起大指)念。

媳　妇　大拇哥。

神秘人　用那只手摸它。

　　　　〔媳妇用一只手，摸大拇哥。

神秘人　(挑起食指)二拇弟。

媳　妇　(模仿，以下要不断触摸提到的部位)二拇弟。

居民甲　钟鼓楼。(挑中指)

媳　妇　钟鼓楼。

神秘人　护国寺。(挑无名指)

媳　妇　护国寺。

神秘人　小妞妞。(挑小指)

媳　妇　小妞妞。

神秘人　(摸手臂)手供盘。

媳　妇　手供盘。

神秘人　胳膊腕，挎竹篮，挑水担。

媳　妇　胳膊腕，挎竹篮，挑水担。

神秘人　(摸嘴唇)饭饱儿。

媳　妇　饭饱儿。

神秘人　(摸鼻子) 闻香儿。

媳　妇　闻香儿。

神秘人　(摸眼睛) 亮灯儿。

媳　妇
　　　　　亮灯儿。
耳　聪

神秘人　(摸眉毛) 毛毛虫。

媳　妇
　　　　　毛毛虫。
耳　聪

神秘人　(摸脑门) 天灵盖儿。

媳　妇
　　　　　天灵盖儿。
耳　聪

神秘人　(摸耳朵) 小蒲扇儿。

媳　妇
　　　　　小蒲扇儿。
耳　聪

神秘人　(摸后脑) 专打宝宝后脑盖儿。

媳　妇　打不着。

神秘人　坐起来。

媳　妇　(坐起) 我怎么坐起来了? (哭泣)

居民甲　奇怪。

耳　聪　我简直不敢相信。

居民乙　神了。

神秘人　先把一条腿移到床下。

　　　　〔媳妇照办。

神秘人　再慢慢把另一条腿移下来。

〔媳妇照办。

媳　妇　这不可能。

神秘人　可能。你是突然不能行动的，就一定能突然恢复。好，
　　　　站起来。

媳　妇　不行，我怕。

神秘人　行，一定行，站起来!

　　　　〔媳妇站了起来，有些不稳。神秘人过去扶住她。走了两
　　　　步，撒了手。

媳　妇　啊呀! 别不管我。

神秘人　你自己能走。

媳　妇　(走了两步，行动自如) 我，我能走啦!

神秘人　你能走啦。

居民甲　本来就没病，这下露相了吧，金屋藏娇，把咱们都
　　　　骗了。

媳　妇　你们!

神秘人　好啦，你现在要怎么处罚他们?

媳　妇　我要把他们的嘴撕烂。

神秘人　好呀。

众　　人　别，我们跟你逗着玩呢。

媳　妇　我下不去手。

神秘人　跟我走吧。

媳　妇　到哪儿去?

神秘人　到房上去，那里会是另一片天地。

媳　妇　可我的公公不知道呀。

神秘人　难道你愿意重新回到那张床上? (静场)

媳　妇　不……我把鞋给他留下，做个纪念吧。(脱下鞋摆好)

这地真凉啊……

神秘人　时间紧迫，我们走。

耳　聪　我也跟你们走。

媳　妇　带上她吧。

〔救护车的声音。

神秘人　不，让她深入生活，多搜集点东西。快，我们来不及了。

媳　妇　(留恋地)这就是我躺了三年的地方！

〔神秘人拉着媳妇急下。

〔耳聪哭起来。

〔收光。

〔暗转。

〔郑大妈家院子里。目明坐在小桌旁，上面的录音机正

放着耳聪搜集的民谣。

郑大妈　你别鼓捣人家的东西。

目　明　这些可恶的声音，我把它洗了。(按键)

郑大妈　抹了？

目　明　对。

郑大妈　什么都没了？

目　明　就怕没洗干净。

郑大妈　那她不是白录了。

目　明　您别管。(换带子，按键)

郑大妈　这年头儿，少管闲事的好。我呀，什么也没看见。(进

北屋)

〔耳聪上。

耳　聪　（无精打采地）你怎么用我的东西？

目　明　我把带子洗了。

耳　聪　你敢！

目　明　真的。

〔耳聪放带子，只有沙沙的声音。

耳　聪　（哭泣）你凭什么这么做？

目　明　我要看槐花。

耳　聪　我的民谣妨碍你吗？

目　明　妨碍。

耳　聪　你这是欺负人。它怎么碍你事啦？

目　明　这些民谣散发着毒气。这条街上的坏话太多了。

耳　聪　这些都是真正的民谣。

目　明　你已经麻木了。因为它已经渗入你的血液和骨髓。你的人格也在开始败坏。

耳　聪　你管不着。

目　明　它的毒气使树木都不开花。

耳　聪　你是妄想狂。

目　明　这不是胡说。为什么别的街道的树木不是这样？

耳　聪　那你为什么不到别的街道上去看？

目　明　我曾经这样想过，可后来舍不得这儿的树木。我要解救它们。

耳　聪　你能堵住那么多人的嘴吗？

目　明　可是我能销毁这些带子，让它不能流传。

耳　聪　可是你控制不了这儿（指自己的头），我能恢复它们。

（抢过录音机，重新按键）你是武大郎——小子。

目　明		什么呀？
耳　聪		你是王八蛋，小子。
目　明		这不是坏话是什么？
耳　聪		这些都是我的心血。我能想起来。（难过地）数九寒天冷风飕，转年春打六九头。正月十五是龙灯会，有一对狮子滚绣球。这是坏话吗？
目　明		往下背？
耳　聪		三月三王母娘娘蟠桃会，孙猴子就把仙桃偷。
目　明		开始偷窃。这是沉沦的开始。
耳　聪		他是孙猴儿。
目　明		谁都不能偷窃。
耳　聪		可有人偷望远镜。
目　明		……那是为了看槐花。
耳　聪		孙猴儿是为了长寿。
目　明		看槐花是为了瞬间。长远目标的偷窃重于瞬间目标的偷窃。
耳　聪		五月初五端阳节，白蛇许仙不到头。
目　明		这是幸灾乐祸。
耳　聪		七月七日天河配，牛郎织女泪双流。
目　明		三句坏话掺一句好话我没有什么意见。
耳　聪		狼也愁，虎也愁，象也愁来熊猫也愁。
目　明		熊猫愁的是没人帮它就一世休。
耳　聪		好像是骡子，骡子愁的是一世休。我记错了。
目　明		没有什么关系，这些废话调换调换不要紧。反正都是幸灾乐祸。

耳　聪　骡子没有后代，它这一辈子就完了。

目　明　骡子没有后代，可是还有跟它们一样的骡子世代出生，熊猫有后代，却免不了绝种。

耳　聪　女粉红喝了粉红女的粉红酒，粉红女喝了女粉红的酒粉红。

目　明　为什么自己有酒不喝，偏要喝别人的呢？矛盾由此产生。

耳　聪　粉红女喝的酩酊醉，女粉红喝的醉酩酊。粉红女追着女粉红就打，女粉红见着粉红女就拧。

目　明　喝醉了就要打别人吗？为什么不把自己的钱借给别人？

耳　聪　你别打岔。她们又打又拧，又把袄撕了，完了自己再缝。

目　明　你不觉得愚蠢吗？

耳　聪　我后边背得不对。

目　明　够了。酩酒接着就是暴力。如果喝的是山西假酒危害就更大。

耳　聪　这些绕口令虽然思想性差一点，可艺术性还是很强的。

目　明　那就危害更大。

耳　聪　我的搜集让你给毁了。

目　明　可你的人格让我再造了。你已经记不得那些污言秽语。

耳　聪　你别自鸣得意。有的动物就愿意生活在泥沼里。

目　明　狼行千里吃肉，狗行千里吃屎。

耳　聪　你……

目　明　对不起，我不应该说坏话。这里真的是毒气太大了。人人都在被侵蚀。

耳　聪　你能毁，我就能重录。

目　明　（突然把录音机摔到地上）起码现在不行。

耳　聪　（打了目明一个耳光）卑鄙！

　　　　〔郑大妈出了屋。

郑大妈　都歇歇吧。你们各说各的理，都是为了自己。可我为了什么？我干吗招你们。我一个人住得挺好。

耳　聪　你寂寞。

郑大妈　我惯了。

耳　聪　你好奇。

郑大妈　我这么大岁数什么没见过？有什么可好奇的？

耳　聪　南屋里死过人。

郑大妈　用不着你告诉我。

耳　聪　你知道死过人，你还让我住在那里。你想看我是不是让鬼魂缠身？

郑大妈　你们怕死人，可我不怕，我怕活人。

耳　聪　你……你……

郑大妈　我知道你后面还有难听的，连你都说不出口。没关系，本主儿听见的坏话也就是十分之一。还有十分之九是本主儿永远也听不到的。这是说坏话的规矩。谁要是连这个规矩都不守，那长在脸上的那道口子就不是嘴。不是从嘴里出来的东西也就不是话，光是一个坏不行，非得坏得是话，是坏话它才有劲儿。姑娘，你还年轻，慢慢儿琢磨去吧。

　　　　〔耳聪羞怯地低下了头。

目　明　不是嘴那是什么？

郑大妈　这就是我说的那种坏话，听完了你还得琢磨。

目　明　有形的好办，无形的难查。真让人头疼。

耳　聪　我的录音机就让他白毁了？

郑大妈　他的望远镜不是也让人白摔了？人这一辈子要想全须全尾儿，难。谁能不受点儿什么。

耳　聪　这么活着真没意思。

郑大妈　想死还不容易，死了可就再也活不了了。哪儿那么多有意思的事？活着就不容易。你们准这么想，一个孤老太太，守着这么一个院子，连个说话的人儿都没有，天天让街坊戳脊梁骨，让人欺负，活个什么劲？你就说蛐蛐儿吧，夏天儿出来，秋天儿就死了，拢共活一百天，它忙活什么呢？嘟嘟儿的叫得多欢呀？我是没什么事儿，我是拿活着当事儿。跟你们不一样，你们是拿活着玩儿票。

耳　聪　您真热爱生活。

郑大妈　甭说那么酸，我不热爱生活。有爱，就有恨。爱不上了，就恨，这一恨就不想活了。

目　明　不爱不恨，这叫什么呢？

郑大妈　这说出来你就不懂了，这叫慈悲。

　　　　〔耳聪、目明思索着。

郑大妈　拿你来说吧，非得看什么槐花，还得用望远镜看，你心里要真是有这棵槐树，还用看吗？那花儿正开着呢。香气都闻得见。

耳　聪　妞子让福尔摩斯带走了。

郑大妈　什么？

　　　　〔雨声。

郑大妈　风来啦，雨来啦，蛤蟆背着鼓来啦。风散啦，雨断啦，蛤蟆把鼓打烂啦。

〔街上传来花白胡子凄凉的声音：妞——子，妞——子，你把鞋穿上！

〔收光。

〔暗转。

〔景同第一场。

〔童男、童女的声音：水牛儿水牛儿，先出犄角后出头，你妈你爹给你买了烧羊肉，你不吃，喂狗吃，狗不吃，还是喂你吃。水牛儿水牛儿……

〔光渐显。

〔神秘人和媳妇出现在房上。

〔花白胡子拿着皮鞋和居民甲乙丙丁上。

〔童男、童女上。

居民甲　抓住他们！

居民乙　还是引他们下来好。

童　男
童　女　（向神秘人喊）蜻蜓飞得高，老鹰叼；蜻蜓飞得矮，没人逮！

居民甲　没用。（向房上）只要你们下来，既往不咎……我们保证你们的人身安全。

居民丙　把房踩漏了你们得负责修理！

居民甲　净说没用的，你们要相信群众，相信街道！

神秘人　你是武大郎盘杠子——上下够不着，小子！

居民甲　（向丁）你来。

居民丁　管用吗？（向房上）猪吃我屎，我吃猪屎！嗨，忙中
　　　　出错。

神秘人　吃完原告吃被告，吃完麻药吃炸药！

居民丁　你是武大郎上房——

居民甲　怎么啦？

居民丁　上吧，小子！

居民甲　不行，换人，老花，你来！

花白胡子　（悲伤地）妞子，把鞋穿上！

神秘人　光脚的不怕穿鞋的！

居民甲　利用民谣击败他。

花白胡子　我什么也想不起来啦。

居民甲　你随便说点什么麻痹他们，大家准备抓人。

　　　　〔众人摩拳擦掌，有人拿出绳子，有人搬来梯子。

　　　　〔郑大妈和耳聪上。

花白胡子　从槐花胡同到葵花胡同，穿梨花胡同到杏花胡同，
　　　　走枣花胡同奔李花胡同，千万别走天花胡同，见着灯
　　　　花胡同，出了桃花胡同，就是百花胡同……就是别在
　　　　槐花胡同！

居民甲　这不是支招儿吗？抓人！

　　　　〔众人手忙脚乱地准备爬树。

媳　妇　（平静地）你们为什么这么热衷于别人的事情？（众人像
　　　　着了魔法一样停住）别人跟你们不一样就不行吗？你
　　　　们知道狗是怎么思维的吗？当一块砖头砸在狗的背上，
　　　　它的第一个反应，就是——跳起来咬旁边的一条狗。

　　　　〔众人做思索状。

居民甲　这是对广大群众的诬蔑! 抓住他们!

居民乙　我认为首先要搞清谁是挨砖头的狗, 谁是旁边挨咬的狗, 特别要查清楚, 究竟是谁扔的砖头……

居民甲　你先慢慢儿查着, 我们抓人要紧。

神秘人　渤海可能要变成死海, 现在梭子蟹已经没了, 鲅鱼也快绝种……

居民丙　这跟我们关系不大, 我们吃带鱼。

神秘人　如果日元跌破一百五, 人民币也不得不贬值。

居民乙　不要造谣, 人民币是不会贬值的!

居民丁　(向甲) 要不咱们先换点儿美元留着?

居民甲　不要跟他切磋经济问题, 我们要牢牢掌握斗争的大方向。抓住他们!

神秘人　我和你们无冤无仇, 抓住我们, 对你们有什么好处?

居民丙　我们有没有好处没关系, 只要你没好处我们就干!

居民甲　别胡说八道, 快, 抓住他们!

　　　　〔众人上树的上树, 爬房的爬房。

　　　　〔神秘人端起灭火器向人们喷泡沫。众人败退。树上挂满泡沫。

　　　　〔神秘人和媳妇从容离去。

　　　　〔目明上。

　　　　〔众人仰望槐树。

花白胡子　(喊) 妞子, 把鞋穿上!

　　　　〔媳妇幕后喊: 我再也不穿啦!

郑大妈　(感叹地) 光脚上房, 我没这岁数啦!

耳　聪　(若有所思地) 出了桃花胡同就是百花胡同……就是别

在槐花胡同。

目　明　(仰望槐树上的泡沫) 终于开了。真美呀!

〔清洁女工上, 不慌不忙地把尘土扫进沟眼里。

〔救护车的声音隐约可闻。

—剧终—

1998年

厕　所

人　物

史爷——男,四十多岁,顶替父亲工作的回城知青,看厕所

史老大——男,史爷的父亲

十一二岁的靓靓

靓靓——女,二十多岁,摇滚歌手

丹丹——女,靓靓的母亲,可由靓靓扮演

佛爷——男,小偷

胖子——男,自由撰稿人,知青文学作家

三丫儿——男,包工头

摊煎饼的——女

张老——男,七十多岁,号称老干部,厕所画家

秦越——男,二十多岁,摇滚歌星

英子——男,三十多岁,同性恋

便衣——男,三十多岁

外乡人 ——男

瘦子——男

居民甲、乙、丙,知青甲、乙、丙,卖风车的,盲女人,聋女人,外国副理,裁缝,女服务员

地　点

三个时代的北京厕所以及厕所附近的相关景致

时　间

七十年代初；八十年代中；九十年代末

第 一 幕

〔关于厕所的说明：舞台上的厕所应该看得见内部，人们
　无论是做什么都能看见上半身。七十年代的男厕所包括
　一排水泥板蹲坑和一条粗陶烧制的小便池，这是一种
　没有遮拦的集体排泄场所。人们在这样的环境下处理
　隐私并没有什么不适应。一切都怡然自得。

〔由于景的细节需要，不同演区都有演员，建议用光来
　加以区分戏的进展。或者干脆没有戏的演区演员就在
　那里候场，不必参与演出，如果方便也可公开退场，搭
　词的时候再出现即可。剧本会提示戏在哪个演区进
　行。必要的时候也可以使用转台。

〔场光收。

〔收音机里播的是马季和唐杰忠合说的相声《友谊颂》。

〔"相声"录音结束，中速开大幕。

〔舞台光起。

〔七十年代北京的一条胡同。早晨。

〔一座灰砖的公厕挤在低矮的民房之间。远处可见树木。

〔几个居民在公厕外排队。也有人来倒尿盆。

〔男厕所里

〔厕所里有六个大便坑，都蹲满了人。这种厕所没有隔断，可以设计一种遮挡观众视线的舞台装置，让观众只能看见如厕者的上半身。

〔大便坑前一米远是小便池，倒尿盆的把尿倒在池子里。蹲坑的张老躲闪着飞溅的尿液。

张　老　没瞧见人吗？

倒尿盆的　不是成心的，对不起您。呦，上茅房您穿这么整齐干什么？

张　老　工作需要，老有外事。

倒尿盆的　您完了我接您这坑……

　　　　　〔厕所外排队的人在喊：别加塞儿！

倒尿盆的　哥们儿，我闹肚子。照顾照顾。

　　　　　〔一片叫声"别加塞儿！"

　　　　　〔倒尿盆的只好出来。

　　　　　〔厕所外

　　　　　〔一队人在排队等着上厕所。他们向厕所里叫喊。

丹　丹　劳驾，让一让！

　　　　　〔众人突然停止了叫喊，视线不约而同地转向女厕所。一个风姿绰约的女战士从一个院子里出来，手里端着一个带盖儿的尿盆，进了女厕所。她是丹丹。

居民甲　文艺兵，跳舞的。

居民乙　我说怎么前挺后撅的……

〔丹丹又从女厕出来，把尿盆放在地上，背过身去，不看这边。显然是里面客满。

居民丙　女厕所就两个坑儿。

居民乙　你怎么知道？

居民丙　数窗户，比男厕所小三分之二。

居民甲　这不是重男轻女吗？

〔一个女人从女厕所里出来，丹丹赶紧进去。

〔史老大和他的儿子史爷推着自行车向厕所而来。史老大的车后架上夹着冲水的胶皮管子和笤帚。

史老大　这片儿转到这儿是最后一个厕所，明儿就你自己了，我就不跟你来了。

史　爷　听说尼克松要访华……

史老大　说不定他夫人可能参观厕所，收拾干净点儿。这儿人还挺多，那边还有个小的，咱爷儿俩先收拾那个去。

〔男厕所里

〔以下的谈话都在模拟排泄中进行。

张　老　对待尼克松的态度就是不冷不热，不卑不亢。

胖　子　（关上半导体，唱京剧）他神情不阴又不阳。

张　老　报上不是这句话。

胖　子　基辛格喜欢肚皮舞。

张　老　你从哪里听到的？

胖　子　《参考消息》。

张　老　要看他的主流，他对我们中国还是友好的嘛。

胖　子　您是说肚皮舞不好？

张　老　这是一种下流的舞蹈。

胖　子　下流在哪儿？

张　老　用肚皮……

英　子　肚皮舞非常性感，并不下流。

胖　子　非得看了才能知道。

张　老　那得到中东去。你是去不了了。

胖　子　那我就光看肚皮，舞，再说啦。

英　子　是这样的……

　　　　〔英子学肚皮舞。

胖　子　别甩我一身嘿。破四旧的时候，这个厕所里掏出过
　　　　金条。

英　子　听说还有首饰，有一个翡翠的扳指，被水一冲，整
　　　　个坑里都成了绿色……

瘦　子　那是有人吃多了菠菜啦。

胖　子　听说还有一幅字帖，是什么机的《平复帖》……

外乡人　肯定是摹本，陆机的真迹张伯驹早捐给国家了。

瘦　子　值钱吗？

张　老　价值连城，当年张伯驹可是倾家荡产买下的……

英　子　那国家一定给他很高的奖励啦？

外乡人　给他一个右派，发到关外去劳改。

张　老　不是马上，过了一段时间正赶上反右……

胖　子　你说破四旧时候，眼瞅着厕所里那么多宝贝，怎么
　　　　就没有人敢捡便宜呢？

张　老　那可不是便宜，委托行都给不出价钱，捡了有什么
　　　　用……那是捡祸。

外乡人　这才叫做运去黄金失色，时来铁也生辉……

瘦　子　宝贝扔厕所里，这也就是在中国。张老，您去的地
　　　　方多，别的国家有这样的吗？

张　老　中国人不爱金钱，这是一种可贵的精神！

外乡人　就是有点假，我看有一天，中国人比哪国人都会更
　　　　在乎钱。

胖　子　不一定吧，要钱还是要命，当然得选择命。

外乡人　金子就是金子……

胖　子　在我们这儿就是粪土！你是外地人？

外乡人　外乡人。

张　老　外乡人，你说话要当心。

胖　子　瘦子，还有病假吗？

瘦　子　我这慢性肠炎，想什么时候歇，一化验就得。一个
　　　　月歇几天我得算好了，歇多了拿不着全薪，歇少了
　　　　还不够折腾的呢。

胖　子　你给我留点大便。

瘦　子　要查出来呢？

胖　子　查不出来，化验室认屎不认人。

张　老　你们就这样对待工作！这国家这样下去可怎么得了！

外乡人　早晚有一天，看病得自己花钱。

张　老　那也过分了，社会主义嘛，总得有点优越性。

外乡人　都优越了什么人！

胖　子　什么人？我爸爸是无产阶级！你丫找揍呀！

外乡人　资产阶级他也不敢！

胖　子　那是。哎，什么不敢？

外乡人　用假大便！

胖　子　大便有假的吗？不过就是顶替而已。现在不是流行顶替吗？军队的儿子当兵，外交部的儿子出国……咱没那路子，咱弄点大便顶替……

瘦　子　那你是我什么？

胖　子　我是你大爷！

瘦　子　你大爷！跟你开玩笑，有盒儿吗？

胖　子　（把一个药盒从张老眼前递过去，张老直躲）刚吃了一丸山楂丸，正好。

张　老　别打我眼前过！

胖　子　新盒，还没装大便呢。

瘦　子　你们这一打，我没了。明儿一早，我这儿等你。

胖　子　嘿！

　　　　〔瘦子、胖子、三丫儿出厕所，三个男人进厕所。

　　　　〔厕所外

　　　　"别侃啦！快着点儿嘿！"

居民甲　那老家伙是哪儿的？

居民乙　外交部的。

居民甲　外交部的在这儿上厕所？牛逼呢吧？

居民丙　外交部的就不能在这儿上啦？听说主席是在野地里解手，警卫员扛着锹跟着，现挖现解。

便　衣　你听谁说的？

居民丙　……汽车上。

　　　　〔史老大和史爷把车子靠在厕所墙上。

　　　　〔两个男人出厕所。

史老大　待会儿再解，马上就好。

〔史爷把皮管子拿下来，走进厕所。

居民甲　带徒弟啦？

史老大　哪儿呀，我们老二，从东北刚回来，顶替我。

居民乙　您儿子？您退啦？不到岁数吧？

史老大　不退怎么办呀？能办回来有个工作就得感谢组织。我也不愿意退，跟您说吧，一天闻不见厕所的味儿，我还真睡不着觉，吃不下饭。

〔男厕所里

〔史爷把皮管子接在水龙头上。

〔英子、另一个男人出男厕所。

张　老　我还没解呢。

史　爷　我等着您。

张　老　你看着我更解不出来啦。

〔张老和其他蹲坑的连忙提裤子。

〔史爷欲用皮管子冲厕所。

〔英子走到女厕所门前，看左右没人，端走丹丹放在地上的尿盆。

〔外乡人在看书。

史　爷　别在这儿看书呀！赶紧着。

外乡人　全靠这点时间了。

史　爷　你不是本地人？外地人？

外乡人　对，我是外乡人。

史　爷　外地人。

外乡人　叫外乡人更人情化一些。

史　　爷　这年月看书有什么用。

史老大　放水啦！

外乡人　大学要恢复考试招生了。

史　　爷　交白卷的都上大学了，只要你出身是红五类，大学就能上。

外乡人　生活不会是一成不变的，世界上没有免费的午餐。

史　　爷　这儿别提吃的事，你快着点。

　　　　〔厕所外

　　　　〔张老整理着中山装走出厕所。

居民甲　吃啦您？

张　　老　你说什么？

居民甲　（改口）……您说应该怎么对待尼克松？

张　　老　今天传达十四级以下干部，明天传达党员，后天传达群众。等着听单位传达吧。

居民乙　我没单位。

张　　老　听街道的。

居民丙　我是外地的。

张　　老　回原单位。

居民甲　还没分配工作呢。

张　　老　等着看报。

史老大　（喊）冲完了，把管子捅那边儿去！

　　　　〔男厕所里

　　　　史爷把皮管子从隔断墙的窟窿中捅到女厕所那边。

　　　　〔厕所外

史老大　喊喊。

〔史爷出来，走到女厕所门口。

〔男厕所外排队的居民甲、乙、丙涌进厕所。

史　爷　女厕所有人吗？

〔丹丹出来。

〔史爷和丹丹对视。史爷低下了头。

丹　丹　你怎么干这个？

史　爷　这还是我爸爸让给我的呢。(喊)里边有人吗？

〔史爷走进女厕所。

丹　丹　哎，还有人呐！

〔话音未落，史爷抱头鼠窜出来，一个中年妇女追赶出来。

中年妇女　臭流氓！

史　爷　我喊了，你为什么不答应？

中年妇女　什么？你说什么？你还敢狡辩。

史　爷　我不干啦！

中年妇女　他说什么？他还不乐意啦？

史老大　(跑过来)您消消气，他是喊了，您没听见吧？

中年妇女　你大点声儿！

丹　丹　她耳朵有点儿背吧？

〔中年妇女嘟囔着下。

〔男厕所里

便　衣　(拦住丙)跟我走一趟。

居民丙　干吗？

便　衣　想请你介绍介绍伟大领袖是怎么解手的。

居民丙　我……憋着一泡呢，您高抬贵手吧。

108

便　衣　我也憋着呢，到局子里一块儿解吧，手纸白饶。

居民丙　等等，尿盆！

〔史老大收拾着清洗工具。

〔丹丹追赶史爷。

丹　丹　小史！等等！

〔史老大看了看丹丹，摇摇头。

〔男厕所外

〔史爷跑回来躲进男厕所。丹丹也追进男厕所。

〔居民甲出男厕所。

居民甲　这是男厕所，女厕所在那边儿！

〔丹丹在外面叫史爷。

丹　丹　你出来，你听我跟你说……

〔佛爷喜滋滋地走过来。

丹　丹　师傅。

佛　爷　（神色紧张地）干什么？

丹　丹　麻烦您把里边姓史的小伙子叫出来。

佛　爷　自己进去吧。

丹　丹　废话。

〔佛爷进了厕所。

〔男厕所里

〔厕所里除了居民乙（老头儿）在解大便，没有别人。

佛　爷　哥们儿，外边有解放军叫你。

〔史爷无奈地出了厕所。

〔佛爷掏出一个钱包，把几块钱，二斤多零散粮票

拿出来，又从夹层里拿一个亚非拉乒乓球邀请赛

　　　　　的纪念章，别在胸前，把空钱包扔进坑里。

佛　爷　看什么，这纪念章是亚非拉乒乓球邀请赛的。老头
　　　　儿，要粮票吗？给一毛五！

　　　　〔居民乙（老头儿）惊愕地看着佛爷。

佛　爷　装没听见？

　　　　〔佛爷大摇大摆地走出去。

　　　　〔厕所外

　　　　〔佛爷从史爷身边溜过。史爷白了他一眼，佛爷扬
　　　　长而去。

　　　　〔外乡人腋下夹本书从里面出来。

史　爷　你还出来呀？

外乡人　排泄是人类第一大事。《圣经》里记载着摩西带领
　　　　以色列人逃离埃及，渡过红海来到西奈半岛发布的
　　　　第一条命令——

史　爷　什么？

　　　　〔厕所里光暗。

　　　　〔居民乙（老头儿）出厕所。

外乡人　以色列人刚刚死里逃生，有很多事情要做，可摩西
　　　　发布的命令却是——掩埋好你们的排泄物。

史　爷　这还用说吗？

外乡人　当然要说，有的人就是不这样做。现在墙上不是还
　　　　常常看见标语"禁止随地大小便"吗？

史　爷　那是给不自觉的人看的。

外乡人　当然，自觉的人就是看见这样的标语"欢迎随地大
　　　　小便"他也不会去做的。

史　爷　可惜你用的这点功夫，都是排泄，大学里有这门功课吗？

外乡人　这属于人类学范畴，跟你说你也不懂。

丹　丹　我看你是满脑子资产阶级思想，什么圣经呀，摩西呀，大学不是给你这样的人上的。

外乡人　给什么样的人上的？

丹　丹　给无产阶级上的。

外乡人　大学应该向所有需要它的人敞开！

史　爷　那是厕所！

外乡人　看着吧，要不就是大学向所有人开放，要不就是连厕所也只准无产阶级上。你们这个厕所里的人二十年后将有一大批成为废物！就是这种排泄方式也早晚有一天会成为历史！（急下）

史　爷　你他妈说谁呢！

丹　丹　（拉史爷）别理他。

史　爷　他说咱们不是人，都是废物！

丹　丹　小史，你出身好，三代贫农，你为什么不争取上大学？你上了大学就是对这种人的打击！

史　爷　我谁也不打击。工农兵学员？有什么用？白交学费，还不如看厕所呢。再说了无产阶级也有舒服的不舒服的，有开飞机的，也有像我这样扫厕所的。

丹　丹　你一点都不努力！我当兵是凭自己本事，跟京京没关系，你别瞎想。

史　爷　碍我什么事儿，你当你的兵，我扫我的厕所。

史老大　别在这儿聊呀，上家去。

丹　丹　不啦，待会儿有车来接我去车站。

　　　　〔史老大向史爷使个眼色，史爷不看他。史老大没
　　　　　趣地走了。

丹　丹　不祝福我吗？

　　　　〔同性恋英子婀娜多姿地端着丹丹的尿盆走过来，
　　　　　把尿盆递给丹丹。

英　子　同志，您落下的，我怕别人拿走。

丹　丹　（气恼地）谁这么不开眼，你没事儿闲的？

英　子　（委屈地）解放军怎么这态度？

史　爷　祝你前程似锦！

　　　　〔丹丹端着尿盆跑走。

　　　　〔史爷追了两步，躲在墙后看丹丹集合。

　　　　〔胡同。

　　　　〔锣鼓声。

军　官　（内喊）寰球胡同的新兵集合了！

　　　　〔一片女兵的说笑声。

　　　　〔丹丹背着整齐的背包向停车方向跑去。

胖　子　（呼口号）向解放军学习！

　　　　〔有人应和。

胖　子　向解放军致敬！

　　　　〔有人应和。

军　官　大家静一静，现在我们一起唱个歌儿，军队和老百
　　　　姓，预备——唱！

　　　　〔众人齐唱。

　　　　〔史爷久久地凝视着。

〔锣鼓声、口号声、歌声远去。

〔史爷把清洁用具狠狠地摔到地上。

史　爷　凭什么就得让我扫厕所！

史老大　（一声断喝，吓了史爷一跳）干什么你！你敢摔家伙！你们就是靠厕所养大的！你忘本！

史　爷　我，我不是看不起您！我是说凭什么就得咱们姓史的收拾厕所！

史老大　你问我我问谁去！谁让咱们姓史呢！不过咱们祖宗也有名扬四海的……

史　爷　谁？他怎么不管咱们？

史老大　九纹龙史进！在水泊梁山，他排第二十三，前边是赤发鬼刘唐，后边是没遮拦穆弘……

史　爷　净说没用的，宋朝的人有什么用呀！

史老大　你刚回北京，就挑肥拣瘦，我跟你说，你能活到今天就得感谢老天爷……不是，感谢党！你前边有仨都没养活了，到你这儿，我正发愁呢，嘿解放了，咱们有薪水了，窝窝头能管饱了，三年困难时期另说。要不是你爸爸掏厕所，你能有今天！我告诉你，你要觉着委屈，你有种你回北大荒！这厕所我接着！我不干我还难受呢！

史　爷　好，你逼我回去！我就回一个给你瞧瞧！我再也不回北京！我也当兵去！（转身就走）

史老大　你混蛋！要不是你妈瘫在床上，你能办回来吗！你说走就走，你反了你！你当兵，你以为军队就没有厕所？你那档案上都写着呢。到了部队上，你也是厕所兵。

〔史爷蹲在地上。

史老大　儿不嫌母丑，狗不嫌家贫……

史　爷　我不嫌，你别嫌就行……

史老大　我对你奶奶可是一百一……

史　爷　我说的是我妈。

史老大　……那是你妈，不是我妈；那我也不嫌，咱们一个掏厕所的娶个貂蝉回来，对得起人家姑娘吗？再说那吕布、董卓咱们谁也惹不起呀。丑妻薄田家中宝。

史　爷　凭什么呀！坏事都赶咱们头上。

史老大　坏事？这是好事！这才没有人跟咱们争！咱们才能踏踏实实吃一辈子。你记住了，你要是一辈子都能扫厕所，没让人给顶下来，你这辈子就算拿下！

史　爷　一辈子都扫厕所呀？

史老大　我合着白说！你能扫一辈子厕所，环卫局给开钱，你就能养活一家人，你就能娶妻生子！

史　爷　这么说真没别的办法啦？真要是干一辈子，那有一天我要让厕所都贴上瓷砖，尿池子里撒上卫生球儿，门口有洗手池子。还没进厕所就闻见一股子香味。

史老大　你再穿上白大褂，戴上听诊器，你当这儿是医院呢！

史　爷　我反正是要让厕所得变得干干净净，舒舒服服的，无论是上厕所的还是看厕所的都像个人样。

史老大　真要像你说得那样，这厕所还轮得着你看吗？那部长的儿子就抢着来啦……

史　爷　这你管不着！我反正不能像你似的这么扫厕所，我要让厕所干净得能住人！

史老大　好小子，要跟我分家？

史　爷　我给你省块铺板！

史老大　……再看看，坑里有没有谁掉的东西。

史　爷　有个钱包……

史老大　赶紧掏出来！

史　爷　可能是个空的。您别财迷啦！

史老大　（气愤）你！你白是我儿子一场，你连你爹都不知道，破四旧的时候我在这里掏出过金条、翡翠，我都上缴了！你爹我一辈子就是不取不义之财！那年我掏出个皮夹子，里面还……快掏出来！你不去我去！（转身进厕所）

〔史爷推着自行车走了。

〔收光。

〔"相声"录音起。

〔换二幕景。

〔"相声"录音结束，中速开大幕。

〔舞台光起。

第 二 幕

〔八十年代的街道。

〔这是一条店铺林立的街道。一个收费厕所杂在中间。

〔收费厕所

〔在男女厕所入口的中间是一间看厕所人的房间，里面有一张单人床，一个三屉桌，一把椅子。一个煤气灶，上面坐着一壶开水。墙角放着锅碗瓢盆，上挂着奖状和一个镜框，里面是史爷和史老大、母亲、兄弟姐妹七十年代合影。

〔厕所外有一煎饼摊。

〔史爷把茶叶倒进一个小茶壶里，把灶上的开水拿下来沏茶。

〔张老走进厕所。

张　老　多少钱？

史　爷　一块。

张　老　这么贵？

史　爷　再便宜的没法儿喝。

张　老　我没问茶叶。

史　爷　噢，厕所？两毛。

张　老　也贵。

史　爷　不是我定的。

张　老　两毛钱吃一顿早点。

史　爷　有进您也得有出不是？还白给您手纸。

张　老　要是小便呢？

史　爷　不用手纸？那也两毛。

〔一个姑娘走进来，递进两毛钱，走进女厕所。

史　爷　姑娘，手纸！

姑　娘　我自己有。

张　老　你们又赚两张。

史　爷　给您，您来四张。

〔张老交钱进了男厕所。

〔史爷的视线落在紧挨着女厕所的煎饼摊上。

史　爷　摊一个。

摊煎饼的　俩鸡蛋？

史　爷　一个，俩胆固醇太高，不要香菜。

〔史爷回身喝茶。

〔一张煎饼递来，史爷拿钱，递给摊煎饼的。

〔摊煎饼的用竹夹夹起钱。

〔史爷吃煎饼。

摊煎饼的　您也不洗洗手？

史　爷　一天好几百人买票，我都洗？非秃噜皮不成。

摊煎饼的　今儿中午吃什么？

史　爷　反正不吃煎饼。

摊煎饼的 得。（走了）

　　　　〔胖子拿着一张报纸走进厕所，把两毛钱递给史爷。

　　　　〔史爷放下煎饼，拿起钱，对着光照了照。

胖　子　两毛没假的，还不够费事的呢。

史　爷　进去吧。

胖　子　给我纸。

史　爷　你不是一直用报纸吗？

胖　子　今儿不行，今儿上面有我一篇文章。

史　爷　是关于怎么画假月票的？

胖　子　你丫再提这个，我跟你急。

史　爷　你还能有什么？

胖　子　是关于知青文学的……

史　爷　你知道什么是知青文学！

胖　子　一群中学生，到农村种地，不甘心，编点故事发
　　　　表，这就是知青文学。

史　爷　你没到过农村……

胖　子　《西游记》的作者也没有取过经，《包法利夫人》
　　　　的作者也没有喝过毒药。

史　爷　赶紧拉屎去吧。

胖　子　报纸先借你看看。在第三版。

史　爷　拿多少稿费？

胖　子　十块。

史　爷　能上五十回厕所，拿走。

胖　子　不就上过回北大荒吗？有什么呀。

　　　　〔胖子拿着报纸走进厕所。

〔厕所里

〔这里面有五个带门的便坑。便坑下是相通的。一个长条的小便池，里面摆放着一个个塑料桶。墙上贴着瓷砖。靠近门口的地方有个带化妆镜的洗手池，上面有一块肥皂。

〔胖子把一个一个的隔断门打开，查看便坑是否干净。

〔第一个便坑里蹲着一个吸烟者，他瞪了胖子一眼。

胖　子　怎么不插门！

〔胖子把门关上。

〔胖子打开第二个便坑的门，里面有个小伙子正在自慰。

胖　子　手淫有害健康！

小伙子　操你妈！

〔小伙子关上门。

〔第三个门打开了，张老正在隔断上画春宫，他一惊，钢笔掉进了便坑。

胖　子　画流氓画儿！尼克松遇上了水门事件，你遇上了屎门事件，怎么办？

张　老　不都是我画的。

胖　子　怎么办？

张　老　你说吧……

胖　子　请我吃饭。

张　老　我请你吃炸酱面。

胖　子　别介，我怕引起联想。您得来点跟这坑儿里的东西反差大点儿的。

张　老　烤鸭？

胖　子　成。

张　老　可那甜面酱不也像……

胖　子　那我认啦。

张　老　那您就自当没看见。

胖　子　接着画。

　　　　　〔胖子打开第四个门，关上门。

　　　　　〔张老悄悄地溜出厕所。

　　　　　〔厕所工作室

　　　　　〔史爷拿起手纸，擦了擦手。

　　　　　〔张老故作镇静地走过。

史　爷　今儿怎么这么快？不干燥了？

张　老　今天部里还有事。

史　爷　部里还没修厕所？

张　老　我还是愿意接近群众……

史　爷　哎，您再说说外交……

张　老　……没有永远的敌人也没有永远的朋友……

　　　　　〔张老急匆匆地走了。

史　爷　甭管他是朋友还是敌人，谁都得上厕所……

　　　　　〔三个民工跑进来，交钱。

　　　　　〔姑娘出厕所，自慰小伙子也出厕所，尾随其后下场。

史　爷　别滋外边儿。

　　　　　〔民工嬉笑着跑进去。

　　　　　〔史爷追进去。

　　　　　〔厕所里

〔民工在小便。

史　　爷　往桶里撒。

民工甲　尿不了那么准。

民工乙　为啥要尿桶里？

史　　爷　制药。

民工乙　怎么制？

史　　爷　废话，要知道我就制了。

民工丙　不是你要这尿？

史　　爷　我自己有，要别人的干吗？这是上边放这儿的。必
　　　　　须装满了。

〔胖子从隔间里出来。

胖　　子　这文章删了不少，动我一字，男盗女娼。我听说这
　　　　　尿是用来提炼化肥。

史　　爷　化肥是从石油里提炼的。

〔民工走了。

〔胖子打开张老的门，一声惊叫。

胖　　子　我操！烤鸭飞了！

史　　爷　这是谁画的？

胖　　子　冒充外交部的那位。

史　　爷　也是一人才。

〔胖子往外跑去。

史　　爷　你跑什么？

胖　　子　我追烤鸭。

〔史爷看着胖子跑了。

〔一群三十多岁的穿兵团假军装的人闯进来。

史　爷　买票了吗？

知青甲　上厕所还买票？

史　爷　少废话，两毛一位。

知青甲　我没钱。

史　爷　没钱出去。

知青乙　我憋不住了。

史　爷　那也不行。

知青乙　我已经出来啦。

史　爷　那还上什么？回去收拾去吧。

知青丙　呦，这不是三十一连史爷吗？

史　爷　你？

知青丙　忘啦，我是十连开胶轮拖拉机的板儿牙，你丫搭过
　　　　我车。

知青乙　丫也北大荒的？

史　爷　你们都是？

众　人　对，都是。

史　爷　算我倒霉。

知青乙　怎么啦？

史　爷　今儿我请客，随你们大小便。

　　　　〔众人小便。

知青乙　哥们儿，你请我们撒尿，我们请你喝酒。

史　爷　不成不成，我这儿工作呢。

知青丙　这算个狗屁工作。

史　爷　我离不开。

知青丙　你还怕有人偷屎呀？

122

史　爷　我怕有人拉外边儿。

知青甲　谁这么没公德？

史　爷　你瞅，一不留神，有人在这儿画流氓画儿。

众　人　哪儿呢哪儿呢？

　　　　　〔众人纷纷围住第四间。

众　人　给丫一大哄呦，啊哄！啊哄！

知青丙　哥儿几个今儿碰上了，就跟这儿喝了！

　　　　　〔厕所工作室

知青乙　满上，满上。

　　　　　〔一群人簇拥着史爷喝酒。屋子里乌烟瘴气。

史　爷　不行，工作期间……

知青丙　别来这套，喝。

　　　　　〔史爷勉强喝了一口。

知青甲　你干吗非干这个？

史　爷　部长的儿子当部长，扫厕所的儿子扫厕所。

知青丙　我爸爸枪毙啦。

史　爷　那……你也快啦。

知青丙　只要不看厕所，我干什么都行。

史　爷　好好的非回来干什么？

知青乙　你丫敢情回来好几年啦。那儿是人待的地方吗？

史　爷　北大荒，多大的地方！一眼看不到头的大草甸子。

知青甲　全开垦啦，没啦。

史　爷　那些个白桦林、柞树林。

知青甲　早都当柴烧啦。

史　爷　那还不是你们干的？

123

知青丙　废话，要不逼着让我们去那儿，也轮不上我们干呀。

知青乙　你老婆干什么的？

史　爷　我一个人。

知青丙　离啦？

史　爷　一直没找。

知青乙　还是你有远见，像我们这拉家带口的，回北京难呀。我是离了才办回来的。

知青甲　谁让你找本地的？

知青乙　你倒找的是北京的，俩孩子只能办回一个……

知青甲　……别说啦，我对不起孩子。

史　爷　给人啦？

知青甲　嗯。

知青丙　都活着就不错。黑子的老婆不就是不愿分开，上吊死了。要说人权，能在一块儿生活这就是最基本的人权。

史　爷　都对，可北京接受不了这么多人。走的时候是俩人，回来起码是仨。也没有那么多工作给你，说句不好听的，连你住的地方都没有，兄弟姐妹都成家了，住在一起，你挤两天没事，可不能赖一辈子不是？听说，已经有人又回北大荒啦。

知青丙　甭动员我们，你丫回去吗？

史　爷　我想过，可没这胆量……我是没地方住才住在厕所里。住久了，还真是久而不闻其臭。

知青乙　到现在你还是个童蛋子儿，活着有什么劲！

史　爷　最孤独的人，才是最勇敢的人。

124

知青甲　勇敢有什么用？你还能跟谁拼命？

史　爷　活着，就需要勇气。

　　　　〔英子走近厕所，十多年的时光，给他的眼角添了
　　　　几道皱纹，他把两毛钱递进来。

英　子　给您钱。

知青乙　没看见正吃饭吗？

知青甲　是男厕所还是女厕所？

英　子　男厕所多少钱，女厕所多少钱？

史　爷　都两毛。

英　子　还是的，废什么话。

知青甲　反正男厕所你不能进。

英　子　我也不想进。可是女厕所你说了算吗？

知青乙　找操？

英　子　就怕你没这个胆子。

史　爷　行啦行啦，赶紧解手去吧。

　　　　〔英子摇曳生姿地进了男厕所。

知青甲　喝！（劝酒）

知青乙　该吃了，别老喝啦。

　　　　〔盲女人从女厕所里出来。

盲女人　你们这是厕所吧？

史　爷　您说呢？

盲女人　我说，不是。

知青丙　那是哪儿？

盲女人　都闻见炸带鱼的味儿啦，您说是哪儿呀？

知青乙　我们还嫌厕所臭呢。你当我们愿意在这儿吃？

史　　爷　我练出来了，闻着臭味儿一样吃。

盲女人　我没练出来，什么地方就该什么味儿，不能串。我们是盲人，就凭着这个来分出这俩地方儿，我蹲着蹲着，就犯嘀咕啦，心说，别是在饭馆里吧，那可就现了眼啦。我求求你们啦，别在厕所吃饭行吗？

史　　爷　……这您可难为我啦，我，不在这儿吃……我，您先回去吧，这问题我跟组织上反映反映。

〔盲女人嘟嘟囔囔地走了。

知青甲　这还让人活吗？连厕所吃饭都不让，都他妈是人，挤对谁呢！

史　　爷　不让在厕所吃，我还真没地方。

知青乙　总有一天你可以在厕所随便吃！

史　　爷　我不愿意在厕所吃！

〔众人纷纷站起要走。

〔英子大义凛然地从男厕所里出来，大喊。

英　　子　同性恋者要受法律保护！

知青甲　我弄死你！

〔英子扭扭地跑了。

知青乙　我们这是最后一次来这儿！走！

〔众人互相拥抱。

〔众人垂头丧气地走了。

〔史爷举起酒杯要摔，又缓缓地把酒杯放在桌上。

史　　爷　我要是愿意在这儿吃饭，我他妈是孙子。

〔佛爷跑过来，把两毛钱扔到桌上，进了厕所。

〔史爷愣了一下，追进去。

〔男厕所里

〔史爷把一个个门打开。

〔在第四个门中把正在蹲坑的佛爷揪出来。

佛　爷　嘿，我没画！我他妈正拉屎呢！

史　爷　站好！

〔史爷开始粗暴地搜佛爷的身。

佛　爷　你他妈干什么！

史　爷　我也洗洗佛爷！

佛　爷　谁他妈是佛爷！

史　爷　你再拿钱包堵爷爷的厕所，我就让你把它掏出来
吃喽！

佛　爷　这他妈是哪年的事啦，爷现在是老板，爷现在有的
是钱！

〔便衣闯入

便　衣　放开他。

〔史爷一回头，松开了手。

便　衣　除了我们，谁也没权利搜身。

佛　爷　雷哥，谢谢！

便　衣　别他妈称兄道弟的，走吧。

佛　爷　我还没拉呢。

便　衣　完了到局子里去一趟。

佛　爷　一定一定。

〔佛爷钻进第四间，关上门。

〔便衣回到工作室。

〔厕所工作室

便　衣　他是我们的眼线。

史　爷　不提货啦？

便　衣　练摊儿呢。卖走私烟。

史　爷　那我不管，别往我厕所里扔钱包就行。

　　　　〔佛爷系着裤子走出厕所。

　　　　〔便衣和佛爷并肩走出去。

史　爷　你没买票吧？

便　衣　我也没上。

　　　　〔史爷注视着他们远去。

史　爷　（喊）不上厕所别这儿瞎溜达！

便　衣　嘿，我他妈拘了他……

佛　爷　算，算，一个看厕所的。

　　　　〔佛爷哄着便衣走了。

　　　　〔三丫儿带着小蜜来到厕所。

史　爷　没鸳鸯坑儿，得分开上。

三丫儿　史爷，不认识啦？

史　爷　人太多，记不住。

三丫儿　我是三丫儿，我现在包着大工程。

史　爷　那也得买票。

三丫儿　瞧你这点起色。我参观参观行吗？

史　爷　女厕所？

三丫儿　什么话，女厕所我自己带着呢。

小　蜜　（生气地）说他妈什么呢！别不干不净的。

史　爷　你要干吗？

三丫儿　给你这厕所拾掇拾掇，我那儿还剩下不少好瓷

128

砖……

史　爷　这个我做不了主，这是环卫局的事。

三丫儿　你给问问？事成之后有重谢。拜拜啦您哪。

〔三丫儿和小蜜打打闹闹地走了。

史　爷　如今什么神头鬼脸的都成了事啦。原来不就是个瓦
　　　　匠吗？偷钱包的成了老板，还有警察护驾。还什么
　　　　眼线，纯粹是现眼。老实人什么时候有出头之日！
　　　　像我，连饭都快没地方吃啦。过两天要有再怕打呼
　　　　噜的，我还不能在这儿睡啦……

〔十一二岁的小女孩靓靓推着一个轮椅，上面坐着
　丹丹，来到厕所外。靓靓把轮椅安顿好，来买票。

靓　靓　叔叔，买张票。

史　爷　里面没人帮忙，你妈，是你妈吗？

〔靓靓点点头。

史　爷　你妈上得了吗？

靓　靓　是我上。

史　爷　进去吧。

〔靓靓走进厕所。

丹　丹　用自己的手纸！

〔史爷和丹丹的目光粘在了一起。

〔丹丹低下了头。

史　爷　丹丹？

〔史爷一口水差点儿没呛着，放下杯子，冲出厕所。

〔史爷扶住轮椅。

史　爷　你这是怎么啦？

丹　丹　到老山前线慰问，踩上地雷啦。

史　爷　是越南人的？

丹　丹　是咱们自己的。

史　爷　（难过地）你往哪儿踩不行，非……

丹　丹　我想找个干净地方上厕所，有一棵芭蕉树绿绿的，一只鸟在上边叫……哎，不说这个啦。你怎么……

史　爷　我，能有什么出息，想当兵没路子不是。

丹　丹　挺好的，太太平平的。

史　爷　就是没经过什么风雨见过什么世面。

丹　丹　我倒是见了，腿没了，再也不能跳舞了。

史　爷　就是有腿，这个岁数怕也该改行了吧？

丹　丹　说得也对。咳，你怎么样，爱人是干什么的？

史　爷　我，哪儿……哪个爱人？

丹　丹　你有几个爱人？

史　爷　我……我离了好几回啦。

丹　丹　呦，那么现代呀！都是怎么认识的？

史　爷　都是拉屎认识的。

　　　　〔丹丹含着眼泪笑起来。

史　爷　你爱人，是京京吗？

丹　丹　（点点头）牺牲了。

史　爷　怎么都让你赶上啦？

丹　丹　哪儿能都是好事呀。

史　爷　你现在干什么工作？

丹　丹　我可以不工作，但是闲着也没什么意思，还是想找个力所能及的事干。怎么样，要不要我来跟你一起看厕所？我卖票，你清扫……

史　爷　……别，千万别，你闺女上完厕所你赶紧走，我心里头跟猫抓了一样……

〔一个老太太来到窗口，向里面张望。

老太太　看厕所的呢？

史　爷　这儿呐！

老太太　哪边儿是厕所呀？不在里边怎么出来啦？

史　爷　我这儿有个熟人。

老太太　我没零钱，找我三毛。

史　爷　下回再说吧，甭给啦，您进去吧。

老太太　我可没想占便宜。

〔老太太进了厕所。

丹　丹　你现在的爱人怎么样？

史　爷　……就那么回事……

丹　丹　对婚姻不可期望太高。

史　爷　不高，一个看厕所的……

丹　丹　我不是这个意思。唉，她叫什么？

史　爷　……跟你重名。

丹　丹　这么巧？

史　爷　她不叫这个我就不找她啦。

丹　丹　可她有腿，是个健全的人。

史　爷　她腿短，你这断了的腿都比她长……

丹　丹　怎么可能……是个侏儒？

史　爷　就算是吧。

丹　丹　你跟她有感情吗？

131

史　爷　……还真有。

丹　丹　真不知你怎么想的。

史　爷　两头没用，中间找齐呗。

丹　丹　你，你怎么这么下流。

　　　〔靓靓来到他们中间。

靓　靓　你们认识？

丹　丹　史叔叔是妈妈的中学同学，北大荒的兵团战友。

靓　靓　为什么姓史？是因为看厕所吗？

丹　丹　不许胡说。

史　爷　没关系。又不是故意的。叫什么名字？

靓　靓　靓靓。

丹　丹　跟叔叔再见。

靓　靓　叔叔再见！

史　爷　拜拜！没事来玩儿！

　　　〔靓靓推着丹丹走了。

　　　〔史爷难过地望着她们的背影。

　　　〔史爷打了自己一个耳光。

史　爷　什么他妈侏儒，还蚂蚁呢！

　　　〔变光，起夜景光。

　　　〔厕所工作室。外面皓月当空。

　　　〔史爷躺在床上叹了口气，翻了个身。

史　爷　（唱）月亮在白莲花般的云朵里穿行，晚风吹来一
　　　阵阵快乐的歌声……

　　　〔歌声悲凉。

　　　〔忽然，一阵悦耳的少女的歌声应和着，从女厕所

里传来。那是丹丹的声音。

〔史爷不唱了，侧耳细听，歌声没有了。

〔史爷接着唱起来，丹丹的歌声又响起来。

〔史爷一骨碌爬起来，丹丹的歌声又断了。

〔史爷走出工作室，对着女厕所喊。

史　爷　女厕所有人吗？

〔静静的没有人应声。只有淅沥淅沥水管子滴水的
　声音。

〔史爷又唱起来，女厕所里又有了歌声。

史　爷　女厕所有人吗？

〔歌声停止了。

史　爷　我可要进去啦！

〔没有人回答。

〔史爷咳嗽一声，进了女厕所。

〔史爷神情紧张地拉开一个隔间的门，空荡荡什么
　也没有。

〔史爷又拉开一扇门，还是没有人。

〔史爷一扇扇把门都拉开，全是空的。

〔史爷害怕地大声唱起来。歌声让人感到紧张。

〔起风了，玻璃窗劈劈啪啪地作响，隔间的门一扇
　扇关上了。

〔史爷的歌声更大了。

〔一个来上厕所的女人一声尖叫逃走了。

〔史爷愣了一下，随即也冲出了厕所。

〔厕所外

〔史爷冲出厕所，愣住了。

〔一群人站在远处看着他。

〔史爷往前走了两步，人群退后两步。

史　爷　（尴尬地解释）里边有人唱歌……

〔没有人理他。

〔史爷故作镇静地笑笑，其实表情很凄惨。他溜进了工作室。

〔工作室

〔史爷倒头钻进被子里。

〔片刻，史爷钻出被子，拉灭电灯。舞台全黑。

〔旋即又把灯打开，起夜景光。

〔史爷一声尖叫，他看见窗户外全是贴在玻璃上往屋里看的脸。

〔史爷跳下床，冲出屋去。

〔厕所外

〔人群看到史爷出来，一哄而散。

史　爷　（怒吼）是没看见过人睡觉，还是没看见过人拉屎！操你妈！

〔人群充满兴趣地看着他，交头接耳在议论。

〔便衣挤进人群。

便　衣　大伙儿散散，散散。

〔人群逐渐散去。

〔史爷回到工作室。

〔工作室光起。

〔工作室

〔便衣翻看着桌上的手纸、杂物。

便　衣　以前发生过类似的事吗？

史　爷　从来没有。

便　衣　你跟唱歌的人是什么关系？

史　爷　以前是同学。

便　衣　你上过学？

史　爷　中学，中学。

便　衣　上学的时候早恋吗？

史　爷　是早锻炼，没有早恋。

便　衣　就是同学？

史　爷　后来一起到北大荒，就算是战友吧。

便　衣　在北大荒你们的关系有什么进展？

史　爷　没什么进展，她走后门当兵了。

便　衣　你回来工作也是走后门吧？

史　爷　我是顶替我父亲。

便　衣　这我知道，算是公开的后门吧。别人想干不是还干
　　　　不了吗？

史　爷　谁想干？

便　衣　就这么说。你是不是爱上她了？

史　爷　我十多年没见过她。

便　衣　过去的事就让她过去吧。她最近来过？

史　爷　今天跟她闺女来上过厕所。

便　衣　不是来找你的？

史　爷　不是。她腿没了。

便　衣　怎么没的？

史　爷　上前线慰问，踩着地雷了。是咱们自己的地雷。

便　衣　是逃兵吗？

史　爷　不会吧，越南比咱们还穷呢。

便　衣　这个我会了解的。你刚才唱的什么歌儿？

史　爷　就月亮在白莲花般的云朵里穿行。

便　衣　这歌儿不错，你再唱一遍。

　　　　〔史爷唱起来。

　　　　〔便衣侧耳细听女厕所的动静。

便　衣　有点儿漏水。

史　爷　我嗓子？

便　衣　女厕所。

史　爷　是。

便　衣　没人跟着唱呀？

史　爷　是不是您在的原因。

便　衣　有道理。邪不压正嘛。

史　爷　哪边儿是邪呀？

便　衣　当然是那边儿。（指女厕所）咱们过去看看。

史　爷　这么晚啦，就不麻烦您啦吧。

便　衣　干工作不能虎头蛇尾。走。

　　　　〔史爷站起来。

史　爷　是您在前边儿还是我在前边儿？

便　衣　你在前边儿，这样名正言顺。

　　　　〔女厕所

史　爷　（喊）女厕所有人吗？

136

〔没人回答。

便　衣　进吧。

史　爷　我一般都喊三遍。

便　衣　干吗非三遍？

史　爷　有一年我喊了两遍，结果一聋子没听见，差点儿出事。女厕所有人吗？

　　　　〔没人回答。

史　爷　有人吗？

　　　　〔没人回答。

便　衣　进吧。

　　　　〔两人进了女厕所。

便　衣　我这是第一次进女厕所。

史　爷　我天天儿进。

便　衣　什么事儿老干也就没劲啦。把门儿都打开。

　　　　〔史爷打开一扇门。

便　衣　跟男厕所没什么区别。

史　爷　是，听说外国都是马桶。

便　衣　挨着皮肤倒不卫生。

　　　　〔史爷又打开一间。没人。

　　　　〔史爷把所有的门都打开。

　　　　〔便衣严肃地挨坑巡查一遍。

便　衣　女厕所比男厕所小。

史　爷　因为没有小便池。

便　衣　坑儿也少。

史　爷　是不是男的多，女的少？

便　衣　不，是男的没有女的有毅力。

史　爷　毅力？

便　衣　女的比男的能憋。你看抓的人里，男的老要上厕所。

史　爷　那是女的胆儿小。

便　衣　你是说上厕所不好意思？

史　爷　咱能不能换个地方说话？

便　衣　嗯，不是久留之地。

　　　　〔两人边往外走，边说。

史　爷　厕所要是封闭性好一些，卫生一些，女客也会多起来。

便　衣　中国的厕所不能太封闭，否则有人会钻空子。每个
　　　　人的活动都应该有一定的透明度。

史　爷　就是拉屎得让别人看？

便　衣　什么话到你嘴里就变味儿了。你注意了吗？女厕所
　　　　也有下流字画。

史　爷　老擦也没用。

便　衣　什么人干的呢？

史　爷　肯定是女流氓。

便　衣　所以说女的也并不胆小。不能麻痹。

　　　　〔厕所外

史　爷　那这歌儿是谁唱的呢？

便　衣　也许是你幻听。

史　爷　我从来没幻听过。

便　衣　以后有什么情况及时联系。

　　　　〔史爷关灯睡觉，舞台全黑。

　　　　〔六声布谷鸟叫声。

〔次日清晨。史爷起床刷牙。

〔邓丽君歌曲"小城故事多……"起。

〔厕所外三三两两的人看着厕所不敢过来。

〔史爷殷勤地张罗着。

史　爷　您上厕所吗？您里边请，里边没人。

〔一个河北口音的民工路过厕所。

史　爷　小伙子，上厕所吗？

民　工　一天没喝水啦，没尿。

〔民工走了。

史　爷　属鸡的，光拉不撒。

〔一个姑娘走过来。

史　爷　姑娘，上厕所吗？

姑　娘　讨厌。

〔姑娘走了。

史　爷　嘴欠。

〔一个老头走过来要买票。

史　爷　大爷，上厕所呀？太谢谢您啦。您甭给钱啦。

〔老头摇摇头。

老　头　你这是什么意思？瞧不起我？两毛钱我还掏得起，你甭慷国家的慨。

史　爷　得，两毛。

老　头　我不上了。

史　爷　怎么出尔反尔呀？

老　头　冲你我就不上。如今呀，弄不清楚的不能瞎掺和。

〔老头走了。

史　爷　（喊）那您那尿怎么办？别憋坏啦。

老　头　（大声）我留着沏茶。

摊煎饼的　一天没开张？

史　爷　给我来张煎饼。

摊煎饼的　还有心思吃呀？

史　爷　化悲痛为力量。来俩鸡蛋。

　　　　〔煎饼摊前

　　　　〔卖煎饼的把煎饼递给守候在一旁的靓靓。

　　　　〔靓靓吃着煎饼，转身要走，史爷拦住她。

靓　靓　史叔叔。

史　爷　唉，靓靓你好。上厕所吗？

靓　靓　我正吃呢。

史　爷　吃完了上。

靓　靓　为什么？

史　爷　你相信运气吗？

靓　靓　那是唯心的。

史　爷　你甭管它是唯心的，还是唯物的，你信不信吧？

靓　靓　我运气不好，这次考试又没考好。

史　爷　我这厕所能给你带来好运气。

靓　靓　真的？给您钱。（掏钱）

史　爷　小朋友免费。

　　　　〔靓靓把煎饼交给史爷就往厕所跑。

史　爷　再摊一个。

　　　　〔摊煎饼的摊煎饼。

　　　　〔靓靓跑出来。

史　爷	这么快？
靓　靓	解不出来。
史　爷	行啦，心意到了就成啦。你要是觉得灵，放学把你 们同学叫来上厕所。
靓　靓	好吧。
史　爷	给你妈带去。
靓靓：	谢谢史叔叔！

　　〔靓靓拿过煎饼走了。

　　〔史爷看着她远去。

　　〔厕所工作室内门前

　　〔一个裁缝拎着一大包服装走来。

裁　缝	你是姓史吧？
史　爷	你是谁呀？
裁　缝	史师傅，我给你送西服来了。
史　爷	真的不用自己花钱？
裁　缝	我只管送服装，别的不管。
史　爷	您是哪儿的？
裁　缝	出国人员服务部的。
史　爷	为什么非得穿西服？
裁　缝	跟国际接轨呗。你没看见间壁儿粮店的都穿西服卖面。
史　爷	粮店都穿西服？反正他们不能穿黑的。
裁　缝	都是白的，跟洪常青穿的那身一样。
史　爷	你说国家得花多少钱？

　　〔忽然一阵风车响。

〔史爷见一个卖风车的正在厕所门口招揽顾客。

史　爷　那边卖去！

　　　　〔卖风车的拔下一个小风车，迎风一亮，风车欢快
　　　　地响着。

卖风车的　这给您孩子拿着玩儿。

史　爷　贿赂我。多少钱一个？

卖风车的　您给什么钱，拿着玩儿。

史　爷　我要包圆儿呢？

卖风车的　那我谢谢您啦。一共……，五毛一个，算您八块钱。

　　　　〔史爷从兜里掏出一堆零钱，数了数。

史　爷　一共七块五。

卖风车的　得，就是它，我再上两趟厕所不就结啦？

史　爷　得，多给您点儿手纸。

　　　　〔史爷接过插在草把上的各色风车，卖风车的接过
　　　　一摞手纸，进了厕所。

　　　　〔一阵大风吹过，史爷把风车对准风向。风车哗哗
　　　　地拼命响起来。

　　　　〔史爷兴奋得脸上光芒万丈。

　　　　〔一群小朋友在靓靓的带领下直奔厕所而来。

靓　靓　史叔叔，真灵，我入队啦！

　　　　〔靓靓的红领巾迎风飘摆。

史　爷　祝贺你。

靓　靓　这风车真好。

史　爷　拿一个上厕所。

142

〔小朋友围过来议论风车。

靓　靓　多少钱？

史　爷　白送。这是你带来的同学吧，凡是上厕所的一人一个。

〔靓靓带头拿了一个走进厕所。

"给我一个！"

"给我一个！"

〔小朋友们把风车抢光，冲进厕所。

〔史老大来到厕所门前，凝视着"收费厕所，两毛一位"的招牌。

〔史老大一脚踹倒了招牌。

〔一个男人来买票，史老大拦住他。

史老大　不卖！过去我们上人家里掏粪，也没找人要过钱，现在倒好，人家上门来解手，反倒跟人家要钱！我让你要！

〔史老大把招牌跺得山响。

〔小朋友开始从厕所里出来。每出一个，就是一阵风车声。最后风车声向四面八方飘去。

〔西装笔挺的史爷急忙出来。

史　爷　老头儿！破坏是吧！

史老大　当个屁大点儿的官儿，就管亲爹叫老头儿是不是？别看你是个所长，我照样敢揍你！

史　爷　是您呀，您怎么跑这儿来啦？

史老大　你别忘了这差事是谁给你的。

史　爷　党给的。

史老大　废话，我要是不让，你也干不了。

143

史　爷　您干了好几十年，也该享享福了。

史老大　厕所是个为人民服务的地方，你怎么跟人民要钱？
　　　　他要没带钱，你就让他拉裤子里？

史　爷　这厕所得维修，加上水电，看厕所的工资，这钱从
　　　　哪儿来？

史老大　这粪不是钱呀？

史　爷　没人要。

史老大　听着都新鲜。你看看，你还敢穿西服？你穿这个，
　　　　谁还敢进？

　　　　〔史爷摆弄着西服。

史　爷　发的。粮店的早穿上了。

史老大　你学点好。粮店照这么着，早晚玩儿完。

史　爷　他那儿完了，咱厕所也完不了。

史老大　你把厕所弄成什么了？你把我的照片都挂这儿了。
　　　　你这是拉大旗做虎皮，你吓唬别人。

史　爷　爸，您别闹了。

史老大　现在多少离休的又都返聘了，我也得不用扬鞭自奋蹄。

史　爷　您一人拿两份工资，合适吗？也得给青年人留条路吧。

史老大　我不是为钱，我不能就这么混吃等死。我义务看厕所。

史　爷　有您这么一比，我们不是显得境界更低了吗？

史老大　知道低就得上进。

史　爷　这么一个小屋，咱爷俩？

史老大　你忘啦，你们哥五个跟我在一个小屋的时候……

史　爷　我就是嫌太挤，才住进厕所……

史老大　我找你们领导谈去。

144

〔史老大走了。

〔史爷长叹了一口气，松了松领带。

〔外乡人腋下夹本书来到。

外乡人　这好像就是当年那个地方……

史　爷　您找什么？

外乡人　当年我温书的地方。

史　爷　您……就是那什么……圣经？外地人？

外乡人　外乡人。

史　爷　就是你！当年也是这么说的，你还说我们都是废
　　　　物，早晚这种排泄方式要改变！

外乡人　是你呀！快认不出来了，西服革履，比教授都神
　　　　气呀！

史　爷　教授算什么，当年不就是学生考教授吗？我听说研
　　　　究导弹的还不如卖茶鸡蛋的有钱呢。你怎么样？还
　　　　没考上大学呢？

外乡人　考上了，我现在大学教书。

史　爷　教授？

外乡人　讲师。

史　爷　那你还背书干吗？

外乡人　备课。家里太乱。

史　爷　留北京啦？可您还是不如我，当初您说什么，我
　　　　们是废物，您瞧，我都有工作室啦！您说这不是
　　　　进步吗！

外乡人　这也不是理想的排泄场所！

史　爷　怎么排泄好，你研究这个，你说说。

145

外乡人　杭州人躺着大便，两根竹竿，一根在腿下，一根在
后背……

史　爷　那使不上劲呀。我住过一回医院，拉阑尾。在床上
用便器，根本使不上劲儿。

外乡人　那是你们北方的食物构成有问题。南方吃什么？蔬
菜水果多，你们什么？压饸饹、饧面馒头……不说
这个啦，早晚中国人会一家一个厕所，里面是抽水
马桶。

史　爷　会吗？那得浪费多少水呀？我反对这么干！中国人
不愿意单干，什么事您都得透明，不能藏着掖着。
您就说过去那一片儿二十多个厕所，甭管是谁，他
一撅屁股，我就知道他拉什么屎……

外乡人　你没有这个权利！看着吧，你这个场所早晚有一天
会被取消的……（进厕所）你知道世界上的人都是
怎么排泄的吗？有好多厕所都是自动的，比如德国
有一种厕所，计时的，到时间你不出来，它就自动
把门打开，给你曝光！

史　爷　那是德国，你知道乡下人怎么擦屁股吗？用土坷垃。

外乡人　世界是一个整体，文明的脚步将踏遍所有的土地。
你这里是保不住的！

史　爷　……那我干什么去？

外乡人　我早说过，你们是那个时代造就的一批废物……

史　爷　废物也不能浪费呀……再说了，是谁让我看厕所
的，到这时候你们不管了……

〔史爷愣住了，他意识到一种危机，沉思片刻，突然——

146

史　爷　嘿，他没交钱！

〔厕所外

〔震耳欲聋的推土机马达声。

〔三丫儿正在指挥工人干活。

〔史爷和史老大站在瓦砾堆上观看。

史老大　这厕所还挺新的呢，再用二十年没问题。

史　爷　说是盖个更好的。在饭店里边。

史老大　那个小兔崽子像是三丫儿。

史　爷　就是他。

史老大　他懂个屁。

史　爷　韩信还钻过别人裤裆呢，您不能把人看扁了。

史老大　作吧。

史　爷　您说谁？

史老大　谁？我说这国家！

〔便衣不知从什么地方钻了出来。

便　衣　你说国家作？怎么叫作？您跟我走一趟。

史　爷　没有没有，老爷子说的是那指挥推土机的。

便　衣　你别打岔。

史老大　我跟你走，到哪儿我也敢说它作。

〔便衣和史老大往土堆下走。

史　爷　我跟您去。

便　衣　我请的可是他。没请您。

史老大　我不怕，谁能把个看厕所的怎么样。

史　爷　您慢着点儿……

〔隆隆的推土机声。

〔收光。

〔"相声"录音起。

〔换三幕景

〔"相声"录音结束。

〔舞台景上所有管灯光起。

〔钢琴音乐起。

〔舞台灯光起。

第 三 幕

〔九十年代的厕所

〔这是一家大饭店的厕所门口。严格地说这是大堂
　的后半部分，远处可以看见饭店的大门和门童。

〔也可以设置一个电梯出口，从电梯里出来进入厕所的
　大多是饭店的客人。从大堂前门进来直奔厕所的是便
　衣或者附近的居民。

〔咖啡座在另一边。

〔我们可以看到在八十年代出场的人物都在饭店
　里徘徊，不离厕所左右。他们之间并没有互相发
　现，只是不能断定上这样的高级厕所要不要花很
　多钱，没有人敢上而已。有人掏出钱包，看看有
　多少零钱。

〔张老从大堂大模大样地向厕所走来，但是步履已
　有些蹒跚。他向擦地的杂役打听什么。

〔杂役有礼貌地指了指厕所的位置。

〔钢琴音乐渐隐。

〔厕所内

〔张老推开厕所的门。

〔守候在洗手池旁的史爷笑容可掬。

史　爷　您好。

〔张老点点头。

张　老　这厕所是第一天使用吗？

史　爷　是，这饭店也刚启用。哎，这位先生面熟啊。

张　老　我倒没觉得。离开外交部好几年了，难道还有人能认出我来？

史　爷　外交部？那更没错了。

〔张老走进一间干净的单间，刚要锁门，被史爷挡住。

张　老　我已经离开外交部了，你托我也是白托，没权了。

史　爷　您没带着钢笔吧？

张　老　你怎么这么啰唆，我不是告诉你了吗？笔是带着呢，可字不能签。

史　爷　您把笔交给我保管一会儿，等您完了，再给您。

张　老　外交无小事。这笔杆子可不能轻易撒手呦……

〔张老要强行关门。

史　爷　你要是不把笔交出来，就别上。

张　老　岂有此理！我的笔为什么要给你？

史　爷　我怕你画流氓画！

〔张老勃然大怒。

张　老　你凭什么胡说！我要投诉你！

〔大堂洋人副理走了进来。

副　理　客人投诉说你要没收他的钢笔。

史　爷　他有画流氓画的毛病。

副　理　我们的饭店是第一天开张，你怎么知道他画春宫？

张　老　对不起，我画什么宫？

副　理　春宫。

张　老　我不懂。

史　爷　我认识他。

张　老　我不认识你。

副　理　好啦。（向史爷）你不能没收他的钢笔。要保证他不受干扰地上好厕所。

史　爷　他要是画了呢？

副　理　如果能擦掉，我就什么也不知道，如果擦不掉，那就开除你。

史　爷　行。（向张老）画吧。

张　老　什么？

史　爷　上吧。

　　　　〔张老进了单间，关上门。

　　　　〔胖子走了进来。

胖　子　呦，史爷！进入餐饮业啦！

　　　　〔刚要离开的副理转回身。

副　理　怎么都是你的朋友？

胖　子　刚才外交部的也进去啦？十年前，他该我一只烤鸭。

副　理　（向史爷）这是工作的时间，不是你会客的时间。

胖　子　您别误会，我上厕所是对你们的工作有利的。刚才那个老头儿有画春宫的瘾。

副　理　真的？水平怎么样？

史　爷　您什么意思？

副　理　画得好，可以出版，画得不好要他赔偿。

张　老　（喊）我不画啦，不是，我不拉啦！

〔张老推门出来。

〔大家用怀疑的目光盯着他。

〔史爷把水龙头打开。

史　爷　您请。

〔张老迅速洗了洗手。

〔史爷递上纸巾。

〔张老擦了擦手，把纸巾丢进废纸桶，转身就走。

〔副理打开张老的单间看了看。

副　理　他没有画，你冤枉了客人。

胖　子　等等，你们不知道他作画的位置。

〔胖子伸进头片刻。

胖　子　这儿呢，八成是没戴花镜，全都八条腿啦。真是年
纪不饶人，意到笔不到喽。

〔史爷拿着湿毛巾赶紧过来要擦。

副　理　让我看一下。

〔副理仔细看了看。

副　理　我认为这是螃蟹！

胖　子　是人，庙里的哪吒就是八条胳膊。

副　理　那就是神话。

胖　子　还是春宫，就是岁数大了，透视都不对啦。

副　理　或者是一个国徽？

胖　子　哪国的呢？

副　理　毛里求斯的，或者是马达加斯加的。

史　爷　对，这个他熟悉，老头儿在外交部。

副　理　什么，他是外交部的官员？你们怎么不早说，他来
　　　　我们饭店是我们的荣幸。

胖　子　干吗那么势利眼。

副　理　以后他来干什么都可以，不要扫他的兴。

　　　　〔副理走了。

胖　子　我赶紧吧，都忘了来干什么啦。

　　　　〔胖子钻进厕所，关上门。里面传出使劲的声音。

胖　子　（边使劲）丫——还——对啦！

史　爷　对不起，我不能跟您聊天。

胖　子　操！唉，烤鸭！又忘了！

　　　　〔胖子出来。

　　　　〔史爷不大情愿地拧开水龙头。

史　爷　来吧。

胖　子　好好。

　　　　〔胖子按了按墙上洗手液盒子的按钮。

胖　子　多使点没关系吧？

史　爷　给留点儿就行。

胖　子　言重言重。（看看水池子）吐口痰成吗？用水冲了？

史　爷　别小便就行。

胖　子　幽默。

　　　　〔胖子吐了痰，洗了手。史爷把纸巾递给他。胖子
　　　　用了纸巾。再到烘手器处烘手。

胖　子　外交部的说没说弹劾克林顿总统的事？

史　爷　我不知道克林顿是谁。

胖　子　真是坐井观天，不对，真是坐厕观便……还不够通俗。

史　爷　你那儿烤白薯哪？

胖　子　（烘着手）温度不大够。

史　爷　行啦。别没结没完啦。

胖　子　我还没画流氓画呢！

史　爷　我还没打人呢，你给我滚！

胖　子　当心我投诉你！

史　爷　当心我写知青文学！

胖　子　……唉，我已经改婚姻与家庭啦。

史　爷　当心我画假月票！

胖　子　现在都画假护照，谁还画那玩意儿，你真过时了。

史　爷　没约着瘦子一块儿来？

胖　子　干吗？还跟他借大便？现在谁还歇病假呀，回头再给解雇了。嘿，我告诉你瘦子还真不是装病，他不老肠炎吗？后来改直肠癌啦，死啦。

〔胖子吹了声漏气的口哨，逃了。

〔钢琴音乐起。

〔史爷擦拭着洗手台。

〔居民甲乙丙进了厕所，他们都比过去苍老了。

〔他们在小便。

〔甲解完了，一转身，小便池开始自动冲水。

居民甲　嘿，自动的。

居民乙　我这个呢？

居民甲　你不会试试。

〔乙一边往后退，一边撒尿。

154

居民乙　丫不冲。

居民丙　你得斜着点。

史　爷　干什么呢！跑这练来啦。

居民乙　对不起……呦，史爷！

居民甲　可是有十多年没见了吧？见老。

史　爷　完事请。这儿不能聊天。

　　　　〔史爷打开水龙头，让他们洗手。

居民甲　多少钱？

史　爷　不要钱。

居民乙　我说什么来着？早就应该进来。

居民丙　这厕所是不是洒香水啦？像是法国的。

居民甲　您在这儿高就，把群众就疏远啦。

史　爷　洗完啦，走人！

　　　　〔一个黑人走了进来。

　　　　〔史爷因为有甲乙丙等人在场，不自然地向黑人微笑。

　　　　〔黑人露出一嘴白牙。站到小便池旁。

　　　　〔甲乙丙向黑人投去好奇的目光。

史　爷　你们别没事找事。走吧。

居民甲　我没见过。

史　爷　让外宾听见多不礼貌。

居民乙　丫不懂中文。

黑　人　你没见过人撒尿？

　　　　〔乙愣了一下，大叫一声。

　　　　〔众人一起逃跑。

黑　人　我要向饭店投诉！

史　爷　我给您作证。

　　　　〔黑人愤怒地走了。

　　　　〔史爷直了直腰，用手捶了捶背，刚要靠墙歇歇，
　　　　门开了。

　　　　〔便衣把一个一个单间的门打开查看，然后让进佛
　　　　爷。他们都有些苍老。

　　　　〔佛爷身穿米黄色吊带裤、米黄色衬衫，留着背头。

　　　　〔便衣穿黑色休闲西服，两人的皮鞋都一尘不染。

　　　　〔钢琴音乐渐隐。

便　衣　您请，佛总。

　　　　〔便衣为佛爷打开单间的门，再帮他关好。然后站
　　　　立一旁两眼警惕地瞄着周围。

　　　　〔史爷揉了揉眼睛，似乎很难相信眼前发生的一切。

　　　　〔便衣走过来，趴在史爷的耳边轻语。

便　衣　待会儿我们佛总要偷你们一卷手纸，你假装没看
　　　　见……

史　爷　那哪儿行，我是干什么的？

便　衣　我们公司赔您，（打开皮包，拿出一卷手纸）您就
　　　　是别当面拆穿他。

史　爷　你们有手纸，还拿它干什么？

便　衣　佛总以前不是佛爷吗？为了不忘本，要经常拳不离
　　　　手，曲不离口。冬练三九，夏练三伏。

史　爷　他是哪儿的老总？

便　衣　程咬金防盗门厂的亚洲总代理。

史　爷　都成了老板啦，还不改改毛病？

便　衣　我们佛总说，忘记过去就意味着背叛！

　　　　〔冲水声。

　　　　〔门开了，佛爷神色从容地走了出来。

　　　　〔史爷拧开水龙头。

史　爷　您请。

　　　　〔佛爷一只臂夹在胸前，简单洗了洗手。

史　爷　您用点洗手液？

便　衣　你别多事！

佛　爷　你是怕我出的货，从衣襟里掉出来？

史　爷　呦，佛总，我不懂您说什么。

　　　　〔佛爷一抬手，胳臂离开两肋，晃了晃上身。什么
　　　　　也没有掉下来。

　　　　〔便衣拿起刷子，给佛爷刷衣服。

　　　　〔佛爷在镜子前梳理头发。

佛　爷　朱元璋喝要饭的熬的珍珠翡翠白玉汤；勾践卧薪尝
　　　　胆；所以才能成就一番事业。知道我为什么把雷
　　　　哥收在身边？他提前退了休，就是为我所感。韩信
　　　　当了大元帅，并不是要把当年让他钻裤裆的痞子杀
　　　　了，而是请他吃饭，封他官。

史　爷　这不是有点儿贱骨头吗？

佛　爷　所以你只能看厕所，顶多也就是大厕所，你干不成
　　　　什么大事！

史　爷　那您也得死马当活马治呀？您不能眼睁着我这么下
　　　　去呀。

佛　爷　器量！没有器量，受不了侮辱不成。人这一辈子，

无非荣辱二字。什么把鞋带捆着你手指头啦，解下你的裤腰带啦，都得能受。把这个看透了，心里就踏实了。

史　爷　那您说什么是大事呢？

便　衣　不要老缠着佛总，我们还有事情。

佛　爷　不要和老朋友打官腔，咱们待会儿不就是泡妞儿吗？早点晚点有什么关系。你刚才问什么？

史　爷　我问什么是大事？

佛　爷　就是要教育人防盗。我用行动来给人以教训。那些个盗人钱财的被人所不齿，而盗去人灵魂的人却受人尊敬。我是宁肯偷钱包儿，也不去偷人家的心。

便　衣　（小声）您那手纸别掉出来。

佛　爷　哦，我忘了拿啦。

便　衣　嘿。您再拉一回？

佛　爷　机会已经完啦。不要引人怀疑。

　　　　〔门开了，三丫儿走了进来。他穿得笔挺。

三丫儿　我这里不准扔钱包。

佛　爷　怎么成了他这里？

史　爷　厕所是他包的工程。

便　衣　你说话客气点儿。

　　　　〔三丫儿和转过身来的佛爷对峙着。

佛　爷　三十年河东，三十年河西。别拿老眼光看人。

　　　　〔三丫儿哼了一声，一膀子撞过去。

　　　　〔佛爷侧身一让。三丫儿冲到小便池旁开始小解。

　　　　〔佛爷手里多了一个手机。

〔手机的铃声响起来。

〔一个小姐的声音。

小　姐　怎么不回话呀？

佛　爷　正撒尿呢。

小　姐　谁这么粗俗？

佛　爷　一个小偷儿。

小　姐　哇！真刺激！你能和他一起来见我吗？

佛　爷　我问问他，唉，你的妞儿约我一块儿过去。

〔三丫儿一摸口袋，大惊失色。

三丫儿　我报警！

佛　爷　开个玩笑，我赔礼，在饭店请你吃饭。

〔便衣拿过手机交给三丫儿。

三丫儿　我用你请？

佛　爷　看不起我？怕我……

史　爷　您二位还不好说，就别在厕所里商量吃的啦不是？

三丫儿　行，你得多喝。

史　爷　酒是别人的，胃可是自己的。

三丫儿　别不拿自己当外人，客人的事情，看厕所的怎么能
　　　　插嘴！

史　爷　你们……

三丫儿　现在又分出阶级来啦，知道吗？咱俩不是一个阶
　　　　级。你是下等人，知道吗？

〔三丫儿走出厕所。

史　爷　当年我爹说了句这国家作，你就把他带走了；今天
　　　　他说又分了阶级，你怎么不拘他？

便　衣　如今我管不了喽。比这个还过的也有呀。

〔门又开了。一个欧洲人进来。佛爷要往前凑。

史　爷　别，他是意大利人。

佛　爷　意大利的钱包皮子好呀。

便　衣　别，他们都是黑手党。

〔佛爷一吐舌头。

〔欧洲人把小费放在台子上。

〔史爷向洋人比划着。

史　爷　不收小费，谢谢，谢谢。

〔佛爷还要往上凑，便衣用钱包把佛爷引出厕所。

〔欧洲人又拿出些钱放在台子上。

〔史爷摇摇手。

〔欧洲人生气地又拿出十块钱。

史　爷　您误会了。

〔史爷把台子上的钱拿起来，要往欧洲人的西服口袋里塞。

〔欧洲人笑了笑。

欧洲人　No,thank you.

史　爷　我的手洗了！先生。

〔欧洲人出了厕所。

〔史爷难过地看看小费。

〔门一下被撞开，一个时髦得分不出男女的年轻人跟跟跄跄进了厕所。她是靓靓，喝醉了，被朋友们推进来的。史爷一时没有认出来。

〔一阵哄笑，几个摇滚青年身背吉他闯了进来。

160

靓　靓　（指小便池）这是什么？

　　　　〔哄笑。

史　爷　您是先生还是小姐？

靓　靓　你看呢？

史　爷　我还真有点儿眼拙。

靓　靓　什么叫眼拙？

史　爷　就是眼笨。

靓　靓　什么叫眼笨？

　　　　〔哄笑。

史　爷　您要是会用小便池，您就是先生，您要是不会，那
　　　　就甭说了，您也别给我找麻烦，您请退场。

靓　靓　他说退场，他看出咱们是干什么的啦。

　　　　〔众人默契地一声怒吼，齐声喊道：

众　人　月亮下一帮男女在厕所放屁，
　　　　晚风中传来一阵阵臭气，
　　　　我们坐在高高的马桶上休息，
　　　　这就是现代生活的甜蜜！
　　　　这就是现代生活的甜蜜！
　　　　〔在一阵吉他前奏后，靓靓唱起改成摇滚的"月亮在白
　　　　莲花般的云朵里穿行"。
　　　　〔伴有风车的响声。
　　　　〔史爷愣了。
　　　　〔靓靓简直长得跟丹丹一样，只是风格迥异。
　　　　〔史爷猛然唱出了"月亮在白莲花般的云朵里穿行"。
　　　　〔靓靓停止了歌伴舞，打量着史爷。

靓　靓　史叔叔？！

史　爷　丹丹！不是，靓靓！

　　　　〔门打开，副理冲了进来，对着史爷发火。

副　理　你和你的朋友把这里当成了什么地方？

史　爷　我不干了！

　　　　〔副理一愣。

　　　　〔门再一次打开，胖子冲了进来。

　　　　〔胖子拿出笔记本和圆珠笔。

胖　子　你们是害虫乐队的？可找着你们了！谈谈你们的新
　　　　作吧。啊？女主唱也在男厕所？这回《北方青年
　　　　报》有新闻了。

秦　越　我们改编了五十年代的一首忆苦思甜歌曲，它很有
　　　　煽动性，（指史爷）连看厕所的都跟着载歌载舞。
　　　　你是哪个报的？

胖　子　我是自由撰稿人。请问你们为什么要在男厕所举行
　　　　排练？

秦　越　我们没有排练，我们是就某件事打赌。

副　理　对不起先生们，活动到此结束。

　　　　〔乐队的人往外走。胖子跟着。

　　　　〔史爷拉住靓靓。

史　爷　靓靓，你妈怎么样了？

靓　靓　我们已经断绝关系啦！

史　爷　为什么断绝关系？

靓　靓　她说我堕落！

史　爷　那她怎么办？

靓　靓　有民政机构照顾。你别问了！

　　　　〔靓靓往外跑。

史　爷　你站住！

　　　　〔史爷去追。

副　理　你应该坚守岗位！

史　爷　我不干了！我下岗啦！

　　　　〔史爷追出厕所。

　　　　〔饭店女厕所门口

　　　　〔靓靓跑进了女厕所。

　　　　〔追过来的史爷无奈地停住脚步，在门口徘徊。

　　　　〔摇滚青年们走过来围住史爷。

青年们　老头儿，没这么泡妞的！

　　　　老头儿，别一棵树上吊死！

　　　　改天我给你找一个。

副　理　各位，请后面喝咖啡。

　　　　〔摇滚青年走了。

　　　　〔胖子凑过来。

胖　子　你也追星？

史　爷　追你妈！

胖　子　有啦！

　　　　〔胖子向磁卡电话跑去。

　　　　〔副理出现了。

副　理　你暂时还要回到岗位上去。

史　爷　不！

163

副　理　那你去换衣服。

史　爷　我怕她跑了。

副　理　你爱她?

史　爷　我怕我不爱她。

副　理　（边计算）否定之否定，负负得正。还是爱。没关系，我会留住她。

史　爷　我马上就回来。

〔史爷向更衣处跑去。

〔胖子陪着穿得男不男女不女的老英子来到厕所门口。

〔英子有些却步。

副　理　对不起，你不能进。

〔英子腿一软。

胖　子　说我呢。噎死。

〔胖子止步，鼓励着英子。

〔英子进了女厕。

〔穿着收费厕所发的已经旧了的西服的史爷赶了过来。

胖　子　呦，这西服不是原来厕所的工作服吗?

史　爷　没人把你当哑巴。我说你们拆迁后都住上了楼房，家家都有厕所，干什么非上公共厕所?

胖　子　在家里上，不过瘾。

〔英子把靓靓换了出来。英子神采飞扬，第一次有机会进女厕所使他很兴奋。脸上显然在女厕所里刚补过妆。

〔靓靓推开英子。她的一头乱发已然洗成湿漉漉的。

英　子　好，在里边吸上了，粉妹一个。

164

副　理　（向英子）怎么？你是男的？

胖　子　不，是泰国人妖，做过手术的！

副　理　你们到保安部门解释清楚。

〔副理带走了英子和胖子。

〔钢琴声渐起。

〔变光，收舞台光，起咖啡座光。

〔史爷㧟着靓靓走向咖啡座。

〔外乡人走进厕所。

〔咖啡座

〔史爷假装潇洒地落了座。

〔靓靓也坐下了。

〔服务小姐拿来饮料单。

〔史爷装模作样地看着。

〔小姐轻蔑地看着史爷。

史　爷　苏打，就是起子，我又不发面。酒也没劲，全是宰
　　　　人。怎么冬瓜汤这么贵？

小　姐　是鲜榨的。

史　爷　生的？

小　姐　你以为呢？

史　爷　冬瓜皮多少钱？

靓　靓　这里不是药铺。

史　爷　你给我来壶花茶吧。

靓　靓　矿泉水。

　　　　〔小姐走了。

靓　靓　问吧。

史　爷　你……

靓　靓　您把那假冒西服脱了成不成？

史　爷　里边是一背心儿，饭店不让。你吸毒？

靓　靓　听那二尾子的呢。你是问我还是问我妈？

史　爷　我问……我问你。

〔服务员端来饮料。

〔两人各喝各的。

靓　靓　看上我了？

史　爷　……你……

靓　靓　没关系，老牛吃嫩草，行！

史　爷　你跟那伙流氓……

靓　靓　哎哎，别流氓流氓的，都是首都文艺工作者。

史　爷　你连男厕所都敢进，还有什么不敢干的。

靓　靓　……那玩意儿我都见得够不够的了，男厕所有什么
　　　　新鲜。

史　爷　你这么……开放是要出事的。

靓　靓　别想那么复杂，现在最时髦的是自助，不得艾滋病。

史　爷　真的？噢，是这样？

靓　靓　您在收费厕所不就一直这么过来的？

史　爷　嗨！你怎么知道！

靓　靓　我们都看见啦。

〔史爷从座位上起来。

〔靓靓扶住他。

靓　靓　您不是要逃单吧？

〔史爷又正襟危坐。

史　爷　这世界还有我这样人的路儿吗？

靓　靓　跟你逗着玩儿呢！我是猜的。

史　爷　嗨，我还真以为让你看……

靓　靓　说点儿别的吧。

史　爷　你靠什么生活？

靓　靓　反正不能靠摇滚。

史　爷　咱们搭帮吧？

靓　靓　你功夫怎么样？

史　爷　什么功夫？

靓　靓　床上。

　　　　〔史爷低下了头，俄顷，又抬了起来。

史　爷　我说的不是这个意思。我是说咱们能不能跟《红灯
　　　　记》似的？

靓　靓　什么《红灯记》？你什么意思？

史　爷　就是，以父女的名义生活在一起？

靓　靓　你干过她吗？

史　爷　谁？

靓　靓　还有谁，我妈呀。

史　爷　你，怎么说话呢！

靓　靓　多老的马我都敢骑，可就是不能乱伦。你说实话，
　　　　我是不是你亲生女儿？

史　爷　你这副德行，对得起死难的烈士，你的父亲吗？

靓　靓　别那么悲壮。现在咱们跟越南又哥们儿了，他那烈
　　　　士，以后还真不好提了。

167

〔史爷剧烈地咳嗽起来。

靓　靓　您别激动。

史　爷　我快憋死了。小姐，续水！

　　　　〔小姐走过来。

小　姐　续水单收费。

史　爷　收！我又不是没钱。多少钱？

小　姐　十块。

史　爷　（摸了下口袋）你给我续三壶。

小　姐　那您再来壶新的不好吗？

史　爷　新的多少？

小　姐　二十。

史　爷　这都是怎么定的价？来壶新的。

　　　　〔小姐端走了茶壶。

史　爷　人家都说北京人什么都敢说。

靓　靓　我倒不是，我是什么都敢干。

史　爷　你是不是觉得你史叔叔是个面瓜？

靓　靓　没有，我觉得您一定挺生猛的。从小就抽烟喝酒，
　　　　大点了就奸淫烧杀。

史　爷　你该漱漱口啦。

靓　靓　我浑身上下就没有干净地方儿，就这样儿，他们还
　　　　争着上呢！

　　　　〔史爷抡起巴掌打了靓靓一个嘴巴。

　　　　〔钢琴音乐渐大。

　　　　〔两人对峙着。

　　　　〔小姐把花茶拿来，为史爷斟上。退下。

〔靓靓奇怪地笑了笑。

史　爷　我这辈子，就连摸都没摸过女人一个手指头。

靓　靓　今天这是杀熟呀。

史　爷　看见你我也就想起了我也有过年轻的日子。你妈也有过年轻的日子。

靓　靓　干吗分成两个年轻的日子？

史　爷　怕你误会。

靓　靓　饮食男女的事儿我才不管呢。

史　爷　知道我为什么一直没有找媳妇儿吗？

靓　靓　因为曲低和寡？

史　爷　我一闭眼，就见你妈端着个尿盆往我这儿跑。（幽然神往）

靓　靓　我妈是跟您还是跟大象？

史　爷　你什么意思？

靓　靓　您有那么多东西吗？

〔史爷气得笑了。

史　爷　别以为我是雏儿。不就花点钱，把你Fuck you吗？

靓　靓　心意领了。人过三十不学艺。拉倒吧。

〔史爷突然跪在地上。

〔钢琴音乐渐大。

史　爷　我求你……

靓　靓　我就是心软，你这么一跪，我还真就嫁鸡随鸡嫁狗随狗啦。

史　爷　我求你别再说话啦，行吗？

靓　靓　为什么？

史　爷　我这一辈子就没像现在心里这么乱过。

靓　靓　您都Fuck啦，就别弄这少年维特之烦恼啦。

史　爷　我他妈真想在这儿就把你给……

靓　靓　好呀，那可就成了行为艺术啦。害虫女主唱又火一把。

　　　　〔史爷傻笑。

　　　　〔突然一声断喝。史老大站到了史爷身后。

史老大　站起来！

　　　　〔钢琴音乐收。

　　　　〔史爷站了起来。

史老大　跑这儿糗蜜来啦。

　　　　〔靓靓狂笑。

靓　靓　这老灯还挺内行。您老泡妞儿吧？

史老大　我老掏厕所。

靓　靓　那您怎么知道黑话？

史老大　老在厕所里，什么话不知道？

小　姐　老先生您要点什么？

史老大　我要我儿子。

　　　　〔小姐走了。

史老大　小妞，你别欺负他，他是个童蛋子儿，你跟我来，
　　　　我是真刀真枪逛过窑子的。

史　爷　爸，您看，这是饭店。

靓　靓　老丫的还挺生，傻逼，你们那会儿那么落后，有窑
　　　　子吗？

史　爷　爸，您别动气儿。我们闹着玩儿呢。她是丹丹的女儿。

　　　　〔史老大泄了气。

史老大　我是来找你们领导的。

史　爷　干什么？

史老大　你自从看了洋厕所，你就，你就，你就犯狗尿。

史　爷　爸，我刚把这活儿辞了……

史老大　辞了？那　　吃谁呀？

史　爷　（吹嘘）我准备自己开个厕所。

史老大　有客人吗？

史　爷　没有就省得打扫了。

史老大　说得也是。

史　爷　您来一趟也不容易，我请不起您吃饭，我请您上回厕所。

史老大　我不上。

史　爷　这可是最后一次啦？明儿我就不来啦。

　　　　〔史爷扶着史老大步履蹒跚地往厕所走去。

史老大　（回头）姑娘，等我们会儿……

　　　　〔靓靓扭身跑出了饭店。

　　　　〔史爷强忍悲伤，搂着老父亲往厕所走去。

　　　　〔变光，舞台光起，舞台景所有灯光、咖啡座光收。

　　　　〔男厕所门口

　　　　〔副理拦住史爷。

副　理　你的工作已经有人干了。

史　爷　我这回是上厕所。

　　　　〔副理点点头。

　　　　〔史爷推开门把史老大让进去。

〔男厕所里

〔史老大眯缝着眼，被厕所的豪华震慑住了。

史老大　真比厨房还干净。

史　爷　谁的厨房。

史老大　当然也是他们的。

史　爷　您见过？

史老大　我这么想。

史　爷　人家厨房比这个更干净。

史老大　这地方儿拉屎有点儿浪费啦。

　　　　〔一个隔间的门开了，外乡人出来。

外乡人　小史！不，老史！

史　爷　（辨认）嘿！怎么这么巧。今天来的都是熟人。十
　　　　几年前你说将来中国人一家一个厕所，还真让你说
　　　　中了！

外乡人　是呀，可他们还是想一起上厕所。

史　爷　您说这不是贱骨头吗？

外乡人　不能这么说。你知道，古罗马的大浴室里有三千个
　　　　便坑。在墙壁上刻着一句格言……

史　爷　便后请冲洗。

外乡人　那不是格言。它是这样一句话——能够在一起排便
　　　　的民族才是团结的民族。

　　　　〔静场。

史　爷　那到底是集体的好，还是单个的好？

外乡人　有很多事情不好说，比如你当年说的浪费水的问

172

题，这也成了一个世界性的问题。你知道世界上有三分之二的人喝不上洁净的水，可我们这里用它来冲厕所。现在已经有了免冲洗厕所……

史老大　我也别解大手了，撒泡尿，见好就收。

〔史老大站到离小便池一尺远的地方，推开史爷。

史　爷　您往前站，上边装着机关呢，完了它好自动冲水。

史老大　我是让你瞧瞧。

〔一股水柱直冲小便池。

史老大　你到我这岁数，还能这么尿尿，你就是好样儿的!

〔水柱停了。

史老大　怎么不自动冲?

史　爷　您站太远啦。我给您表演。

〔史爷站到小便池前，然后一退。

史　爷　爸，您看，我这么一走，它就冲水。

〔果然冲水。

〔史爷打开水龙头。让史老大冲冲手。

〔他拿着史老大的手按了按洗手液盒子的按钮。

史老大　真滑溜。要钱吗?

史　爷　不要。

史老大　快倒闭啦。

〔外乡人洗手。

史　爷　(向外乡人)您说到底怎么解手才科学?

外乡人　这是个永恒的问题，真的，我不能一下回答你。你知道科学本身就有局限性，每一个科学发现解决一个问题，同时也会带来一个新的问题。这个新的问题也许比旧的问题更严重。再说现在没有那么多的地了，十几亿人都到地里去，他们的排泄物会覆盖庄稼，污染河流和地下水，烧死树木和花朵，滋生蛆虫和病菌……

史　爷　这是你的事，你拿着国家的钱，你得管。

外乡人　（烘手）你说得对，可是我没有摩西的智慧，他只用两个字就解决了问题……

史　爷　眼下能做的也就是从我做起……

外乡人　说得好！

史　爷　只能是每个人都少喝一口水，少吃一碗饭，少上一趟厕所！

　　　　〔静场。

史老大　你跟他废什么话，憋着那叫什么！

　　　　〔钢琴音乐渐起。

外乡人　也许有一天人们不再密集居住，房子外是庄稼和树林……

史　爷　咱们走。

史老大　你也来一泡吧。

史　爷　我倒忘了。

　　　　〔史爷欲撒尿，久久站立。

外乡人　两条路，要不掩埋好排泄物，要不被它所掩埋……

史　爷　我……尿不出来！

　　　　〔父子对视。

　　　　〔冲水声，渐渐增大的冲水声，渐渐增大的钢琴音乐。

　　　　〔收光。

174

〔钢琴音乐继续。

〔换景，台上散摆着十几只马桶。

〔钢琴音乐收。

〔起光。

〔全体演员分站在舞台两边侧幕后，大声朗诵：

众　人　大便请按1，

小便请按2，

大小便一起请按3，

人工服务请按4，

预定吉祥位置号码请按5，

排泄不出请按0。

请掩埋好你们的排泄物，

请掩埋好你们的排泄物，

〔收光。

众　人　请掩埋好你们的排泄物。

〔起光，演员谢幕。

—剧终—

2004年7月

175

活着还是死去

场　景

追悼会场，休息室，楚辞的家

人　物

楚辞、侦探、火葬场老板、几个死者，死者亲属，单位领导，朋友、同事、群众若干。可以串演。

死者甲　这是一个艾滋病死者

死者乙　这是一个自杀青年。

死者丙　一个学者

死者丁　妓女

死者戊　一个警察

死者己　一个足球运动员

老　汉　所有死者的父亲

老　妇　所有死者的母亲

时　间

当代

故　事

在一个叫做"一路走好"的火葬场追悼室里，不断有鬼魂的叫声（用肖斯塔科维奇的《第十三交响曲》中人的低吼作效果。追悼会音乐用该交响曲的合唱部分和宗教音乐弥撒曲）。

一个失业剧作家声称能够平息冤魂的叫声，他来到追悼现场，重新创作悼词，引起震惊。死者听到精彩处兴奋地站起，当然也有他张冠李戴引起混乱的时候。一时间这个火葬场的追悼室成了名闻遐迩的场所，一些无法在正当场合加以悼念的死者纷纷被送到这里，引起治安当局的注意，一名神勇侦探化妆成死者躺在那里准备活捉剧作家，一时危机四伏。

第 一 幕

〔肖斯塔科维奇的《第十三交响曲》中人的低吼声从黑暗的舞台深处传来，像是有无数双手在地下推动着埋在他们身上的厚厚的土层。

〔光渐显，音乐声渐渐消失。现出位于舞台中央的追悼室和它左边有一扇门相通的休息室。追悼室的正门因为在观众一面，所以它和第四堵墙一起被拆掉。一般吊唁者正是从这里进入追悼室的。房间右边是一间化妆室，遗体在那里经过美容处理被推进追悼室。串演不同角色的演员也在这里化妆。靠近天幕的方向有一扇门。遗体从这里推走去火化。

〔戏开始的时候，女工人正在取下一张死者的遗照，并且撕下花圈上的挽联，换上新的照片和挽联，打扫地上散落的纸花。

〔右边门开了，一架活动担架被从化妆室推到追悼室来，上面盖着一副写有寿字的缎子罩单，可以看出下面躺着一个人。两个男工人把担架头朝里抬起放在装饰着鲜花的台子上，这是供瞻仰遗容的台子。

左边的休息室里进来一对胸戴白花的老夫妻，他们表情木讷，等待着进入追悼室。

死者的遗照已经被挂在天幕那边的墙上，是一个英俊的小伙子。

老　汉　不会有人来的，我说不让你来，有我就行了，你偏要来。

老　妇　不是就怕没人来吗？有我在不就多个人送他吗？

老　汉　管什么用，几个人送他也得走呀。

〔男工人下，女工甲把通往休息室的门打开。向老夫妻点点头。老夫妻互相搀扶着进了追悼室。女工下。

老夫妻在哀乐声中围着儿子的遗体绕了一周，老妇要掀开罩单，被老汉制止。他们站在家属位置上。

老　妇　（悲从中来，大哭）儿子呀！

老　汉　节哀，节哀。

老　妇　（止住哭声）怎么这么大酒味儿？

老　汉　在这儿干活的人都喝酒，去毒的。

〔休息室里陆续进来等着下一场追悼会的几个男女，他们互相寒暄，并没有悲伤的样子。

吊客甲　什么时候到咱们？

吊客乙　到咱们？什么到咱们，是烧咱们呀还是悼念人家呀？你倒是说清楚了。

吊客丙　怎么这么大酒气呀？

吊客甲　在这儿干活的人都得喝酒。

吊客乙　喝的是二锅头。

吊客丙　是二锅头。

吊客乙　一般都喝二锅头，没有喝香槟的。

吊客甲　那是为什么？

吊客乙　那是小舒马赫喝的，一级方程式完了，站在领奖台上，拿着一瓶香槟乱滋人。

吊客丙　我结婚的时候也是二锅头。

吊客甲　谁？是你还是你媳妇儿？

吊客丙　我说的是酒。

老　妇　你说他的病真的就那么可怕吗？没有一个人敢来？

老　汉　不是一般的病，艾滋病……

老　妇　你小点声。

　　　　〔女工甲上。

女工甲　时间到。请家属退场。

老　妇　不到三十分钟。

女工甲　台上十分钟，台下十年功。台上的日子就是比台下过得快，不信你问观众。（下）

　　　　〔男工人上，搬遗体到担架上，但是怎么也搬不动。

老　妇　我要再看他一眼。（掀开罩单惊叫）他睁着眼呢！

老　汉　他死不瞑目呀！

男工甲　我就知道搬不动，这也不是第一次了。

男工乙　我记得上次那个胖子是用叉车给弄出去的。

老　妇　时间不到我儿子是不会出去的。

　　　　〔楚辞，一个黑衣魔术师醉醺醺地从正门走进追悼室。用舞台表演的姿态向周围行礼。

182

楚　辞　对不起，我来晚了。我马上就致悼词。

老　汉　你是？

楚　辞　你儿子是我的同事，请先接受我的深切悼念和慰问。

〔老汉和老妇一起向楚辞行礼。

男工甲　（向楚辞）时间到了，你帮个忙把他抬起来。

楚　辞　我还没致悼词。

老　妇　你真的要致悼词？谢天谢地！

男工乙　你耽误了下一场你要负责任！

〔吊客甲冲入

吊客甲　该我们了，快着点吧。

〔楚辞向他一指，一团火光随手而出。吊客甲逃出了追悼室。

男工甲　活见鬼了！

吊客甲　吓死我了。

〔休息室里的人围上来，听吊客甲绘声绘色说着刚才发生的火光。大家夺路而逃。

楚　辞　（庄严地站在遗体前，朗诵悼词）作为一个勇敢的驯虎师以身饲虎，说明了佛陀的精神还活在你的心中。你的奉献……

老　汉　等等，你是谁？谁以身饲虎？

楚　辞　您的儿子！

老　汉　我的儿子是病死的。

楚　辞　那老虎吃了你儿子的肉会得病的！

老　妇　你给我滚出去！

楚　辞　（看看遗像）糟糕，弄错了！那就赶快结束吧。

男工甲　抬不动呀。

楚　辞　等我用一下魔法！（用手做了一个手势）抬吧，一
　　　　　路好走！

　　　　〔男工们使劲地抬遗体，没有抬动。

楚　辞　奇怪，我的魔法没有不灵的时候。

老　妇　你没看见他还睁着眼吗？

楚　辞　我看他是死得冤枉。

老　妇　他就是死得冤枉，他是在医院输血感染上艾滋病的！

楚　辞　是这样，如果你们相信我，我会让他含笑九泉的。

老　汉　我凭什么相信你这个酒鬼！

老　妇　老头子，就让他试试吧，说不定管用呢。

楚　辞　年轻的亡灵，你不过是先走一步，随后还会有无数
　　　　　人随你而去，艾滋病的阴影已经笼罩在所有人的头
　　　　　上，多活几年又算得了什么，看看你可怜的父母，
　　　　　他们孤单地留在世上，（老妇哭泣）而你先走一步
　　　　　正好在黄泉之下为他们安排好住的地方，因为那里
　　　　　的接待能力也有限，地价一个劲儿涨，特别是靠近
　　　　　阎王殿附近的地价已经突破一万一平米。（老头不
　　　　　知所措）你没有儿女，也就没有为儿女的忧虑，那
　　　　　些教授过时知识的大学就不会骗你的钱财，你的儿
　　　　　女也就没有就业的烦恼，他们既不会因学非所用而
　　　　　悔恨，也不会因再感染艾滋病而羞耻，你是用你一
　　　　　人的死换来了你并没有诞生的子子孙孙的清白，看
　　　　　看孔子吧，他的子孙至今已繁衍七十多代，遍及世
　　　　　界各地，哪个人不在为生计劳碌奔波，最后难免一
　　　　　死。看看孟子的后代……再看看庄子的……庄子好

像没有后代，不管他了，看看荀子、孙子，看看列子、墨子、韩非子，他们的后代不都得等待着最后的一天吗？核武器的威胁不是一样让他们心惊胆战吗？（向老汉）他喝酒吗？

老　汉　谁？

老　妇　他问的是我们的儿子，他不喝酒也不抽烟！

楚　辞　他吸毒吗？

老　汉　你说什么？他是个好孩子！吃喝嫖赌都不沾。

楚　辞　那还活着干什么！（祈祷）死——吧！

　　　　〔楚辞用魔术师的手势指挥着。

楚　辞　灯光，再暗一点。

　　　　〔灯光转暗。一束追光照着遗体飘飘悠悠地升起半人高。

　　　　〔楚辞撤去罩单，现出遗体，他用表演魔术的规范手势在遗体的前后左右抓了几把，表示没有绳索联系，完全是空中停留。

　　　　〔老夫妻发出一声欢呼。

　　　　〔楚辞又把罩单重新盖在遗体上，做了一个手势，弥撒曲响起，楚辞猛地撤去罩单，遗体不见了。

　　　　〔由吊客串演的火葬场老板上，他的换装是在右侧的化妆室当众完成的。

　　　　〔楚辞刚要离去，被火葬场老板拉住。

老　板　站住！你是哪儿的？你扰乱了灵堂知道吗？

楚　辞　我替你们解决了问题。处理了遗体。

老　妇　他让我儿子升天了，挺好的。

老　板　老太太，您怎么这么糊涂，升天有什么好，没有骨

185

灰呀！

老　妇　是呀！我儿子的骨灰呢？

楚　辞　要什么骨灰呀！你儿子在你的心中。

老　板　不行老太太，到了清明，家家悼念亡魂，您没有骨灰您怎么办？您不能光冲着一张相片发呆吧？

老　汉　没有骨灰就没有吧，我们离开这里。

老　妇　不行，我要我儿子的骨灰。

楚　辞　老太太，天堂没有骨灰。

老　妇　……

老　板　没有骨灰咱们就宁肯去地狱！他没上过名人大词典吧？他没有拍过电视剧吧？他的户口注销了吧？活了一辈子连点凭据都没有，这不白来世上走一遭吗？

楚　辞　您以为他们给您的骨灰就是你儿子的吗？他们随便抓一把就得，因为现在还没有一个是单烧的，炉子也不清洗……

老　汉　你是说骨灰不纯，而且分量不足？

楚　辞　卖米的还往里面掺沙子呢……

老　妇　那剩下的骨灰呢？

楚　辞　比较细的都卖给陶瓷场烧骨瓷，粗的都做了肥料。这倒没什么，从土里来还到土里去……

老　汉　别说了，(悲愤地) 我不想再听了，我们什么都不要，我们就当没有这个儿子！我们走！

〔老汉拉着老妇下。

老　板　你得赔偿！我们这个火葬场是私人承包的，没有骨灰，骨灰盒卖谁去？这可是一本万利的买卖。没有

骨灰，骨灰堂怎么办？清明吊唁的花圈、供品卖给

谁？（拉住楚辞不放）

〔楚辞挣扎，两个男工上来，把楚辞按住。

老　　板　　老实点，不然拿你的骨灰赔老太太！

楚　　辞　　放开我——

　　　　　　〔幕落。

第 二 幕

〔肖斯塔科维奇的《第十三交响曲》中人声的吼叫。

〔等待在化妆室的一排排放着遗体的活动担架。

〔休息室里挤满了等待吊唁的男女吊客。

〔老汉脱去原来的服装,在改妆。

〔老板恭恭敬敬地跟在楚辞后面上场,他们进了化妆室。

老　板　（指指摆放的遗体）后面还有。现在这里都乱成了
　　　　一锅粥,您无论如何要帮个忙。

楚　辞　（指老汉）他是谁?

老　板　他是演员。待会儿要演一个跟你作对的人。

楚　辞　你要我怎么帮你?

老　板　现在的遗体没有您的悼词就不起来。

楚　辞　遗体要是起来你不害怕吗?

老　板　不是,我说的是搬不起来。

楚　辞　要是遗体升天了呢?你不是又卖不了骨灰盒吗?

老　板　那也比停在这里发臭好呀,我想跟您商量一下,您
　　　　看天上也是刚刚开始接纳死者,条件也比较苛刻,
　　　　咱们地上能解决的何必非便宜天上……

楚　辞　什么?便宜?

老　板　不是，是麻烦。

〔老汉化完妆，成了一个保安。他可以看报纸、抽烟、干
一些琐事候场。

楚　辞　我要喝洋酒。

老　板　有，都给您预备了，楚国先生。

楚　辞　不是楚国，是楚辞。

老　板　是是，我记性不好，到这儿的人，他的姓名只有半
个小时的意义。

楚　辞　下一个是谁？

老　板　一个瞎子。

楚　辞　那就不存在死不瞑目的问题。

老　板　……可是，可是他以前不是瞎子。他的眼睛又大
又亮。

楚　辞　难道又是医疗事故？我告诉你，医疗事故在任何国
家都是难以避免的，我管不了那么多……从某种意
义上说它起到了计划生育所起不了的作用。

老　板　其实死者只要求一个态度，死了就死了，不能复
生，可是有个态度就能让生者感到一些公平。

楚　辞　生者会要求赔偿！这才是问题的关键。医院拒不赔
偿，那是为了给国家节省资金，省下的钱一分也到
不了他们自己手里。医疗事故我坚决不管。

老　板　我怎么又跟你搅和到医疗事故里去了。这个瞎
子……

〔汽车的马达声骤然而致，让人明显地感到汽车是高速
行驶而来，急刹车停下的。紧跟着又是几辆车的声音。

老　板　你看，又来活儿了。

楚　辞　你管死者叫活儿？

老　板　这是行话。

楚　辞　你把死者放在这么快的车上？

老　板　这还拉不过来呢！活儿太多。

楚　辞　你们的车速远远高过了救护车，司机们个个都是小
　　　　舒马赫！（停顿一下）当你们拉着死者飞跑的时
　　　　候，当你们把死者家属的车子甩掉的时候，活人是
　　　　什么心情？活着的时候抢着坐公交车，买火车票排
　　　　队的时候加塞儿，看完电影抢着退场，去火化着什
　　　　么急？没人跟你抢。

老　板　谁说的，你要是不托人就得往后排，下一炉再说了。

楚　辞　我并不要求你们慢得不可容忍，慢得像外国的丧葬
　　　　行进速度。你们就跟医院的急诊室抢救病人的速度
　　　　差不多就可以了，按部就班地检查、交费、化验，
　　　　你们跟急诊室的速度调换一下，死者就会多一分尊
　　　　严。火葬场和医院急诊室互相学习，人的生存质量
　　　　会大大得到改善。

老　板　（笑）告诉你，你也不是外人，咱们哪儿说哪儿
　　　　了，原来的车子是把死人装在车屁股下面的一个抽
　　　　屉里，有一回车子跑得太快，一个弯道，抽屉门开
　　　　了，把死人给甩下去了，到咱们这儿一看，活儿丢
　　　　了。幸亏家属的车没跟上。要不非跟咱们打官司不
　　　　可……这工夫幸亏有一个拾金不昧的司机把活儿送
　　　　来了。现在这种事不会发生了。

楚　辞　你说死者的眼睛以前是好好儿的？

老　板　对，他上中学的时候眼睛是好好儿的，可他太淘气，不守纪律，老师叫了几个流氓把他揍了一顿。

楚　辞　老师叫流氓打学生？

老　板　也许不是流氓。或者当时不是流氓，不是流氓也不能打人呀。把他的眼睛打坏了，当时还看得见，所以法医判定是轻度伤害，赔了四万块钱。

楚　辞　那不就行了吗？他要是二郎神三只眼，老师就得赔六万，老师容易吗？有好多民办教师到现在还拿不着工资呢。

老　板　十年后，他长大成人，眼睛瞎了，他找不着工作，所以重新起诉，按照法律，如果是重度伤害，就可以重审此案，要是轻度伤害就过了起诉期。

楚　辞　眼睛瞎了，当然是重度伤害。

老　板　可当时是轻度伤害。

楚　辞　那得以现在的程度为准。

老　板　现在没人打他。

楚　辞　法医怎么鉴定的？

老　板　轻度伤害。

楚　辞　这就是说此案已经过了起诉期？

老　板　对。

楚　辞　他的眼睛白瞎了？

老　板　对。

楚　辞　所以他到了你这儿？赖着不走？

老　板　对。

楚　辞　这可不大好办……

〔老板掏出一叠钱，递给楚辞。

楚　辞　我不要现金……

老　板　给您存到户头上？

楚　辞　别费事了，我还得取出来，你把它买了酒给我。

老　板　这么说您有办法。

楚　辞　试试看吧。

〔两人来到追悼室。

〔保安累了，躺在一个放尸体的担架床上休息。他可以
　躺会儿再起来，摆弄尸体。只要不干扰演出就可以。

〔小伙子的遗像已经挂好，一切悼念仪式准备就绪。

楚　辞　家属可以进场了。

〔由吊客们扮演的家属，包括死者父母、同学等入场，就位。

楚　辞　今天，大家来到这里，悼念一位被老师雇人打坏了
　　　　眼睛的同学，他找不到工作，看不见光明含恨自
　　　　杀，至今冤魂不散，遗体搬不走，影响了黄泉路上
　　　　的交通。我们在这里要对他进行最后的劝说。我认
　　　　为法医认定得没有错，因为你不能证明你在以后的
　　　　日子里，你的眼睛没有接触硫酸、硝酸、盐酸等酸
　　　　类化学品；你也不能证明没有接触食用碱，就是发
　　　　面、熬粥时候用的那种东西，以及火碱、氢氧化镁
　　　　等碱性物质……

母　亲　他从来没有接触过这类东西，你这个没良心的东西！

楚　辞　其实即便是劣质眼药水，甚至是老用脏手揉眼睛，
　　　　或者是在有毒蚊虫叮咬的时候没有及时闭上眼睛都

会造成意想不到的恶果。

父　亲　这不是非洲！

楚　辞　打你的眼睛你为什么不躲闪？当他们用直拳打你的眼睛时，你可以左右摇摆来摆脱，还可以低头，用拳套护住脸部……

老　板　他不是泰森，他不会躲闪。

楚　辞　提起泰森，就更能证明眼睛是不怕打的。霍利菲尔德两次把泰森的眼睛打出了血，可是他的眼睛并没有瞎。

老　板　那是一个对一个，要是霍利菲尔德和刘易斯两个人打泰森，恐怕不光是眼睛，可能连命都没有了。

楚　辞　也许你一天十几个小时趴在计算机前玩游戏……

母　亲　为了给他治病，家里的东西全卖了，他哪里有计算机，他只有一把写盲文的锥子！

楚　辞　这就是了。你曾经为提高知识水平而奋斗过，一个能够学会盲文的孩子是不愁找不到工作的。为什么不做中国的保尔·柯察金！为什么不去参加残疾人奥运会！实在不成还可以街头卖艺，谁也不能阻拦你成为瞎子阿炳，谁也不能阻拦你拉出你心中的《二泉映月》……

　　〔阴风骤起，花圈上的挽联飒飒抖动有声，遗体上的罩单被风鼓荡得不断起伏。

楚　辞　难道我有什么说得不对的吗？你可以反驳我！

父　亲　放屁！他已经再也不能说话了！

　　〔死者突然坐起，引起在场的人一片惊叫。

瞎　　子　我要我的眼睛！

　　　　　〔父母要往上冲，被其他人紧紧抱住。

老　　板　（恐惧地）怎么办？都是你惹的，刚才是躺着的，
　　　　　现在坐起来了。

楚　　辞　他有反应就好。俗话说劝将不如激将。我要找两
　　　　　个人来平息他的怨愤。我要拘拿他的老师和法医到
　　　　　场，让他们直接对话！

老　　板　意识搬运属于伪科学。

楚　　辞　我是搬运他们的灵魂。

老　　板　我们火葬场不承认灵魂。

楚　　辞　老师是什么？

老　　板　人类灵魂的工程师。

楚　　辞　没有灵魂，哪来的灵魂工程师？

老　　板　那是打比方，不是真的。

楚　　辞　那我就换个说法，我要拘拿他们的精神到场。精神
　　　　　不仅没有国界，也没有时代的界限。

　　　　　〔楚辞一挥手，一阵烟雾。烟雾散尽，由吊客扮演的女教
　　　　　师拿着一摞作业来到。

家　　属　没有用，她死不认错！

楚　　辞　我自有办法！

女教师　我这么多的作业还等着判呢，到底有什么要紧事？

楚　　辞　抬起头来，看看这个坐着的人。

女教师　（一惊）他怎么总是找我的麻烦。

楚　　辞　这是最后一次。他死了。

女教师　怎么死的？死了为什么不倒下？

楚　辞　他有冤屈。

女教师　他的眼睛不会妨碍他的生命。

楚　辞　正是他的眼睛导致了他的绝望，他自杀了。

女教师　他这是把我抛进了不仁不义的臭泥坑里。十多年
　　　　前，我的确叫人教训了他一顿，但是我没有让人打
　　　　他的眼睛。

楚　辞　你让他们打他什么地方？不会是屁股吧？

女教师　别那么庸俗，再说也不管用呀。事情出来后，我用
　　　　全部的积蓄赔偿了他。我认为事情已经结束了。

楚　辞　你认为一个年轻人的眼睛是有价钱的吗？

女教师　没价钱的东西也得折合成价钱吧，不然怎么进行赔偿。

楚　辞　你知道你的行为要是换在另一个国家，你会坐牢
　　　　的。如果打人是教育，那还上学干什么。

女教师　还真不如去坐牢，打了不罚，罚了不打。坐了牢，
　　　　我就不会去赔偿他。

楚　辞　你真不配为人师表。我们不谈钱的事，你难道就不
　　　　为你的学生失去了光明而惋惜吗？

女教师　……（看看遗体）时间太久了，我惋惜不起来了。
　　　　我只知道我的日子越来越穷。

楚　辞　年轻人，她的回答你满意吗？

老　板　差不多得了。回头让她给你多烧点纸齐了。

女教师　我不会搞这种迷信活动的，不要愚弄我！

　　　　〔一阵阴风。女教师的头发，裙子剧烈地抖动着。

女教师　（愤恨地）他活着的时候就是总搞这种恶作剧，你们
　　　　明白了吧？他不是个好孩子。

195

父　母　你算是什么老师！

瞎　子　我要眼睛！我要眼睛！哪怕有一只也好呀！

〔老师惊叫一声，昏厥。

〔楚辞向老师吹了一口气，老师醒来——

女教师　你们，你们在这里搞恐怖活动。

楚　辞　搞恐怖活动的是你！你的学生上学的时候被人打坏了眼睛，还有比这个更恐怖的吗？你根本不了解学生，你根本不懂学生，你不配做一个教师。你看我是怎么处理这件事的。

〔楚辞跟女教师换了个位置。

楚　辞　（语气低缓沉痛，模仿女教师的音色）亲爱的同学，我做错的事已经酿成了无法挽回的悲剧！你那么年轻，连花开也只看过十次，连日食也只看过一次。现在好了，对你来说天天是日食。你看不见月亮，看不见星星，看不见大海，看不见原野；等待着你的是无边的黑暗。我无法陪你走完漫长的黄泉路。但是我愿意把我的眼睛给你，让你带着光明前往另一个世界！

〔女教师拼命拉楚辞。

女教师　（小声地、急促地）这可是你说的，我的眼睛还要呢。

楚　辞　（示意她不要说话）同学，请接受这双有点近视，有点因粉笔灰尘常年困扰而有些角膜发炎的眼睛吧，它是我唯一能给你的。即便是这样，我也不能赎回我的罪恶。就像洪水吞没村庄，火山覆盖城市，我的罪恶结束了无辜的生命……

〔瞎子的哭泣声，但是看不见遗体的表情。

瞎　子　别说了，老师，我知道您不会让人去打我的眼睛，我知道您不会。您的话已经给了我光明，我看见了另一个世界也是充满希望的世界，那里有无数的工作等待着我们去做，我会把您恨铁不成钢的爱带到阴间去，融化那里的冰冷和黑暗……

〔瞎子骤然躺倒。

〔一片寂静，有人哭泣。

女教师　真是不可思议。这孩子这么仁义。这件事这么好解决。我要是知道，我为什么不这样说呢？

楚　辞　你永远不会这么说，因为你没有这样的爱！

女教师　我会了，多谢您教会了我。再有类似的情况发生，我会处理好的。

楚　辞　你不会处理好的，因为你学的只是方法，而不是道理。如果下次你再碰到一个这样的同学，等不到你说你把你的眼睛给他，他就会来索取你的眼睛！

〔女教师一声尖叫，捂住了自己的眼睛。

楚　辞　捂住自己的眼睛吧，永远不要松开保护它的双手，从此后你将永远活在黑暗中，看不见光明，看不见希望。恐惧将无时无刻不与你同在。

〔楚辞一挥手，一阵烟雾后，女教师不见了。

楚　辞　可以把他送走了。

〔父母、家属、同学的哭声响起，工人把遗体从后门推走。

老　板　你真有本事！

楚　辞　年轻人能要什么？不过就是几句空话而已。可悲的是连这几句空话有人都舍不得给他们。

老　板　还有法医你没有让他来。

楚　辞　问题已经解决，就不用他来了，来了也无非说自己

　　　　受到什么样的压力，或者是收了什么样的好处……

　　　　〔一片嘈杂声。

　　　　〔工人跑来。

工　人　不好了，大批的死者都运这儿来了。

老　板　让他们上别处去！

工　人　他们不听，说是这儿好。

　　　　〔化妆室里的保安一下从担架床上坐起。眼睛里闪出奇

　　　　异的光。

　　　　〔人的喧哗声，汽车的轰鸣声越来越大。

　　　　〔暗转。

　　　　〔火葬场办公室，除了一张办公桌外，四周都是架子，上

　　　　面放满了各种各样的骨灰盒。一个便衣侦探正和老板

　　　　交谈。

老　板　（指着骨灰盒）您看中哪个我给您打折。

侦　探　你不要转移话题。我必须把问题调查清楚。这不是

　　　　一般的问题。

老　板　情况就是这样，不信你可以向死者家属调查，还有

　　　　我们的工作人员。

侦　探　可惜遗体都火化了……

老　板　您的意思是还要向死者了解情况？

侦　探　我没那么愚蠢，我是要看看遗体有什么异常。你说

那个人是马戏团的？

老　板　马戏团的编剧。

侦　探　胡说，马戏团有什么编剧。

老　板　那就是编排节目的。据说失业了，因为他编不出什么特殊的节目。他自称会点魔术。

侦　探　你的目光太短浅，别看现在他解决了些麻烦，可更大的麻烦在后面。你们现在名声在外，已经引起社会的注意。我怕你们这里要出现混乱。到时候恐怕你们收拾不了。

老　板　我们主要发愁没有那么大的吞吐能力。我们也没有冷藏设备……

侦　探　这个人成了鬼门关上的大法官，你不觉得有些荒唐吗？

老　板　（让烟）您吸烟，吸烟……

侦　探　是死者家属送的吧？

老　板　看您说的，死者家属给死人的烟我们基本上都按照他们的意愿一起火化了。

侦　探　我应该抓住他……

老　板　我求您了，让他再帮帮我，什么时候我这里活儿不忙了，您再动手不行吗？

侦　探　到现在你还没有看到事情的严重性，他现在只是动员死者离开追悼室，假如他煽动死者闹事怎么办？

老　板　死者闹事？（有点紧张）不会吧？

侦　探　死人跟活人一样会得寸进尺，他们会嫌追悼仪式不够庄重，骨灰盒太贵，墓穴太狭窄，死人太多。而活人又比死人还多……他们可能会站起来反抗活人……

老　板　他们斗不过活人，要是他们比活人有能耐，他们就
　　　　不会死了。

侦　探　恰恰是因为他们死了，他们才无所畏惧，而活人之
　　　　所以怕他们就是以为他们还活着。

老　板　那依您的意思是……

侦　探　不能再迁就死者，要告诉他们死有余辜。要告诉他
　　　　们应该赶快到达指定位置。

老　板　这事谁能办？谁敢办？

侦　探　叫他来。

老　板　他要是不干呢？

　　　　〔侦探意味深长地看着老板。

第 三 幕

〔楚辞的家。一间四周都是拆迁房的小平房，家徒四壁。屋里凌乱地摆放着炊具，一张桌子上胡乱放着变魔术用的小道具和吃剩下的食品，一些馒头、方便面之类的东西。

〔拿着一叠道具钞票放进衣服里，手里只剩下一张十元的，他变了个魔术，十元钱变成一百元的。

楚　辞　这是最让人心碎的时刻，（钱越变越多）所有变出来的东西都是预先藏好的，（打开衣服内的机关，里面钞票没有了）再说都是假的，没法用。

（拿起桌上的方便面啃了一口）要是吃的是草，挤出的是奶那就赢利了；要是吃的是奶，挤出的还是奶那就是白忙活了；什么才是美好的生活？我也不知道，但是我知道，我的生活不是美好的。可我知道我的生活还算不错，因为我来去自由，我可以干我喜欢干的。什么是我喜欢干的？那就是让人怀疑自己的眼睛。俗话说，耳听为虚，眼见为实。其实眼见也未必为实。眼睛最容易受骗。给火葬场帮个忙，也能对付几天生活，这倒是没有料到的事情。好像有人来了，我先躲躲再说。

〔楚辞打开一口道具箱，跳进里面藏好，盖好盖子，停了
一下，又把盖子打开，他藏到了下面的夹层里。

〔侦探和火葬场老板上。

侦　探　他就住在这里？这简直不是人住的地方。

老　板　听说原来是要给他分配住房，可他就一口人，不够
　　　　分配条件，后来改成自己买房，他没钱，就一直住
　　　　在这个地方。这里要是拆迁的话，给他的补偿是可
　　　　以在郊区买个一居室的住房。

侦　探　给他找间离火葬场远点的，省得他老来。

老　板　这我可管不了。

侦　探　他人到哪儿去了？

老　板　也许是跟阎王爷喝酒去了。

侦　探　别瞎逗，他就在这间房子里。我敢肯定。

〔侦探翻看桌上的方便面，掰了一块，闻了闻放进嘴里，
嚼起来。

老　板　你没吃饭？

侦　探　我看看里面是否有毒品。

老　板　（环顾四周）能在哪儿呢？

侦　探　就在附近。说不定就在那口箱子里。

老　板　……你怎么知道？用什么方法？

侦　探　鼻子。我闻出来了。

〔侦探走到箱子前，注视着箱子，猛地，他打开了盖子。

侦　探　出来吧。

〔箱子里出来一个穿泳装的性感美女。

美　女　你们好！

老　板　我烧了那么多人，还没见着一个这样的呢。

侦　探　送你那儿的人都穿得太多。有，你也发现不了。美眉，你怎么会躲在这里？我总觉得你不应该属于这里。

美　女　是吗？我应该属于哪里？

侦　探　反正你不应该在这里。他到哪儿去了？

美　女　你是来刁难他的？

侦　探　他到哪儿去了？

美　女　他没有什么可去的地方。吃了一肚子方便面之后，他可能到街头理发摊上去理个发，那儿的师傅是给死人剃头的，退休以后给活人剃。剃完头后也可能去旧货市场，看看有没有洋捞可捡。然后……

侦　探　真无聊。不过你跟他在一起无论如何也是让人想不通，你这样能有什么前途……

美　女　如果你们看到过我原来的样子，你们就不会嫉妒他。

老　板　原来的样子？

美　女　我原来比韩国影星河莉秀没整容前还难看，我的鼻子是假的，眼睛、嘴唇、腮都整过，我的乳房、臀部也是假的，连牙都是假的。

老　板　我说呢，他怎么会有这个福气。

侦　探　你们吃的东西不会是假的吧？这当然是世界上不能说最差，也是相当差的东西了。

美　女　我们吃的东西也是假的。

〔美女把方便面放在碗里，倒了一碗开水冲面。用一双
　筷子搅拌一下，从里面不断夹出五颜六色的纸条。

美　女　看看，是不是假的？

侦　探　别耍花招了，这个能吃吗？

〔美女从纸条里拿出一个鸡蛋。

美　女　鸡蛋可是真的。

〔老板和侦探有些茫然。

侦　探　到底什么是真的！

老　板　到底什么是假的！

美　女　死是真的，别的都是假的。

老　板　说得好，我希望世人都能认识到这一点，勇敢地追
　　　　求真的。

侦　探　你说活着是假的？

美　女　我只说死是真的。

侦　探　在同一个判断里不可能两个答案同样是真的。

美　女　这是两个判断，不是一个。

侦　探　这属于逻辑学。我们不谈这个。我们侦探都精通逻
　　　　辑学。（猛地想起什么）哎，我吃的方便面是不是
　　　　也是假的？

美　女　那可不好说。你张开嘴。

侦　探　（有些顾虑）这不大好吧……（还是张开嘴）

〔美女从他嘴里往外拉出很多彩色纸条来。

老　板　哎呦，你都快成蜘蛛精了！

侦　探　别幸灾乐祸了！（纸条断了）糟糕，会不会剩下不少？

美　女　没关系。这东西要是你不说停，要多少有多少。

204

侦　探　（满腹狐疑）你说死是真的？那活着还是死去？

美　女　这是一个问题。

侦　探　是个问题？

美　女　莎士比亚说的。

老　板　没有问题，我都能解决。我欢迎大家到我们那儿……

侦　探　他在哪儿？他是真的，还是假的？

美　女　我是假的。

侦　探　我没问你，我问他是真的还是假的。

美　女　这并不重要。你们都看见他了，这就够了。当然看见的不一定就是真的。

侦　探　那他就是假的了？（得意地向老板看了一眼）如果你承认他并不存在，我也许就不再找他。

老　板　这样好，大家何必那么认真。你们达成共识，我也好继续做我的生意。

美　女　我不好肯定。我什么都不肯定，也什么都不否定。

侦　探　（不耐烦地）我没工夫跟你废话。（看箱子）我看你得从哪儿来的回到哪儿去，并且给他捎个信，让他赶紧来见我。否则一切后果自负。进去！

　　　　〔美女不情愿地向观众做了个告别的动作，钻进了箱子，侦探把盖子盖上。

侦　探　这个盖子再打开的时候，我希望出来的是他。

老　板　谁？

侦　探　那个扰乱灵堂的人。

老　板　怎么，您要变魔术？

侦　探　对，这叫以毒攻毒。我告诉你魔术靠的是道具，有了道具谁都能变。再说他躲了这么长时间，也得出来喝口水，上趟厕所吧。

老　板　我怀疑刚才那个美女就是他变的。

侦　探　你是《西游记》看多了。那是真变，都是妖精；这是假变，是人。你等着瞧，我相信这个箱子有问题。

老　板　那现在就打开吧。

侦　探　要等一下，这么短的时间他们还来不及换位置。

老　板　你要考虑他们都是魔术师，用的时间比一般人要少得多。

侦　探　有道理，不过我认为要给他们充分的时间去商量。……（找话题拖延时间）你认为非典型肺炎……

老　板　你别磨蹭了，看他们跑了！

　　　　〔侦探手忙脚乱地把箱子打开，里面空了。他还怕观众不放心，又把箱子四周打开，表示没有可供藏匿的机关。

老　板　你知道他们没了就行了，何必还给观众看。

侦　探　我怕他们不相信……

老　板　他们无所谓，关键是你相信不相信。

侦　探　我相信。

老　板　你还要不要把他们找回来。

侦　探　当然，必须把他们找回来。

老　板　那就赶紧到外边去分头找……

侦　探　等等，到外边你怎么能找到？他们从哪里跑的？

老　板　箱子里……

侦　探　把我锁进箱子里，我就会深入虎穴，智擒他们。事

不宜迟，你帮我把箱子关好。（侦探跳进箱子，老板把箱子盖好。片刻，侦探又把箱子顶开）

侦　探　不到我出来的时候，你不要私自开箱。

老　板　你是先抓男的还是先抓女的？

侦　探　这有什么关系？

老　板　你要是抓着男的，我看看有什么不可以的？

侦　探　也是，哎，你这意思我要抓着女的就不许你看？

老　板　我不是这意思，我是说不该我看的我绝不看。

侦　探　我这是工作，没有什么见不得人的事。

老　板　那您就是让我看？

侦　探　没变好的时候不能看，一看就没了，懂吗？

老　板　懂了。您赶快吧！

〔侦探把身子缩进去，老板把盖子刚盖好，突然想起了什么，又把盖子打开了。侦探满脸怒容地瞪着他。

侦　探　我就知道你会来这手。

老　板　我是问等多长时间？要是老变不成，我就走了。

侦　探　这不好说，反正不会太长，大概比他用的时间长点就是了。因为毕竟是第一次，不熟。不许再看了啊！

老　板　知道！（把箱子盖好）戏法人人会变，各有巧妙不同。会看的看门道，不会看的看热闹……咳！我真成了变戏法的啦。人这种东西，是最没用的，给他个棒槌他就认真，本来是替人家看会箱子，现在成了变戏法的。我这是干什么呀我。也不知道现在能不能把箱子打开，打早了吧说我破坏，打晚了吧怕出事。您不知道吧？有一次一个马戏团也是大变活人出的问题，先是一只狮子，然后塞进一个美女，再过一会儿，狮子还在，美女没了，狮子嘴里吐出一根骨头，后来发现，这骨头不是人的，那狮子嘴里的骨头是什么动物的呢？牛的。可没往里放牛呀，这骨头到底是怎么回事呢……哦，美女上哪儿啦？还真没找着……咱们一开箱子，说不定会出来一只狮子什么的，大伙儿做好最坏的打算，咱们这儿又没有保护措施，狮子就是狮子，吃人的本性很难改变。我看工夫差不多了，我可开了，大家没意见吧？哦，有意见，那咱就再聊会儿，反正我有的是时间，哦，没意见，那好，我可就开了。（猛地打开箱子）啊！（从里面一件一件拿出侦探的衣服）人呢？怎么连根骨头也没剩下！

第 四 幕

〔老板把箱子推下场，工人们重新把场地布置成追悼
室、化妆室和休息室。

〔死者遗照挂好，这是一个两鬓花白六十左右的学者。

〔死者的妻子、学生等站在他的遗体一侧。

〔楚辞急匆匆地跑来。

楚　辞　没有晚吧？实在对不起，遇到点麻烦。他是怎么死的？

学生甲　他是研究先秦文学的，死于勤奋。

楚　辞　先秦？就是楚辞什么的？

学生甲　是的。

楚　辞　死于勤奋？怎么勤奋？

学生甲　他考职称英语，差两分没有及格。

楚　辞　他这把年纪还不是高级职称吗？

学生甲　是副高，他的英语总是差两分。

楚　辞　为什么不考古汉语呢？

学生甲　他本人就是研究古汉语的，要是再考古汉语，有点
　　　　监守自盗的嫌疑。

楚　辞　我明白了，也就是说是干什么的不考什么。滑冰的

考游泳，柔道的考书法……

学生甲　差不多就是这个意思吧。

楚　辞　他就拼命温书，准备考试。最后劳累而死？

学生甲　是的。

楚　辞　你是？

学生甲　我是他的学生，这几个也是。

楚　辞　他有什么遗愿吗？

学生甲　没有来得及问他。不过当下的问题是他的遗体搬运
　　　　不动……

楚　辞　那你们算是找对人了。

学生甲　您是用致悼词的方法来招魂吗？

楚　辞　你怎么知道？

学生甲　现在您的名声已经名传遐迩，无数死者都奔您而来。

楚　辞　是死者的家属投奔我而来。

学生甲　您不愿意说死者投奔您？

楚　辞　死者想来，来不了，必然是家属想来才能来。死者
　　　　唯一可以选择的是不见我不走。

学生甲　您对您的工作满意吗？

楚　辞　这不是我的工作，我满意的是它不需要文凭，也不
　　　　用考职称英语。

学生甲　我们先生是高级知识分子……

楚　辞　是副高。

学生甲　那也统属于高级之列。

楚　辞　高级怎么啦，你以为我办不了？我告诉你，我今天
　　　　的悼词就用楚辞的《招魂》，怎么样，对得起你们

先生吗？

学生甲　那倒是很合适，不过怕有的人听不懂，您能不能文白对照？

楚　辞　那样就要多花一些时间。

学生甲　时间没关系，主要为争取观众。

楚　辞　那你的意见是先用白话，还是先用古文？

学生甲　最好是一句白话一句古文。

楚　辞　要是先说白话，就没悬念了，不如先念古文，让观众感到莫测高深，然后一念白话，原来不过如此。

学生甲　那不如先念白话，观众觉得不过如此，再一听古文，顿时觉得化腐朽为神奇。

楚　辞　你说白话是腐朽，古文是神奇？

学生甲　我说了吗？我可能表达得不清楚，按照逻辑，老的腐朽，新的神奇；可实际上也并不尽然……

楚　辞　我相信观众会有自己的眼光，现在就开始吧。你们这些人充当一下招魂仪式的群众，这里是你们的台词（把一张纸递给学生甲）

　　　　〔各就各位。有人递给楚辞一个招魂幡。

楚　辞　魂兮归来！（略停）白话就是灵魂回来吧！

学生甲　这句不如原文，可以不翻。

　　　　〔引子〕

　　　　〔鼓声，像是风声又像是心跳声。江水的波涛声。

　　　　扮成歌队的群众上。

群　众　成千上万的人来到汨罗江，

我们乘着龙舟，满载着粽子，准备着去到江心搭救
你，屈原大夫。

我们知道你内心的委屈连整条江水都装不下，

即便如此你也不能轻易放弃生命。

你的肉体沉入江底，你的灵魂到处游荡。

楚辞呀，你这全世界最好的文学家，你准备好了吗？

快快把屈原大夫的魂魄召唤，

整个国家都在他的怨气中颤抖。

〔楚辞手拿招魂幡上。

楚　辞　从成千上万的人中走出来，

不仅需要勇气，还需要威望。

我怀疑我是否能够胜任。

我怕，我怕我不能跟那伟大的灵魂对话。

群　众　楚辞先生，如果你不能，就没有人能。

楚　辞　鳄鱼正在吞食他的肉体，你们可曾准备好食品，投
入江中从鳄鱼的嘴中换回屈原先生？

群　众　我们用江米加上火腿、小枣包成粽子。

楚　辞　你们的粽子可是用芦苇的叶子包裹？

群　众　是。

楚　辞　你们的龙舟可是用杉木打造，轻快无比？

群　众　是。

楚　辞　擂动你们的大鼓。

〔鼓声雄浑。

楚　辞　像是雷声，他会听到。（挥动招魂幡）

　　　　　停息吧，鼓声！（鼓声停息）

　　　　　平息吧，风声！

　　　　　魂兮归来！

　　　　　说说你的悲哀。

　　　　　〔屈原的声音。这里人物不出场，只有他的声音。

屈　原　来来往往的人们追求的是私利，

　　　　　我为此而万分焦急。

　　　　　衰老渐渐来临，

　　　　　怕美名来不及建立。

楚　辞　这是屈原的声音！他本来应该讲湖北话，但是为了
　　　　　推广普通话，我们不准他使用方言。

死　者　我的正高职称！

学生甲　这是我们先生的声音。

群　众　我们除了擂鼓还有什么任务？

楚　辞　你们可以旁听，也可以退场。

群　众　我们不退场，我们看到底。

楚　辞　现在已经进入非常专业的祭祀阶段，请没事的群众
　　　　　退场。

群　众　我们要关心历史，我们要积极参与！

楚　辞　你们没有耐性，也不认真，三天打鱼两天晒网，以
　　　　　群众运动出现的方式会带有很大的盲目性。

群　众　谁说我们没有耐性！从街头的吵架到最后一个电视
　　　　　节目播完，哪次我们不是把观看坚持到底。

楚　辞　请屈大夫继续。

屈　原　早上饮木兰滴下的露水，

晚上吃秋菊飘落的花瓣。
这是为了内心的洁净，
不惜肉体失去健康的颜色。

仰天长叹擦去泪水，
人生的道路多么艰险！
我因为爱美德而遭受祸殃，
辛勤栽种的鲜花被人践踏。

每个人都有自己的追求，
我偏偏习惯于衣衫华美。
就是把我肢解也难改变，
爱美的心难道能被压服？

楚王把丑恶当作美丽，
国家在他的治下走近衰亡。
作为国家的官员不能阻止这一切，
只好结束自己的生命保持节操。

楚　辞　楚王把你放逐到汨罗江，
　　　　没想到你却找到了坟场。
　　　　如今你的魂魄四处游荡，
　　　　我们要把它招回让它上天堂。

屈　原　假如天堂也有小人，假如上帝也昏庸，
　　　　我决不上天堂。
　　　　我先到东方去游荡，

那里是太阳升起的地方。

楚　辞　（挥动招魂幡）

魂兮归来！

东方不能去！

那里的人身高两千五百米，

抓住你的魂魄就不放。

十个太阳一起喷火焰，

金属化成液体石头化成灰尘。

那些巨人不怕晒，

你去就会烧成灰。

学生甲　请用原文再念一遍。

楚　辞　魂兮归来，

东方不可以托些！

长人千仞，

惟魂是索些。

十日代出，

流金铄石些。

彼皆习之，

魂往必释些。

死　者　别念原文啦，我念了一辈子，连个正高都没有评上。

楚　辞　那我们尊重死者的意愿，接着进行吧，屈原大夫。

屈　原　我到南方去游荡，

那里草木四季生长。

楚　辞　魂兮归来！

南方不能停留！

吃人的蛮夷把花纹刺上额头，

满口牙齿黑黢黢。

为祭祖先割下活人的肉，

砸碎人骨捣成粉。

上百斤重的蝮蛇满山遍野盘踞着，

硕大的狐狸身长有千里。

九头雄蛇喷着毒液像下雨，

来来往往快如风，

吃起人来心好狠。

回来吧，回来吧，

万万不可停留！

死　者　我的正高职称！

屈　原　我要去西方游荡，

那里是太阳休息的地方。

楚　辞　魂兮归来！

西方的可怕你想不出，

流沙戈壁几千里，

风沙埋你太容易。

即便逃脱也难活，

四处空旷无人迹。

红色蚂蚁如大象，

黑蜂有如葫芦巨。

五谷不生，

茅草充饥。

216

滚烫沙土烤焦你的皮,

口渴无处找到水。

四顾茫茫无所依,

广大荒漠无边际。

回来吧,回来吧,

身惹祸灾又何必!

死　者　我的正高职称!

屈　原　我到北方去游荡,

　　　　那里太阳都不去。

楚　辞　魂兮归来!

　　　　北方之地不可去!

　　　　冰峰堆积高千米,

　　　　千里雪飘不停息。

　　　　回来吧,回来吧,

　　　　千万不要去!

死　者　我的正高职称!

屈　原　早晨从天河渡口出发,

　　　　黄昏来到西天歇乏。

　　　　凤凰扇动翅膀化作云旗,

　　　　召唤我到天上去!

楚　辞　魂兮归来!

　　　　你也不能去天上!

　　　　虎豹在九座天门守望,

　　　　咬死凡人破肚肠。

　　　　有个妖魔九个头,

每天拔树九千六，

豺狼狰狞瞪着你，

流着口水伸舌头。

把人吊起来戏耍，

转眼就往深渊丢。

他对上帝说一声，

就能让你一命休。

归来吧，归来吧，

恐怕天上命难求。

死　　者　我的正高职称！

屈　　原　既然地上命不能待，

　　　　　我就到地下姓隐名埋。

楚　　辞　魂兮归来！

　　　　　地狱之火不可惹！

　　　　　魔王肚皮像九座山峰，

　　　　　头上的角锋利如匕首。

　　　　　脊背上都是抓人涌血的利爪，

　　　　　追起人来快如风。

　　　　　三只眼睛长在虎头上，

　　　　　身体就像巨大的牛。

　　　　　全是为了吓唬人，

　　　　　一下把你的魂魄收。

　　　　　回来吧，快回来！

　　　　　别在外面惹祸殃！

群　　众　你是国家公务员，越是艰险越向前！

死　者　我的正高职称！

屈　原　天地六合不可留，

　　　　呜呼吾魂何所求？

楚　辞　魂兮归来！

　　　　郢都的城门为你修，

　　　　男巫法术高超极，

　　　　把你的魂魄来招留。

　　　　退步引领多虔诚。

　　　　招魂工具样样有，

　　　　秦国竹笼系齐国线，

　　　　你的衣服装里面。

　　　　啊……

　　　　高声呼唤你，

　　　　魂兮归来！

　　　　返回生你养你的故乡！

死　者　我的正高职称！

屈　原　真是让人痛断肝肠，

　　　　谁不思念故乡。

　　　　但是活着都不愿意留下，

　　　　死后又何必牵挂。

楚　辞　莽苍苍天地四方，

　　　　恶汹汹魑魅魍魉，

　　　　清静静君之家居，

　　　　温馨馨莫再流浪。

庭院深深拥着高堂，

栏杆层层围着回廊。

亭台楼榭错落，

高山远远相望。

红色的镂花门窗，

美丽的方格窗棂透亮。

深幽的内室冬天温暖，

明亮的外室夏日凉爽。

山溪曲折回转，

流水潺潺歌唱。

阳光明媚沐浴着蕙草，

兰花放出阵阵幽香。

穿过大厅进入内室，

天花板映衬着朱红的竹席。

玉石的墙壁上装饰着翠鸟的尾羽，

挽起锦帐的是美玉制成的帐钩，

翡翠被面上珍珠熠熠生辉。

雪白的丝绸做壁衣，

丝带纷纷坠珍玩。

轻罗帷帐多旖旎。

群　众　这些建筑造成银行不良贷款，花的都是纳税人的钱。

楚　辞　别跟我说纳税，哪个单位不避税。

卧室豪华更少见，

奇珍异宝耀人眼。

兰草脂膏烧明烛，

雍容华贵美人面。

十六名美女陪伴，

夜夜两班来轮换。

侍从淑女各国选，

超凡脱俗非等闲。

各挽乌云不同样，

姹紫嫣红禁宫满。

千娇百媚无高下，

叹为观止世难见。

身材窈窕面庞娇，

含情脉脉妙难言。

婀娜多姿仪态好，

举目皆是美容颜。

蛾眉还配明眸子，

秋波流慧惹人怜。

雪白肌肤凝脂滑，

美目传情愈缠绵。

郊外野游更不烦，

美人厮守常相伴。

群　众　不准包二奶已经写进宪法！

楚　辞　有重大贡献者应该允许生第二胎，假如原配不生的
　　　　话。否则将来中国都是民工的后代。

帷帐上面佩珠宝，

高挂厅堂更觉好。

壁染朱砂避邪祟，

梁嵌玄玉放幽辉。

画栋雕梁看不够，

龙飞蛇走把宫卫。

坐在堂前倚栏杆，

满池碧水起漪涟。

荷花带羞正含苞，

菱花胆大已开了。

绿水清波随风皱，

水葵紫叶自在飘。

侍卫身着豹皮装，

站立山坡气轩昂。

豪华马车已抵达，

步兵骑兵列两行。

门前兰草郁葱葱，

四周还有玉树墙。

魂兮归来！

为何游荡到远方！

群　众　这样的待遇让群众不甘心再做群众！

死　者　我的正高不要也罢！

　　　　〔静场。哗啦啦的纸声。屈原身着楚国宽大的袍
　　　　服，紫金冠上坠着两条白色的纸穗，用水上漂般
　　　　的圆场出现在台上。纸的响声就是那两条纸穗在
　　　　急速行走中发出的。

楚　辞　屈原大夫！（行礼）我从来没听说亡灵出现的。这
　　　　是吉还是凶，让我如何是好？

屈　原　（不与楚辞交流）

　　　　　　在活着的人眼里，

　　　　　　活着比什么都好。

　　　　　　可你一旦死去，

　　　　　　却发现真理比活着重要。

　　　　　　拿世间的安逸引诱我，

　　　　　　这比什么都糟糕。

　　　　　　对我的误解要到何时，

　　　　　　我且暂避让他们思考。

　　　　　　〔屈原无声地下场。

群　众　毫无意义，全是画饼充饥的白条，不如去看彩票！

　　　　　　〔群众退场。

　　　　　　〔赤身的侦探急上，被保安拦住。

楚　辞　死者还有什么遗愿？没有可就送你走了。

　　　　　　〔没有声响。

楚　辞　可以推走了。

　　　　　　〔工人把遗体推走。

　　　　　　〔楚辞也消失了。

　　　　　　〔侦探挤到前边。

侦　探　我提醒大家，不要被这个江湖骗子所欺骗……

　　　　　　〔众人哄笑。

保　安　（拿着衣服上）请你注意仪表。（劝侦探下，侦探不从）

楚　辞　（挑拨）诸位，他不同意给你们的死者这种待遇……

侦　探　请大家冷静，不要受他的挑拨……

　　　　〔众人涌上前来，把侦探团团围住，个个义愤填膺。

　　　　〔收光。

　　　　〔一个新的追悼会场布置好。

　　　　〔死者的遗照挂好，上面是一个足球运动员的形象，朝
　　　　　气蓬勃。

　　　　〔一群球员站好位置。他们习惯地按照阻挡任意球
　　　　　的站法，叉开脚，手捂着裆。

　　　　〔喇叭里播放一场和外国队的比赛录音。解说员在信口
　　　　　开河地解说。

　　　　〔球员们在教练的带领下向死者行礼。

　　　　〔教练致悼词。

教　练　一个对中国足球运动做出很大贡献的运动员离开了
　　　　我们，在队里你是团结的榜样，助人为乐，你热爱
　　　　学习，坚持读完许国璋第三册，为和外国球队的技
　　　　术交流做出了贡献。你关心贫困地区的教育问题，
　　　　把你的营养费买了足球捐给了那里的孩子，希望他
　　　　们能开展足球活动。你的人格力量感染了多少同
　　　　志，我们将继承你的遗愿，完成你未完成的事业，
　　　　让中国的足球走向世界，进军世界杯十六强！安息
　　　　吧！全体默哀三分钟。

　　　　〔默哀毕，工人上来搬动遗体，没有搬动。

　　　　〔队员们上来帮忙，仍然搬不动。教练喊老板。

教　练　老板！怎么搞的？

224

〔老板上。

老　板　是不是搬不动？常有的事，常有的事。我给你找个
　　　　人来，他只要和死者说上几句，您就甭管了。

教　练　跟死者说话？

〔楚辞悄悄上。

楚　辞　你不相信吗？

老　板　就是他，他干这个不是一天两天了，送走的人也不
　　　　是一个两个……

楚　辞　（向死者鞠躬）朋友，他们给你的悼词极其虚伪，
　　　　所以你死也不服。实际上你是因为自摆乌龙，在
　　　　○比○的比分快到终场时把球射进自家大门遭到
　　　　球迷的可乐瓶子袭击，愤而自杀的。你的死轻如鸿
　　　　毛……

教　练　别说了，我不许你说这些。

老　板　你往下听。

楚　辞　为了中国的足球你值得吗？即便没有这个球，即便
　　　　没有联赛，中国也不会在世界大赛上有所作为。看
　　　　看你都干了些什么，把自己的营养费寄给贫困山
　　　　区，你自己虚弱得分不清哪是自家的大门；你给山
　　　　区的孩子足球，可你忘了他们的家长反对足球，
　　　　因为——太费鞋！你们喝五十六度的二锅头，外国
　　　　教练认为你们是从医院拿来的酒精，（球员们开始
　　　　骚动起来）为什么老跟酒较劲，不去追逐女人！中
　　　　国的足球上不去是因为雄性激素太低，环法自行
　　　　车赛的阿姆斯特朗，夺了四个冠军，却只有一个睾

丸！……

教　练　（打断）别说自行车赛的事。

楚　辞　维埃里女友无数，个个倾城倾国；卡伦布、大小因扎吉，哪个不是艳福齐天，大虫罗德曼……（球员们兴奋异常）

教　练　（打断）别说篮球啦！

楚　辞　朋友！你太不懂生活！蛐蛐儿上阵前还要过铃儿……

教　练　什么叫过铃儿？

楚　辞　就是性生活。没有过铃的蛐蛐是打不了胜仗的。可你们的教练连你们的妻子都不让近前。

教　练　我怕他们耗尽体力！

　　　　〔死者的下部开始隆起。队员们齐唱奥运歌曲。

楚　辞　不要奢谈为国争光，因为每次失败都给国家丢脸。不如改成，为了女人！

　　　　〔队员们欢呼。

教　练　你就不要再教他们坏了，我们俱乐部已经出过好几回事了。

楚　辞　（吟诵）没有美丽的海伦，就没有特洛伊战争；没有玛丽莲·梦露，杰奎琳干吗嫁给希腊大亨；西施成就了越国，没有任盈盈就光剩了令狐冲。要先发展足球宝贝，然后再提高足球水平！床上不能得分，场上焉能破门；（死者的下部瘪了下去）因扎吉可以抢夺维埃里的女友，你们为何不向科斯塔库塔的爱妻进攻。（死者的下部再一次鼓起）没有女人世界杯有何成功！（队员们跳跃，做比赛热身）甲A联赛要保存实力，配合黑哨挣钱为主。（队员们应和：对！）世界杯要请外国教练，出不了亚洲由他承担。但是我们自己的教练也要积极参与，不然真的拿着名次岂不笑我中华无能。他要求的我们不能全听，他要的球员我们决不答应。他说的阵容一定要集体商定。但是责任要由他负，让他一辈子都记住，中国人的钱不好挣！（队员们：不好挣！不好挣！）（教练好奇地揭开死者身上的单子，一只白色气球冲天而起，众人肃穆注视）如果你的灵魂已经飞走，我们把你葬在没有喊声没有哨声的山冈，没有裁判也没有观众，一个人在那里安安静静。（做了个手势，队员们抬走了死者）

〔教练咬牙切齿地看着楚辞，片刻，他泄气地走了。

〔楚辞被老板让到休息室去。

〔工人们很快把照片更换成一个俊美的姑娘的，挽联上的姓名也都更换了。

〔侦探悄悄地和化妆师进来。

侦　探　我在这里冒充死者，等他又来那一套的时候，正好把他抓住。对，我就是这个主意。（向化妆师）打开罩单。

〔化妆师把罩单打开。露出一个女子的遗体。

侦　探　你看这个灵床，是可以翻转的，把死者用带子固定好，翻到下面，我在上面躺好，你给我化妆成她的样子，等我捉住了那个家伙，你再把她翻上来。看，机关就在这里。（给遗体做固定后转动一个手柄。灵床慢慢翻转过去。侦探躺在上面）

化妆师　要是逮不住他，是不是还得把灵床翻回来？

侦　探　那当然，特别是送火化车间的时候，活儿一定别弄错了。

〔化妆师给侦探戴上假发。开始化妆。

侦　探　我下面这个姑娘是干什么的？死得太年轻了吧？

化妆师　我给她整容的时候听说她是干那一行的……

侦　探　哪一行？

化妆师　三陪小姐。

侦　探　（紧张）是不是死于性病？这床消毒没有？

化妆师　这床是您拿来的，消没消毒您还不知道？她是跳楼自杀的。

侦　探　为什么？

化妆师　她挣了钱寄回家给父亲看病，可他的父亲不知怎么知道了这钱的来路，把钱都给烧了，还跟她断绝了父女关系，姑娘一下绝望了，那是她这几年的全部收入，就跳了楼。

侦　探　多少钱？

化妆师　什么多少？整理遗容吗？

侦　探　不是，他父亲烧的钱。

化妆师　听说有二十多万哪。

侦　探　（戴着假发一下坐起，他已经很有几分姿色）烧人民币犯法！

228

化妆师　（把侦探按倒）犯法的事多了，您都管不得累死。

侦　探　我们活着就是要清理社会的各个角落，把那些垃圾都打扫干净。让整个社会都生活在无菌环境里。

化妆师　这我不反对，可您也别心劲儿太高了，要说打扫干净还有破四旧那时候彻底吗？结果怎么样？不但那些四旧没有清干净，清干净潘家园就办不成了。不但没干净，那些破四旧的倒成了坏人。

侦　探　你说这卖淫嫖娼该不该抓？

化妆师　你得说有多少流动人口的性要求得不到解决。

侦　探　人不是动物，要懂得克制，要升华自己的情欲。

化妆师　人就是动物，人穿上衣服就老忘了自己原来是两条腿的动物。您还别提升华，我们这儿就是专门经营升华的。往炉子里一送，一股烟，升华了，彻底升华了。

侦　探　你那刷子别往我嘴里捅。哎，是新的吗？别把死人用过的给我用。

化妆师　都是一次性的。

侦　探　既然她家里跟她断绝了关系，还搞什么遗体告别？

化妆师　今天来的都是她的姐妹。全都是小姐。

侦　探　什么！她们也搞公开吊唁？（欲坐起，被化妆师按住。

　　　　〔服务员进来。

服务员　准备好了吗？吊唁的该进场了。

化妆师　好了好了。

　　　　〔服务员下。

化妆师　闭上眼睛，就是来的小姐再漂亮也千万别睁眼。

〔站在一旁。

〔肖斯塔科维奇《第十三交响曲》再次响起。

〔一群小姐全穿着黑色的长裙，庄严肃穆地鱼贯而入，
　向遗体鞠躬，绕场一周后站在遗体左侧。

小姐甲　就这么完了吗？

小姐乙　什么时候可以哭呢？

小姐甲　什么时候都可以。想哭就哭吧。

小姐乙　我和她不太熟，对她一无所知。

小姐甲　那就哭自己吧。

小姐乙　是呀，我们以后会是什么下场呢？不会好的，不是
　　　　染上性病，就是老得没有客人……

小姐甲　净说些个丧气话，我们花了钱买这个追悼室半个小
　　　　时，是要让她走得体体面面，像个人样子。来，姐
　　　　妹们，是按摩小姐的请举手。

〔两个小姐举手。

小姐甲　歌厅小姐请举手。

〔好几个小姐举手。

小姐甲　按摩小姐站在后排，歌厅小姐站在前排，我们大家
　　　　痛痛快快地唱一首歌送她上路。

按摩小姐　为什么按摩小姐低人一等？

小姐甲　不是这个意思，是因为歌厅小姐平时老唱，会发挥
　　　　得好一些。

按摩小姐　我也唱得很不错，就是不愿大厅广众下抛头露
　　　　面，才做了按摩小姐。

小姐甲　好，大家分工不同，但是不论地位高低。现在我们

就分一下声部，高音在左，中音在右。（众人调整队形）哎，你们谁是美声，谁是民族？

众小姐　我们都行，客人喜欢什么我们就唱什么。

小姐甲　好好，大家都锻炼出来了。我们唱什么呢？中国的还是外国的？

众小姐　唱没版权的，不然惹出官司来怎么办？

小姐甲　那就唱《泪洒天国》，没有钢琴我起个调子。（唱）你可认出我……（白）怎么样？高不高？

众小姐　就是它吧，什么调门我们都能凑合。得随客人呀。

小姐甲　别老客人客人的，让我们暂时忘记工作，用歌声来诉说！预备——起。

〔指挥众人合唱：

你可认出我，当我们相遇在天国？

是否我认出你，当我们相遇在天国？

我一定会坚强生活，我知道我还活着，

不属于天国。

是否会手拉手，当我们相遇在天国？

是否会扶着我，当我们相遇在天国？

我会找到归来的路，我知道我不可能

留在天国。

〔侦探气得欲坐起，被化妆师按住。

〔一曲唱完，大家兴犹未尽。

小姐甲　好啦，我们也算对得起她啦，大家送她走吧。

众小姐　我们看见她好像感动得要起来，我们再唱一首献给她吧。

小姐甲　那我们就唱个传统的——《苏三起解》的"流水"怎么样？

按摩小姐　《友谊地久天长》吧？

小姐乙　唱《天黑》吧。

小姐甲　咱们老是在天黑活动，今天就见见太阳吧。我说《苏三起解》是因为这首曲子没有版权，同时它也是为我们妓女喊冤的……

众小姐　谁是妓女，谁是妓女？

小姐甲　那我们是什么？

众小姐　小姐！

小姐甲　好啦，我们都知道是怎么回事，我们还是唱"苏三"吧。我们唱完一段后就开始二部轮唱，把这首曲子唱丰富点。好，预备——起！

〔众人唱：

苏三离了洪洞县，

将身来在大街前。

未曾开言我的心好惨，

过往的君子听我言。

哪一位去把南京转，

对我那三郎把信传。

就说苏三把命断，

来日做犬马我（就）当报还（哪）！

〔歌声反复轮唱，越来越悲壮。

〔侦探猛地坐起，被化妆师迅速按倒，系好带子。

〔歌队一阵骚动。

小姐甲　　怎么啦？

众小姐　　她起来啦！

小姐甲　　胡说，别吓唬我啊。（转过身来）怎么回事？

化妆师　　没事，你们接着唱。

　　　　　〔小姐甲未发现异常，转回身去。化妆师往侦探的
　　　　　嘴里塞了一条手绢，然后蒙上罩单，摇动手柄把
　　　　　他翻到灵床的背面去。

小姐甲　　（突然转身）你在干什么？

化妆师　　我给她补点妆。

小姐甲　　打开罩单。

　　　　　〔化妆师打开罩单，现出死者。

　　　　　〔小姐甲走过来查看遗体。

　　　　　〔侦探在下面声音含混地怒吼着，声音显得那么遥
　　　　　远，但还是把小姐们吓了一跳。

小姐甲　　怎么回事？

化妆师　　情况比较复杂，一下子也说不清楚，我看你们还是
　　　　　抓紧悼念活动。

小姐甲　　悼念结束了，我们要送她走了。

　　　　　〔众小姐过来推灵床。但是没有推动。

化妆师　　是这样，因为这上面实际上是两个人。

小姐甲　　什么？

化妆师　　是一个就要升华的人和一个主张升华的人……

小姐甲　　你到底要说什么？

化妆师　　咳！这么说吧，这位死者临走前得有一篇悼词。

233

众小姐　对！都是人，都得有悼词！

小姐甲　好吧，不过谁来致悼词呢？

化妆师　我，我可以。

小姐甲　（怀疑地）你？我可告诉你，你的悼词不要污蔑我们这一行。

化妆师　你们站回去，如果我念到精彩处，你们可以用歌声、喊声来应和我！

小姐甲　如果你侮辱我们，我们就把你一起送进去。

　　　　〔小姐们归位。

　　　　〔侦探又是一阵咆哮。

小姐甲　这是哪儿的声音？

化妆师　这是来自地狱的声音。

　　　　（吟诵）苏三！

众小姐　（愤怒）谁是苏三，谁是苏三，你别胡说。

化妆师　苏三，你临死还要给你的三郎捎话，来世做犬马还要报答他的爱情，这是多么真挚的情怀！想想那些为了出国留学而抛弃丈夫的现代女人，你的人格不能不说伟大！

众小姐　（嗔怪）讨厌！

小姐甲　收声！

化妆师　苏三……

小姐甲　你还认识别人吗！

化妆师　苏三、杜十娘、李香君这些伟大的女性哪个不是妓女！

小姐乙　我们要和国际接轨，外国有伟大的妓女吗？

234

化妆师	《复活》里的玛丝洛娃，《茶花女》里的玛格丽特，希腊的维纳斯阿芙洛狄特都是伟大的妓女！
小姐甲	维纳斯是妓女？
化妆师	是的，她的断臂就是因为忘了交保护费被黑社会不幸打断的。
	〔歌队集体背过右臂。只有小姐乙背了双臂。
小姐甲	（向乙示意）那边。
小姐乙	两只都断了。我以前在美院做过模特。
小姐甲	（向化妆师）感谢你的理解，可你到底要说什么！
化妆师	我要说你们出污泥而不染！
小姐丙	淤泥！我是学播音的。
化妆师	有学播音的有学美术的，还有学别的的没有？
众小姐	（七嘴八舌）我学花样游泳的，我学音乐的，我学外语的，我学耕耘的……
小姐甲	什么耕耘，不就种地吗？
众小姐	是呀！种地的最不值钱，卖完粮食拿的都是白条，提这个干什么！
化妆师	种地的就应该拿白条，因为我们从来提倡的就是只问耕耘，不问收获。
	好啦我们不要再纠缠细枝末节了。我要说的是你们才是最真实的。
小姐乙	我们这里有人二十六了老说二十一，有人得了性……
小姐甲	SHUT UP！
化妆师	无伤大节。当我们去医院输血得了艾滋病的时候，

当我们耕耘的是假种子的时候，当拦河大坝用了标号不够的水泥引起渗水的时候，当我们的战士在战场上用了劣质子弹打不响的时候，当高考题泄露的时候，当会计做假账的时候，当处女都被定为嫖娼者的时候，当药都是假的的时候……什么还是真的？

众小姐　哎！什么还是，什么还是？

化妆师　这个世界还有真的！那就是你们！你们是真的，你们的血是真的，你们的肉是真的，你们出卖的肉体是真的，你们的青春是真的！那是真正青春年华的肉体，那是学过美术、音乐、播音、花样游泳、外语，哦，还有耕耘等等本领的肉体。你们用自己的青春满足了大规模流动人口的生理需要，换回了无数良家妇女的人身不受侵犯。当房地产业，大中型企业给国家造成大量不良贷款的时候，你们不要国家一分钱，百分之一百的空手套白狼……

〔侦探咆哮。

化妆师　听，人们在怒吼！在咆哮！

小姐丙　用词重复。

化妆师　重复就是强调！好的歌曲都要有重复，二十行算一千字，诗歌要多拿稿费就得重复！当大量金钱通过你们的手寄回家乡的时候，你们的父母住进了新房，你们的兄弟进了学堂，而你，（向死者深深一躬）却永远离开了我们……

〔众小姐的哭泣声。

小姐丙　我爸爸就支持我的工作，他下岗以后每天用自行车带着我去歌厅上班。

小姐甲　你爸爸不是人！

小姐丙　你爸爸不是人。

化妆师　不！无论是用自行车带你上歌厅的爸爸，还是把
二十万付之一炬的爸爸都是爱你们的，之所以做出
截然不同的两种行动，都是被自己的皮肉所操纵，
一个是为了肚皮，一个是为了脸皮。在封建社会里
伟大的妓女都得到文学的赞扬，在今天，你们连文
学的尊重都得不到，我们还谈什么人性。既不承认
你们的物质存在，也不承认你们的精神存在，你们
应该有工作的权利！

〔侦探把灵床摇撼得不住颤抖，众小姐花容失色。

化妆师　看，大地在颤抖！

〔随着一声大叫，侦探从灵床下跑了出来。

〔小姐们惊叫。

〔化妆师随手一指，但奇迹没有发生。

侦　探　不灵了吧，烟火没有带足吧。我把你的道具都改造
了，所有的机关都不起作用了。（先除下自己的化
妆，再一把撕下化妆师的胡子和帽子，现出楚辞的
模样）我已经调查了你的一切……

楚　辞　我的一切？你发现了什么？

〔侦探突然掏出手铐把楚辞铐住，众小姐乱了，纷
纷跑过来护住楚辞。

侦　探　你们要干什么？我告诉你们，他在煽动有组织的卖
淫活动，等我把他处理完再跟你们算账！

小姐甲　他是怎么了？你为什么要跟他过不去？

侦　探　他最大的罪过就是不能证明他是否是个真实的人。

小姐甲　我听不懂你的话。

侦　探　我两次调查过他，第一次去被他蒙骗了，第二次去发现他住的地方根本不存在，那里是一片绿地。

小姐甲　被开发了吧？

侦　探　我询问了附近的小区，都说那里原来是乱坟冈，根本没有人居住。夜间常有鬼火闪烁。小区建成后没有人来买房，就在它附近盖了个法院，这下小区才有人来住。我说的那个破房子，根本就没有过。至于他说的单位，也根本不存在。我查了本市的所有姓楚的，也没有这么一个人。

小姐甲　那也不能证明他本人就不存在呀？你要去错了地方呢？是谁带你去的？他要用的是假名呢？

　　　　〔一群工人上。

工人甲　不好了，老板失踪了，听说这个火葬场是非法的，他把财务室的保险箱也带走了。今天烧不了了。你们都走吧。赶快走！

众小姐　（抗议）我们交了钱，今天必须烧！

工人乙　我们管不了，我们要去找老板，要我们的工资！

　　　　〔工人们跑下。

众小姐　岂有此理！我们也去找老板，他得派人来点炉子。

侦　探　不用，这几天我看也看会了，我来点炉子。

小姐甲　也好，我们大家是请假来的，不能多耽搁，你就赶快干吧。

侦　探　且慢。我点的炉子不能烧一个人就完。

小姐乙　那你想烧几个？

楚　辞　他想把我也一把火烧死。

众小姐　那是杀人！我们不会让你得逞！

侦　探　他并不存在，他是一个虚幻的东西，只有烧了他才
　　　　能证明他并不存在。

小姐丙　把你烧了，也能证明你并不存在。

众小姐　对！

侦　探　把我烧了会留下骨灰，把他烧了什么都不会留下，
　　　　你们要是不相信，咱们就实验一回。

小姐甲　死亡是不能实验的，你要非这么干我们可就报警了！

侦　探　且慢！我可以先审判他，直到他认罪，同意处以
　　　　火刑。

小姐甲　他要是不认罪呢？

侦　探　那就强制执行。

众小姐　强盗逻辑，不行！坚决不行！

侦　探　他是烧不死的，你们不要担心。

众小姐　那干吗还要烧？

楚　辞　我究竟是不是存在的这个无需证明，但是有人就是
　　　　要证明，那就让他试试看好了。

众小姐　你不怕吗？

楚　辞　当然有点怕。不过，活着还是死去，这是一个问题。

小姐丙　这是莎士比亚的台词。

楚　辞　一点不错。这句话既能给人活下去的理由，也能给
　　　　人去死的勇气。或者永远徘徊在这两者之间。

小姐乙　我们要是能死，也就不做小姐了。

楚　辞　问题没有那么简单。无论活着还是死去，你都应该把它作为一个问题。你能回答这个问题，才能决定是活着还是死去。

侦　探　我看审判该开始了。

楚　辞　我看可以省略了，就按你说的去做吧。

侦　探　你这么说我倒不着急了，我非要问个清楚，你为什么想死？

楚　辞　我只说是随你处置，并没有说我想死。

侦　探　我的实验结果你很清楚。

小姐甲　你说过他死不了。

侦　探　这就看他到底是个什么东西了。他要是个真实的东西他必死无疑；他要是个虚幻的东西，他就不会死去。

楚　辞　你希望我是个什么呢？

侦　探　……我，我希望你是个虚幻的东西，那你就从来没存在过，就毫无意义；我希望你是个真实的东西，那样我就真正地消灭了你。

楚　辞　两样都可以满足你。开始吧。（往火化车间走）

众小姐　当心！

侦　探　站住。（楚辞停步）

楚　辞　你改主意啦？

侦　探　你得躺着进去，不能溜达着进去。

楚　辞　可以。我躺在哪儿？那上面有人了。

侦　探　这不两面都能躺吗？你就凑合一下吧。

楚　辞　我躺上面还是下面？

侦　探　你们说呢？你们的小姐是在上面好，还是下面好？

小姐甲　都没问题。

耕耘小姐　我们一般都是听客人的。

小姐甲　傻不傻你！

　　　　〔侦探摇动手柄，把灵床翻转过来，楚辞躺好。

楚　辞　手铐不摘吗？

侦　探　那里面太热，我怕你受不了再开门出来。

楚　辞　再见啦！小姐们！

侦　探　那我就一起推走了。说永别吧！

　　　　〔众小姐放声大哭。

　　　　〔在肖斯塔科维奇《第十三交响曲》的人吼声中，
　　　　侦探推着灵床吃力地向火化车间走去。

　　　　〔救护车的警笛声骤起。

　　　　〔光渐收，黑暗的舞台深处传来肖斯塔科维奇的音
　　　　乐声。

　　　　〔光骤亮。侦探满眼放光，大步走上舞台。

众小姐　他怎么样？他没有事吧？

侦　探　看不清楚，一团火起，两个人分不清了。

众小姐　什么？两个人？

侦　探　过一会儿就知道了。

众小姐　救人哪！救人哪！

　　　　〔汽车的刹车声。

　　　　〔两个穿白大褂儿的医生跑上。侦探拔腿就跑，医
　　　　生和小姐把他擒获。

侦　探　我不打针，也不穿紧身衣。

医　生　不打针，也不穿紧身衣，回去吃饭。

侦　探　我还要等实验结果。

医　生　走吧，这儿不是你待的地方。

　　　　〔一副手铐缓缓地从空中落下。

侦　探　（注视着天空的手铐）他是活着呢还是死了呢？

　　　　〔切光。

—剧终—
2004年2月20日凌晨初稿

回　家

人　物

老人

保安、老妇、新娘、新郎、某甲、某乙。

赵老师、姑娘、家属甲、家属乙、121。

劳伦斯、官迷、204、黄鹤、家属丁、

张工、费又省、环甲、环乙、猴甲、猴乙。

交警。

一

老　人　开门!

〔一片寂静。

老　人　（重复按键）是我!

〔演区灯渐亮,似乎是一个不错的小区,笼罩在一片雾气中,像是梦境。

〔一个保安走过来。

保　安　下雾了。哎! 您要干什么?

老　人　回家!

保　安　你住多少号?

老　人　……808。（走步器上的老妇看了一眼老人,下来退场）808,当然808,没有比这数更吉利的了,808,808啊!

保　安　808? 808自从主人跳楼自杀后就一直空着。

老　人　胡说八道,谁自杀了? 我一直活着,就是你们都死了,我也得活着。活着就比死了强,好死不如赖活着。没牙了,我活着;眼花了,我活着;耳聋了,我活着;瘫痪了,我活着……

保　安　你能肯定你住在这里吗?

老　人　我啃你妈那腚!

保　安　老东西,怎么骂人啊?

老　人　我骂人了吗? 这算是骂人吗? 你找骂!

保	安	我不记得你住在这里，你要是再打不开锁，就马上离开这里！
老	人	（重新操作按键）开门呀！
保	安	请你不要再试了。跟我去物业核对一下你的业主身份。
老	人	你叫我什么？业主？
保	安	现在还不能确定你是不是业主。
老	人	我不是业主。
保	安	不是业主你说你住在这里？
老	人	你还年轻，别跟我耍心眼，业主有什么好？资本家下面就是业主，阶级成分啊！我父亲小业主，文革的时候家里唯一一张黄花梨炕桌让红卫兵抄走了，后来还了一张楠木的，现在那张据说让马什么都收藏了，准备在佳士得上拍。我不当业主，给多少钱都不当，把黄花梨炕桌还我。那桌子现在值二百万……
保	安	再开不了门就跟我走。
老	人	我要再开不了，你得养着我。
		〔门"嘀"一声开了。几个人簇拥着新郎新娘出来。新郎抱着新娘。
某	甲	新娘子脚不能着地！
新	郎	放心，抱着呢。
新	娘	是坐奔驰吗？
新	郎	是！
某	乙	婚庆公司有时候骗人，说好奔驰六百，来的时候换二五零了。
老	人	二五零就是二百五啊！

新　娘　你才二百五呢!

老　人　你结婚我喝酒,嫁出的姑娘轰走的狗。

新　郎　找打啊? (新郎失手,新娘落地)

新　娘　你倒是别撒手啊!

新　郎　这老东西咒咱们。

老　人　真不是咒,我怎么看她像我的闺女。

新　娘　老丫的,你也太会占便宜了,你生得出我这样的吗?

新　郎　老甲,修理修理他。

老　人　慢着,我这把老骨头要是毁在你们手里,咱们得有个
　　　　说法。

某　甲　说你妈逼,我们从来没说法。

　　　　〔随从们掏出枪和砍刀。随从们走仪仗步伐吓唬老人。

老　人　保安!

保　安　老头,别惹他们,他们是黑道的。

新　娘　胡说,我们只是涉黑,没有真正形成黑社会。

老　人　有什么区别吗?

新　郎　真正黑社会,那不是西西里才有吗? 咱们这儿没有那
　　　　么先进,就是涉黑,涉黑,还能当政协委员,人大代
　　　　表,真正要是黑社会了,就不能当了。

老　人　涉黑有没有年龄限制?

新　郎　我们这行最残酷了,你干不了就是干不了了,不会有人
　　　　再挽留你一届。

老　人　黑社会养老问题解决了吧? 越老越值钱,要不我跟你
　　　　们走吧!

新　郎　眼下我要去结婚,没有时间发展组织。再说要想涉

黑，随时随地都行，也不在乎形式！对于黑道来说，最有害的就是形式主义！黑道最反对形式主义！

〔鞭炮声骤起，花瓣从天而降。一群人簇拥着新郎新娘消失在雾色中。

〔老妇换了一身衣服上来，继续在走步器上锻炼。

老　人　我记得我是有个女儿啊，怎么就不是我的了呢？

老　人　（突然来了精神，把按键按得像是打字一样飞快，天幕上出现了火箭炮飞向敌阵的壮丽画面）不开门就炸飞了这栋楼！

保　安　老大爷你这是恐怖主义啊！

老　人　我恐怖吗？我怕不恐怖吓不住你们。

〔对讲器发出了声音。

声　音　谁啊，这么讨厌！

老　人　看，害怕了吧。

保　安　（惊恐万状）我得赶快报告上级，闹鬼了！（跑掉）

老　人　你是谁？为什么待在我的房间里？

声　音　哪个是你的房间？

老　人　这个就是我的房间。

声　音　多少号码？

老　人　……808！

声　音　你的房子是怎么来的？

老　人　分的。

声　音　分的？分的就不能收回吗？

老　人　你以为这是"文化大革命"吗？可以随便抄家吗？

声　音　不要把"文革"妖魔化，"文革"有什么不好？分得不

248

合理可以收回来嘛!

老　人　怎么不合理,我工作了一辈子,分了一间住房,不应该
　　　　吗? 有的人分的房子是我的十倍。

声　音　你没买下这间房子吗?

老　人　我不买,快要死的人了,买房给谁呀! 再说,我也买不
　　　　起啊!

声　音　走吧,你的房子已经到了七十年期限,国家收回了!

老　人　你是谁? 你怎么能代表国家?

声　音　走吧!

老　人　你为什么单单没收我的呢?

声　音　因为你有很严重的问题。

老　人　我有什么问题?

声　音　你要对质吗? 稍等。

老　人　你别挂,你说呀!

　　　　〔一片寂静。

老　人　我操,真的是活见鬼了。

　　　　〔门"嘀"一声开了,老人刚要往里挤,被一个头上戴着
　　　　纸糊的高帽子的女人给推了出来。

　　　　〔老妇停下脚步,呆望着单元门口。

老　人　赵老师?

赵老师　你老了,比我还老!

老　人　我六十了。

赵老师　我还是四十岁,我死的时候就是四十岁,你那时候才
　　　　十六岁。十六岁就知道斗争别人了。

老　人　那不是运动嘛!

赵老师　我不记得你干了什么。很多人对我拳打脚踢,我不记
　　　　得你是不是动了手。

老　人　我肯定没有动手,肯定没有。

赵老师　我是怎么就自杀了的呢?

老　人　您是用一根鞋带勒死了自己。

赵老师　我要是活到现在……

老　人　您幸亏没活到现在,现在教育腐败啊!就知道收钱,什
　　　　么也学不到。学生靠的是家庭背景。有钱有势才能接
　　　　受好的教育。

　　　　〔老妇失去兴趣,继续锻炼。

赵老师　你不是不爱学习吗?

老　人　我……我想学也晚了。

赵老师　我走了,你不跟我走吗?我可以给你补习……

老　人　您先走吧,我过几年再说。其实大学毕业了也找不到
　　　　工作。

　　　　〔赵老师消失在雾色中。

老　人　这跟我有关系吗?我打过她吗?我怎么不记得了?再
　　　　说,再说,再说什么也没用!那是运动啊!就因为这点
　　　　事情就不让我回家吗?就把我房子没收了吗?我那时
　　　　候才十六岁啊!我未成年啊!

　　　　〔噼噼啪啪的雨点声。

老　人　下雨了,让我进去!

　　　　〔门"嘀"的一声开了。一个二十左右的姑娘打着一把伞
　　　　迎出来。

老　人　啊,啊!

〔两人在伞下散步。一束雨柱追着他们在移动。

姑　娘　这么说你不要我了。

老　人　我先回城里等分了工作，然后把你接过去。

姑　娘　可是我没有粮票啊。

老　人　那就买高价的。

姑　娘　你有钱吗？

老　人　是啊，钱可怎么办啊？

姑　娘　要是都留在农村怎么样？

老　人　那就都没出路了，将来生了孩子也是个农民。

姑　娘　前边就是十字坡了，过了这坡就有长途汽车了。一路当
　　　　心啊！

老　人　再让我看看你。

〔老妇停下脚步，掏出一个望远镜观察老人和姑娘。

姑　娘　看了都好几年了，还有啥可看的。

〔两人在伞下温存。

姑　娘　天凉，我就不脱了，你就摸摸算啦。

老　人　嗯。

姑　娘　你别瞎摸啊……

〔伞在剧烈抖动。

〔一道闪电，伞被掀翻。姑娘变成一个中年妇女。

妇　女　一块钱。

老　人　我什么都没摸着就一块钱？

妇　女　那你活该，你这么大人了，也不是第一次，到钟点了知
　　　　道吗？

老　人　五毛行吗？

妇　女　你买个油饼还得一块呢。你也好意思。

老　人　我没带钱。

妇　女　行啊,我跟你回家取去。

老　人　我有家进不去啊!

声　音　你呀你呀!

老　人　老年人的性生活有人关心吗?

妇　女　给我钱!

老　人　老年人为什么要过性生活呢? 老实待会儿不行吗?

妇　女　给我钱!

老　人　我是不是年轻的时候作孽太多,晚年才遇到这么扫兴
　　　　的事?

妇　女　谁管你年轻的时候是什么东西,现在就是钱的事!
　　　　〔警笛声大作,妇女紧张起来。
　　　　〔老妇收起望远镜,继续锻炼。

老　人　警察来了!

妇　女　我会再来找你的! 这种钱你都耍赖,你是要遭报应的!
　　　　〔妇女跑下

老　人　让我进去吧,我没有钱,连口水都喝不上。净丢人啦!

声　音　你有没有想到你成了一个老年痴呆症患者?

老　人　我? 我老年痴呆?

声　音　你是不是觉得性功能亢进?

老　人　是杭进吧?

声　音　是亢进,你们这代人该学文化的时候闹革命,老念白字。

老　人　亢进也好,杭进也好,说的都是一种事,不就是老勃
　　　　起吗? 这跟老年痴呆有什么关系。

252

声　音　有关系，这是老年痴呆的第七种表现。

老　人　第七种，哦，第七种。第六种是什么？

声　音　第六种就是不知黑夜白昼，不知冬夏春秋，不知冷
　　　　暖，不知好歹。

老　人　就是一混蛋？

声　音　也不完全。对自己有利的事混蛋很清楚。

老　人　只要能勃起，痴呆怎么啦？

声　音　勃起有什么用呢？福柯的学生在七十年代就向他兴奋
　　　　地报告，在美洲勃起已经绝迹。

老　人　不是兴奋地报告吗？

声　音　是对不勃起而兴奋。

老　人　你是说我们又落后了？

声　音　谁知道呢。

老　人　不知道什么是进步，什么是落后也是老年痴呆的一种
　　　　表现吧？

声　音　只有这个不但不是，反倒是智慧的表现。

老　人　我有点冷。

声　音　现在是深夜了，你白天黑夜都不分，不是老年痴呆是
　　　　什么？

老　人　让我进去吧，开门吧。

声　音　像你这样的人走到什么地方都不知道，住在哪里不
　　　　行，为什么非要进这个门呢？

老　人　让我进去，我要解手。

声　音　老年痴呆的第十种反应就是不知道大小便。

老　人　看来我不是。

253

声　音　别着急, 会的。用不了一两年, 你就会发展到这一步。有一种反应是大小便的假反应, 以为自己有, 其实没有。这也是老年痴呆。

老　人　我真有, 我解了啊!

〔老妇掏出望远镜边走步, 边望老头撒尿。

〔老人冲着门口撒尿。

〔门"嘀"的一声开了, 一股雾气飘了出来。

〔一群老年痴呆症患者走了出来。

〔老妇跑下。

二

121　陈秋梅怎么样?

家属甲　你老问她干什么? 你怎么样?

121　带西红柿了吗?

家属甲　忘了, 不过带了香蕉。

121　陈秋梅怎么样?

家属甲　吃吧。

官　迷　(看了家属甲一眼)外交部长, 国务委员。

家属甲　(向官迷笑笑)您也吃一根?

官　迷　谢谢。不过我想先去欧洲, 然后再去非洲。

家属乙　你还是先去通州, 再去郑州吧。(向家属甲)我们这位是官迷。三十年了, 一直没好过。

官　迷　先去河南, 再去荷兰?

家属乙　就去河南，不去荷兰。

官　迷　为什么不去荷兰？

家属乙　就差一字儿，多花好几千。

　204　我还是觉得有改的余地。

劳伦斯　是啊，好诗都是改出来的。

　204　"黄河之水天上来，奔流到海不复还。"我觉得还是"回"

　　　　好，"不复回"……

劳伦斯　就是"不复回"，不是"不复还"。

　204　我记得当时我还是用了"还"字。

劳伦斯　跟您说过，这不是您写的，是李白写的。

　204　哦，是他写的……那我写的呢？

劳伦斯　您写什么了？

　204　君不见高堂明镜悲白发，朝如青丝暮成雪。

劳伦斯　这是一首。

　204　那第二首呢？

劳伦斯　什么第二首？

　204　你不是说第一首是他的，那第二首就是我的了。

劳伦斯　姥爷，您没写过。

　204　你们不能把错都推给他，是我们的错，就要敢于承认错误。

家属丙　妈，凉粉好吃吗？

病人甲　不好吃。

家属丙　(委屈地) 不好吃别吃了。(将凉粉收起)

病人甲　苦——啊，我苦啊！你走吧，你走吧……

　204　黄鹤一去不复返，白云千载空悠悠。

官　迷　(看204) 卫生部长，国务委员。

黄　鹤　家属注意了,用完后的金属、玻璃器皿一定带走,或者交给医护人员,不要留给病人。

〔几个家属加入进来。

家属丁　(向把门的张工)请您叫一下费又省。

张　工　(喊)费又省!

〔一个戴眼镜的老人健步从单元门走出。

费又省　谁让你在这儿把门?

张　工　医生。

费又省　医生以治病救人为己任,病人以配合治疗为目的,谁让你管闲事的。滚蛋。

张　工　你家里人来看你来了。

家属丁　舅舅。

费又省　旧的不去,新的不来。织女星比牵牛星大八倍,比牵牛星温度高两千度。牛郎容易烫着。

家属丁　我们找个地方坐下好吗?

费又省　坐如钟,站如松,卧如弓。弓开如满月,箭去似流星……

〔家属丁拉着费又省坐在一个座位上。

费又省　箭去似流星,射谁呢?该射不射,就是炼丹,憋久了容易得前列腺炎……

黄　鹤　你,(指老人)吃药了吗?

〔老人张嘴接受检查。

黄　鹤　咽了。

老　人　没水。

〔黄鹤给老人倒水。

256

老　人　瞧瞧你们那副德行，怎么不死呢？活着干吗？一群
　　　　废物！

黄　鹤　你不要瞧不起别人，你跟他们没什么区别。

老　人　我比他们明白多了，不信你试试。

黄　鹤　好啊，跟大家做个游戏。

老　人　我要是比他们明白，你让我出去。

黄　鹤　（拿出一个画着奔驰轿车的大纸板）大家看看，这是
　　　　什么？

众　人　汽车！

官　迷　大奔！外交部的！

黄　鹤　想坐这辆车的跟我走。

官　迷　非洲去吗？

　　　　〔黄鹤引领，众人蜂拥而去。

　　　　〔老人岿然不动。

　　　　〔黄鹤重上。

黄　鹤　你怎么不去坐车？

老　人　你没注意吧，今天是单号限行，那车牌号不对。

黄　鹤　你还是继续住院治疗吧。（下）

　　　　〔老人刚要进门，门关上了。

老　人　还得住院，真不如死了。

声　音　这也是我要问你的问题，你为什么还活着呢？

老　人　我现在都能抽得起"前门"了！我为什么要死呢？以前
　　　　简装的"前门"三毛六，便宜吗？不便宜，一斤带鱼才
　　　　三毛八，一天一包"前门"，就是一天吃一斤带鱼。你
　　　　一天抽一斤带鱼不是找死吗？只有处级以上的干部才

抽得起。现在怎么样，我抽了！

声　音　现在民工都不抽"前门"。

老　人　民工抽什么？

声　音　民工都抽"中南海"。

老　人　1.5的吧？1.5的油耗百公里六个，要是能攒够了钱买
　　　　个1.5排量的还是能开。

声　音　你没有家人吗？

老　人　怎么没有，有啊。

声　音　他们都是谁呀？说说看？

老　人　想不起来了，反正是有。我记得有。你没拿我的假牙吧？

声　音　假牙？

老　人　还是涨价前镶的，是日本大夫镶的，他叫什么来着，是
　　　　四个字。

声　音　想想看，想起来我让你进门。日本人一般都四个字。

老　人　也有五六十个的，比如山本五十六。

声　音　(停顿)要想进门必须说出镶牙大夫的名字。

老　人　三聚氰胺。

声　音　这个名字和苏丹红都不要再提了。

老　人　孔雀绿呢？

声　音　也不要提了。

老　人　我听说三聚氰胺先生给毙了。

声　音　毙的是生产三聚氰胺的人。

老　人　这有什么区别吗？

声　音　还有往牛奶里使用三聚氰胺的人。

老　人　使三聚氰胺的人没毙？

声　音　没有。

老　人　那为什么要毙生产的人呢?

声　音　要从源头抓起啊! 比如要扫黄, 你就得从娃娃抓起,
　　　　告诉他们长大了不能卖淫。

老　人　那娃娃要是问什么是卖淫呢?

声　音　就是以盈利为目的的性活动。

老　人　性活动可以盈利, 你这是提醒啊!

声　音　要早打预防针。

老　人　那什么是嫖娼呢?

声　音　就是以亏损为目的的性活动。

老　人　有谁愿意以亏损为目的呢?

声　音　比如你。

老　人　我没亏损, 我是支出。你老攒着不花, 美国也不答应。
　　　　哎, 我跟你商量个事。

声　音　不客气。请讲。

老　人　嗯——我忘了。

声　音　忘了什么?

老　人　忘了什么要是知道不就是没忘吗?

声　音　有道理。你学过哲学?

老　人　也就是大众哲学吧, 我年轻的时候赶上过工农兵学
　　　　哲学。

声　音　哦, 工农兵学哲学跟不是工农兵学有什么不同吗?

老　人　工农兵学是占用生产时间啊, 把活儿停了学哲学。这
　　　　种好日子不会再有了。

声　音　还会有的, 人们怀念那个时代, 还在召唤那个时代。

老　人	我恐怕赶不上了吧?	
声　音	福无双降,祸不单行。	
老　人	是啊,霜降完了就是立冬。	
声　音	你确定吗?	
老　人	秋处露秋寒霜降,冬雪雪冬小大寒。	
声　音	你种过地?	
老　人	种过,我当过知青。	
声　音	你是什么文化程度?	
老　人	初中。	
声　音	初中就算知识青年?	
老　人	连小学都算。	
声　音	你不觉得你赚了吗?现在连大本都不敢说自己有知识。	
老　人	简直是倒退。	
声　音	是进步。	
老　人	进步得有点不值。我听说十字路口指挥交通的都是大学毕业。浪费啊!原来就是个傻子都能干的活。	
声　音	国外好多妓女都是博士。	
老　人	那有什么可吹的,我们这儿好多嫖客都是教授。哎,我想起来了,你说现在还有一辈子这回事吗? 〔老妇拿了一把雨伞走上,在走步器上把伞撑开,一手打伞,开始走步。	
声　音	什么一辈子?你指什么?	
老　人	比如你住的地方。今天住的好好的,明天拆了。我到我念过书的学校去看过,拆了。如果有人到学校调查我,没这个学校。比如一个老饭馆,擅长做鲁菜,过两	

260

天没了，改湘菜了。我照毕业照的丽影照相馆没了，我理发的美白理发馆没了，我买素什锦的全素斋没了，我逛过的隆福寺没人去了。我怀疑我究竟是不是真的活过，是不是做梦啊！

声　音　你想说什么？

老　人　过去你买张桌子，得用一辈子，所以得结实！榆木擦漆是最起码的。你找个工作也是一辈子，为人处世都要谨慎。你娶个媳妇得一辈子，低眉顺眼是必须的。哎，我想起来了，我要说的就是男女这码事。过去是一辈子，现在你没法一辈子。你工作换了，从北京到深圳了，你媳妇去不了深圳，那没她的工作，怎么办？人首先就是跟着工作走吧？工作在哪儿，人在哪儿，可不一定有两人的工作吧？你不能换一个工作就换一个配偶吧？

声　音　你还知道配偶？

老　人　我当过知青啊！哎，我要说什么来着，你一打岔给忘了。

声　音　换一个工作就换一个配偶。

老　人　对呀，就是这个意思啊。

声　音　你是说现代生活拆散了家庭？

老　人　对！我学马列的时候记得马克思说过，家庭是要消亡的。真准。

声　音　家庭消亡好不好？

老　人　不知道，家庭消亡不等于床消亡，你知道吧，能上床不就行啦。

　　　　〔风声起，树叶飘零。

老　人　对啦，你到底是谁啊？

声　音　我就是808的住户啊。

老　人　我是808的啊。

声　音　一套房子卖给两个人的也有，不过没关系，我已经死了。

老　人　你死了还占着房子，让我进去。

声　音　这就是个问题，没有家，没有后代，房子怎么办？给谁？如果没有继承人，谁还买房子。所以只要有房地产，家庭就不会消亡。

老　人　我日他房地产大爷！

声　音　靠租房国家是发展不起来的。

老　人　结不起婚，也生不起孩子，你知道吗？生一个孩子要好几万啊！

声　音　别在大陆生啊，上香港生，生完了还给你一个香港护照。

老　人　有什么用啊。还不如大陆的合算呢。哎，你真的死了吗？

声　音　真的。

　　　　〔老妇停止走步，躺在走步器上，像杂技演员那样练习用脚开伞。

老　人　死了是什么感觉？

声　音　死了不用吃饭了，其他没什么区别。

老　人　不能吃饭了还有什么意思。不好。嘴没用了。

声　音　也不用安假牙了。

老　人　那也没法接吻了。

声　音　真落后，谁还干那个呀？你上网吗？

老　人　我不会使电脑。

声　音　你知道裸聊吗?

老　人　不知道。

声　音　你们相隔万里……

老　人　谁们?

声　音　打个比方,你们相隔万里,各自打开电脑,然后各自脱
　　　　衣服,聊天。

老　人　我怎么知道她脱没脱?

声　音　她的电脑上有个电子眼,会把她的形象摄下来,传送
　　　　到你的电脑上。

老　人　然后呢?

声　音　然后你们各自达到高潮。

老　人　我操……

声　音　是我靠!

老　人　这不是大舌头吗?

声　音　这样说比较现代一点。

老　人　我靠现代!我跟你说,这种现代一点也不好,全是糊
　　　　弄人,我这人是唯物主义者,我必须实战,打气儿枪
　　　　不行!

声　音　未来的性活动主要是靠虚拟。

老　人　什么是虚拟?

声　音　你算什么知青,虚拟你都不知道?就是没有这东西,
　　　　装出有这东西的样子。你看过《秋江》吗?

老　人　我看过《秋香》,《唐伯虎三笑点秋香》。

声　音　你看你看的这点东西。

老　人　怎么啦?

声　音　太没品位。

老　人　你就说说《秋江》吧。

声　音　一个道姑跑到一条船上，一个艄翁划船，舞台上表演，既没船，也没水……

老　人　也没艄翁……

声　音　那谁演啊?要不说你老年痴呆呢。

老　人　我以为全都虚拟呢。

声　音　全你个头啊! 听着，我说你来做。你现在把你的衣服一角掖进裤腰里。

老　人　为什么?

声　音　艄翁要摇橹，都这样的。

老　人　你是要我扮演什么艄翁?

声　音　对。

老　人　那谁演道姑?

声　音　省了。

老　人　关键的你们都省了。我还以为你让莎朗·斯通演呢。

　　　　〔老人扮妆。

声　音　好啦?

老　人　先这样吧。

声　音　你一手在前，一手在后。

老　人　哪手在前哪手在后?

声　音　随便。

老　人　我是左撇子。

声　音　没关系。

老　人　(老人骑马蹲裆，两手一前一后放在裆前) 是这样吗?

声　音　你要做的是摇橹，不是裸聊。

老　人　那手放哪里？

声　音　前面那手就那样，后面这手放到身后。(老人照办) 前面的手往上转的时候，后面的手往下转。

老　人　有点不习惯。(老人前面的手往下转，后面的手往上转)

声　音　你这样船就会往后走。

〔老妇收起伞做乘船状。

老　人　哦，这样对了吧？

声　音　对，摇吧，(老人做摇橹的动作) 然后身体配合一下，上下起伏。

老　人　你为什么分成两部分告诉我？怕我学不了？

声　音　这样看起来就很像划船了，而且观众会感到你的脚下真的是有条船，船在江上游动。

老　人　像吗？

声　音　很像。这就是虚拟。当年《秋江》在前苏联演出，斯坦尼斯拉夫斯基看了，说有点头晕。

老　人　他不喜欢？

声　音　不是，他太喜欢了。觉得太像了，他甚至有了晕船的感觉。

老　人　我也有晕船的感觉。

声　音　你这是老年痴呆症。

老　人　这船划到什么时候？

声　音　你可以再唱一首船歌增加气氛。

老　人　(唱《星星索》) 唔喂——，风儿吹动了我的船帆……

声　音　这是《外国民歌二百首》里的。

老　人　当年的黄色歌曲，不让唱的。凡是不让的我都干过。

声　音　现在不算黄色了。

老　人　也就没人唱了。不过我觉得这里面有个问题，我唱的这船是条帆船。咱们现在这条是摇橹的船。这首怎么样？（唱《老人河》）

声　音　这船是轮船，汽轮。也挺煞风景。

　　　　〔老人唱《乌苏里船歌》。

声　音　就到这儿吧，主要是告诉你什么是虚拟。

老　人　就是装。

声　音　也不完全是。比如裸聊就不是装。

老　人　这裸聊的电脑哪儿卖？

声　音　没有这么买的，你要是这么买容易被人安装监控软件，现在上网要求实名制，一旦被发现，会遭逮捕。

老　人　我自摸儿招谁惹谁了？

声　音　您要做您自己就错了，您可以扮演别人，比如演戏，比如拍电影，或者人体艺术，行为艺术，这样有个借口就没事了。

老　人　活着也得有个借口啊！

声　音　那不叫借口，那叫理由。再说死了也有许多麻烦，现在的墓地很贵啊！近一点的要三万多一穴，远一点的要一万多。

老　人　那我就不管了，一闭眼交给别人了。

声　音　那边有人来了。

　　　　〔老妇下。

三

〔一只北极熊的尸体漂了过来。

〔一群环保主义者在打捞。

环　甲　老大爷,帮个忙啊!

老　人　这是什么?

环　甲　北极熊。

老　人　淹死的? 北极熊不是游泳健将吗?

环　甲　现在天气变暖,北冰洋上的浮冰都化了,北极熊游三百多公里还找不着一块冰上去休息,就,就淹死了……

老　人　节哀吧。他也是太逞能了。你不会往回游吗? 这么着吧,我帮你打捞,你把熊掌给我。

环　甲　不能杀害动物。我们是绿色组织的。

老　人　我是涉黑团伙的。动物不是死了吗?

环　甲　给你猪蹄成吗?

老　人　猪你们不保护?

环　甲　我们有一个组织是也保护猪的。我们这个组织主要是保护熊的。

老　人　你们有保护人的吗?

环　甲　你倒是帮不帮忙?

老　人　给我熊掌。

环　甲　给你猪蹄吧。

环　乙　给他猪脚。

环　甲　猪蹄。

环　乙　你们北方人就是糙，猪的前爪叫手，后爪叫脚。

环　甲　我们叫前蹄、后蹄。

老　人　也有叫大前题和小前题的，还有大逻辑和小逻辑。

环　甲　看看我们北方人都懂逻辑。

环　乙　懂个头呀！你们居然把猪肉分成前臀尖和后臀尖，搞什么搞？你们知道什么是臀？臀就是屁股啊！哪有什么前臀啊！

环　甲　还真有！守门员都能用后腿把球挡回去，怎么没有前腿呢，有前腿就有前臀。

环　乙　哪个是前腿，让老大爷说。

老　人　(摆了一个弓箭步)这条就是前腿。这叫前腿弓，这叫后腿绷。

环　乙　那前臀尖呢？

老　人　这里。

环　乙　哇，哲学家啊！

老　人　知青，知青。

环　甲　(呼口号)知识青年上山下乡很有必要！

老　人　很没必要！

环　甲　知识青年四体不勤，五谷不分。

老　人　农民进城很有必要，农民分不清哪是二环，哪是三环。

环　甲　他们很了解六环以外。

老　人　听说要修七环。

环　甲　到了十环就不能再修了。

老　人　是,十环就是靶心了。没有比十环更小的了。

环　甲　我们刚才要说什么来着?

老　人　你也是老年痴呆症吗?

环　乙　哈哈,你们北方人老年痴呆症很多啊!你们的食物太单调啦!

环　甲　你们丰富,吃穿山甲,吃蛇,结果呢,老鼠遍地泛滥。

环　乙　所以我们才吃老鼠呀!

老　人　我听说你们还吃猫?

环　乙　猫不捉老鼠啦,吃掉怕什么呢?

环　甲　你参加错了组织,你不应该参加环保组织,你应该参加地方文化保护组织。

环　乙　我说呢,我总感觉不大对头。

老　人　我听说你们南边有吃婴儿的?

　　　　〔静场。

环　乙　谣言,顶多是吃胎盘。当然,也许胎盘上会有死婴的附着物,也不排除有个把残缺不全的死婴……

环　甲　哎,哎,走题了,我们争论的是动物保护,不是人类保护。

环　乙　你认为动物比人类重要?

环　甲　动物是弱者,人类是强者。

老　人　不对吧,你把一个人和一只熊搁一个笼子里,你看看谁是强者。

环　甲　动物太少了,人太多了。

　　　　〔北极熊的尸体动了一下。

北极熊　别操蛋了!(奋力游向后台)

269

众环保　别乱跑，你需要保护——（环保组织的人追下）

老　人　我呢？我也需要保护——

声　音　你怎么那么怕死呢？

老　人　我还没活够啊，从停课闹革命到现在没多少日子啊，怎么腿就没劲儿啦？牙也不行了。那玩意儿也老消极怠工。我看天，天上都是蚊子……

声　音　什么时候，是夏天吗？

老　人　夏天我还说它干吗，无论冬夏，天上都是。

声　音　那是飞蚊症。晶体混浊了。

老　人　怎么弄的呢？

声　音　老啦。

老　人　我还以为我看了不该看的东西。

声　音　你看了什么不该看的呀？

老　人　甭套我。看了我也不告诉你。

声　音　你跟我说说，我给你保密。

老　人　眼下有什么能保密？过不了两天，网上就传开了。

声　音　我不上网。

老　人　我看过别人密码。

声　音　记住了吗？

老　人　记不住，我连自己的都记不住。

声　音　那白看了。你为什么要看别人密码？

老　人　我不是故意的。我取钱，我的工资打在卡里，我第一次用卡，不会。我就学习吧，前边的人跟我说，你别看我密码。我这才知道每个人的密码不一样。等到我用卡的时候，瞎了，一会儿里面就说操作超时，停止交易。我连试几次,卡不出来了。

声　音　吞卡了。

老　人　凭什么啊,那是我的啊。

声　音　你忘了密码?

老　人　没有啊,四个零啊!

声　音　你别告诉我啊!

老　人　你也没我的卡号啊!

声　音　密码永远也不要告诉别人。

老　人　嗨,我们这批老人都是零,好记。

声　音　你不觉得这密码也是你一生的写照吗?

老　人　你什么意思?

声　音　你的一生就是零啊!

老　人　零?什么都没有吗?

声　音　什么都没有。

老　人　我当过知青。

声　音　没这回事了,以后的人都不知道什么是知青了。

老　人　我当过工人,我加工过零件,装配过机器。

声　音　都报废了。

老　人　我吃过东来顺,吃过全聚德。

声　音　都拉出去了。

老　人　我在长城上刻下过名字,到此一游!

声　音　没写电话吧?

老　人　那会儿家里还没电话呢。

声　音　没留地址吧?

老　人　好像没留。干吗?

声　音　留了就好办了，罚款啊。哎，你呀，你的一生很没意思。

老　人　也有激动人心的时候。我参加过"四·五运动"。

声　音　什么是"四·五运动"？

老　人　你怎么什么都不知道啊？就是清明节去天安门广场悼念周总理。四人帮不让悼念，群众非要悼念。写诗纪念啊！我去抄诗。

声　音　你还记得一首吗？

老　人　好像记得两句。什么我哭豺狼笑，扬眉剑出鞘……

声　音　一般。

老　人　可以啦，这胆子就不小了。很危险啊！

声　音　有什么危险？

老　人　晚上我们就去抓写诗的啊！

声　音　你不是白天也去抄诗了吗？

老　人　抄是抄了，晚上让我们工人民兵去抓人。

声　音　你抓了？

老　人　不抓不行啊！

声　音　怎么不行？

老　人　你不抓他，别人就抓你啊！

声　音　你抓住了吗？

老　人　我抓住了，我还打了一个人后脑勺一棒子，那人咕咚一声就倒下了。

声　音　你就不怕吗？

老　人　我怕啊，我怕他起来跟我拼命啊，好在他再也没爬起来。

声　音　你……你的人格那时候就分裂了。

老　人　是吧?

声　音　你就没有后悔过?

老　人　我也想过,得亏是让我当工人民兵,要是调个个儿,我晚上还抄诗,别人是工人民兵,我的小命也许就没了。

声　音　你就没替那个倒下的人想想?

老　人　他们那批人后来都成了英雄。挺不错的。

声　音　那你们这批打人的呢?

老　人　先是给我们发奖,后来这事就不提了。

声　音　这事不会完的。

老　人　你不是说都等于零吗?不是什么都没有了吗?

声　音　你就不做噩梦吗?

老　人　我从来不做梦。

声　音　可怜哪。

老　人　是啊,我三十年的工龄买断后都不算了。

声　音　我说的不是这个。

老　人　现在对我来说吃都不重要了。

四

〔老妇拿一把折叠绸扇上，在一边练扇子舞。

老　人　年轻的时候把吃当成一件大事，现在老了，吃什么也不大在意了。吃点五谷杂粮就行了。

声　音　这标准已经不低了。现在会种田的人已经不多了，再过十年怎么种地可能已经失传啦。

老　人　是啊，都不愿意种地，都愿意打工……让我进去吧，把门打开。

声　音　你听，这是什么声音。快跑吧，你的死期到了。

老　人　死我也得死在自己家里，不能死街上啊。

〔门"嘀"的一声开了，老人刚要进去，被两个穿戏装的孙悟空推了出来。

猴　甲　开饭了。

老　人　放开，你个猴儿精!

猴　乙　开饭了!

老　人　咱们也吃不到一块儿去。你们也就是吃个桃儿吃个栗子什么的，我得吃油条、豆腐脑儿。

猴　甲　差不多吧。

〔猴甲一招手，一张桌子从空而降，猴子乙把老人按坐在地，桌子扣在了老人的头顶上。

老　人　让我出来!（老人的脑袋从桌子中间的圆洞中钻了出来）

猴　乙　眼儿有点大。

老　人　废话,眼儿小我就憋死了!

猴　甲　套上这个。(把一个圈套在老人头上,只露出老人脑门
　　　　以上)

猴　乙　得备皮。

　　　　〔老妇唰地一声合上扇子,注视着老头。

猴　甲　(拿出一把折刀,刮老人头上的毛发)预备了。

老　人　我要圆寸,别给我替成光头。

猴　甲　我不是理发师,我是美食家。

老　人　你们?

猴　乙　我们刮了你的头发,然后打开你的头盖骨,往里面浇
　　　　上佐料。

老　人　什么佐料?

猴　甲　也就是葱油一类,愿意吃辣放点辣椒油。

老　人　我还是觉得木须打卤,放点羊肉末比较好。

猴　甲　这是你们北方的吃法,比较味重,还是广东的好。

老　人　豆腐脑儿,就是北方的好。

猴　甲　不是豆腐脑,是猴脑儿。

老　人　猴脑儿?你们吃自己?

猴　乙　我们干吗要吃自己,我们吃你的脑子。

老　人　我这是人脑啊!

猴　甲　人脑有什么不能吃的,你们吃我们的,我们就吃你们
　　　　的!之所以叫猴脑儿是为了尊重传统。

老　人　二位,二位,先别急,咱们把话说清楚了,再吃不迟。

猴　乙　不要煽情,省得我们一时心软就吃不成了。

老　人　我告诉你们,你们知道烟油子有多厉害吗?

猴　甲　什么烟油子？

老　人　就是香烟的焦油。

猴　乙　怎么啦？

老　人　一滴烟油可以让一条蟒蛇毙命！

猴　甲　这跟你脑子有什么关系。

老　人　说来话长。我上小学六年级那年，正赶上"文化大革命"……

猴　乙　嘟——！不要否定"文革"！

老　人　不否定。我是说（猴甲把酒杯、餐巾、勺子摆好，老人伸出头看了一眼）你把那勺子擦擦，不然伸到脑壳里面容易感染。

猴　甲　不干不净吃了没病。你看哪个掏垃圾的得病？逮着什么吃什么。

老　人　还真是，怎么回事呢？

猴　甲　就是各种细菌都吃，你要是平时老讲卫生，碰上一种你就死定了。你只有什么细菌都吃，它们自己就打起来了，这叫以菌治菌。

　　　　〔猴甲拿起一个小榔头照老人脑袋就是一下，老人嚎叫。

　　　　〔老妇唰地打开折扇继续练舞。

猴　甲　你叫唤什么？

老　人　我还没说完呢。

猴　乙　快说。

老　人　我从小学六年级开始抽烟，一直抽到去年……

猴　甲　为什么停了？

老　人　因为净是假烟！

276

猴　乙　师哥你问他这个干什么?

猴　甲　我听说抽烟上瘾,他怎么停了呢?

猴　乙　你停了我们就不吃你脑子了吗?

老　人　我是说虽然我停了,但是我的血液里含有大量尼古丁,这比焦油里的尼古丁含量可高多了,二位要是一口下去,浑身抽搐,口吐白沫,立时毙命,可别怪我。

猴　甲　嗯,首先我得表扬你,你们人类虽然吃注水猪肉,可是脑子里有尼古丁你们并没有向你们的亲戚隐瞒。

老　人　谁跟谁是亲戚?

猴　甲　咱们啊,咱们是亲戚啊。人是由猴儿变来的。

老　人　胡说,人是由猿变来的。

猴　甲　猿是由猴变来的,猿猴嘛。给我找个钉子,楔进去以后,才能下锯。

老　人　等等!(猴乙从口袋里找工具)你们对尼古丁到底有没有抗体?

猴　乙　我告诉你,我们抽的都是真的,你们人类还得辨认防伪标识,傻逼,那防伪标识也能仿造,知道吗?我们一闻就知道。

老　人　你们不怕尼古丁?

猴　乙　不怕。连北极熊身体内都含有敌敌畏,很多鱼类身上都含有农药,我们已经习惯了,不怕。给你钉子。

〔猴甲把钉子放在老人脑袋上,准备敲榔头。

老　人　等等!

猴　甲　你怎么那么多事?

老　人　我忘了告诉你了,我脑子已经成了棉絮状。

猴　甲　怎么回事?

老　人　我蛛网膜下腔出血。

猴　乙　就是脑溢血。

猴　甲　为什么不直接说脑溢血?

老　人　太笼统,我怕你们不信,所以说得具体一点。

猴　乙　原来用心良苦啊!

猴　甲　师弟,明明是一苦,为什么说两苦?

老　人　是良心的良。

猴　甲　你们汉语就是不好,多音字太多。

老　人　也有人建议使用拉丁语。

猴　乙　算啦,匑儿麻烦的,好不容易听懂了他们说什么,又
　　　　改了。

老　人　不不不,动物学外语比人要快?

猴　甲　你还别给我们戴高帽子,想糊弄我们?

老　人　真的! 马,认识吗?

猴　甲　拉车的吗?

老　人　也有不拉车,驮着人猛跑的。

猴　甲　提它做什么! 人类的帮闲!

老　人　你别管他做什么工作,他也是服从分配不是。

猴　乙　快说啊!

老　人　马是六国翻译。

猴　甲　你到底什么意思? 拖延时间啊!

老　人　我是说马都能学六国语言,你们猴子那么聪明,怎么
　　　　也得学得会拉丁文吧?

猴　乙　别糊弄我们,现在还有人说拉丁文吗? 这不是屠龙之

278

技吗? 我们很现实, 没用的不学。

猴　甲　就是, 你这是诚心不让我们动手啊!

老　人　我这是打个比方, 你们可以改英语啊!

猴　甲　哼, 现在全世界的人都在学汉语, 学英语干什么。师弟, 我想起来了, 那年你非劝我去美国, 得亏没去吧? 现在美元没人民币坚挺……

老　人　你当是那玩意儿哪, 还坚挺。

猴　甲　你严肃点。哎, 佐料呢?

猴　乙　我进屋拿一趟去。

猴　甲　好, 快着点啊!

　　　　〔猴乙跑进单元门。猴甲敲击老人脑壳。

老　人　哎, 你等佐料来了再打开不行吗?

猴　甲　你没听说我们是猴急猴急的吗?

老　人　你吃别的急, 吃脑子不能急, 你现在打开, 他那儿佐料没来, 就凉了, 这东西得趁热!

猴　甲　我们怕吃热的得食道癌。要不撒点冰块, 当杏仁豆腐吃?

老　人　别折腾啦, 中国人大都脾虚, 吃不了凉的。

猴　甲　可我们不是人, 我们是猴子。

老　人　咱们不是亲戚吗? 中国的猴子跟中国的人是一个毛病。

猴　甲　我们只要能吃人脑, 宁可保持猴子的身份!

老　人　难道你们就不怕进化不成!

猴　甲　都好几百万年了, 要能进化早进化了! (敲老人脑壳)

老　人　别泄气, 怎么我们就进化了呢!

猴　甲　我也纳闷啊, 要是能进化大家都有机会啊。

老　人	那就是你们得罪了上帝。	
猴　甲	我们主要是得罪了达尔文。(锯老人脑壳)	
老　人	你使点麻药不行吗?	
猴　甲	使麻药我们吃了不是全药翻了吗?哎,来点针刺麻醉行吗?	
老　人	那玩意儿不灵。	
猴　甲	你们都拍成电影了,怎么不灵?一个开胸手术,人很清醒,身上扎了几根针,自身就产生了麻醉剂,据说是有的穴位可以刺激大脑产生多巴胺……	
老　人	是,可有一条管子通往脊椎,往里注射麻药你没看见。(咳嗽)	
猴　甲	(把脑盖启开)你别老咳嗽,一咳嗽脑子就哆嗦,待会儿懈黄儿了。	
老　人	疼死我了!	
猴　甲	哎,你这脑子怎么跟棉花套子一样?	
老　人	我跟你说过我脑子受过损害。	
猴　甲	这么恶心还能吃吗?	
老　人	你也没佐料啊,算了吧。给我盖上,让我再多活几天。	

　　〔猴乙推开门跑出来。

猴　甲	快着,我都打开了。	
猴　乙	先别忙着吃,这老头不大健康。	
猴　甲	嗯,看出来了,这脑子空了一半。	
老　人	您吃螃蟹还得顶盖肥呢,吃这么一个萎缩脑子有什么滋味。	
猴　乙	我刚才上他们家去拿佐料,上网查了一下,这老头开过	

280

博客。

猴　甲　那还真别瞎吃，开博客的大都脑子进水了。

猴　乙　倒不是精神问题，是病理问题。他在博客中忏悔，说可能有一次不洁性交，有可能感染了艾滋病。

猴　甲　啊！（扔掉勺子）好悬！

老　人　谁有艾滋病？别造谣！

猴　乙　你在博客上说的。

猴　甲　（向老人）你也是，你说这个干什么？

猴　乙　我猜他是为了争取点击率。

老　人　我疯了，我说我有艾滋。再说艾滋最早也是你们猴子身上带的，人吃了非洲的猴子或者猩猩才传到人。

猴　乙　造谣！是某国实验室的产物，我可以负责任地告诉你，是你们人类创造出艾滋，你们自食其果！

老　人　我们人类疯了，自己试验细菌毒害自己！

猴　乙　你们人类难道没疯吗？原子弹不是对付人类的吗？

老　人　反正你看的博客不是我的，我就不会使电脑。键盘上的字母我记不住。

猴　乙　那是谁的电脑？

老　人　我们家没电脑，你去的是808吗？

猴　乙　呦，都一样的防盗门，我没注意。

猴　甲　宁肯信其有，不肯信其无。还是别吃了。不能为嘴伤身。

老　人　那把脑盖还给我吧。

猴　乙　这已经打开了，再放上要是掉进去不好往外抠啊！

老　人　那也不能这么敞着，它进土啊！

猴　乙　待会你要辆救护车，让他们给你带个玻璃钢的来，一样使。

老　人　他们连担架都得病人家属自己抬,你让他带他就带了。

猴　甲　咱们把这骨头拿到潘家园去,就说是猿人的头盖骨行
　　　　不行?

老　人　不行,我这是现代人的,中间还差着能人的、直立人
　　　　的、智人的,三个阶段呢。

猴　甲　没关系,我们收拾收拾就一样了,再做做旧。什么是猿
　　　　人的头盖骨我们比你们清楚。

老　人　我靠!我没有头盖骨怎么踢球啊!

猴　乙　你用脚啊!

老　人　我擅长头球。

猴　甲　你们都是打假球,比划比划得了。

猴　乙　那咱们走吧。(二猴急下)

　　　　〔老妇收起扇子下。

老　人　把头盖骨给我留下!那是由猿到人的见证!

　　　　〔一阵烟雾遮蔽了老人。

五

　　　　〔烟雾散尽,老人急按门铃。

声　音　这么晚了,你还没走啊?

老　人　你装什么孙子,你写的博客干吗用我的名字。

声　音　什么博客,你是不是没事干了?

老　人　刚才那两个猴精差点把我吃了,你为什么见死不救?

声　音　哪有什么猴精，你是不是撒癔症？

老　人　我真怀疑你是不是也有老年痴呆症，刚发生的事情你就不记得了。

声　音　人脑里有个海马体，它是由两个扇形组织构成，主管记忆。假如是这边受损，近期记忆就会丧失，那边受损，早期记忆就会丧失。两边都受损，语言、行动能力都会丧失。老年痴呆是世界性疑难问题，治愈的可能性几乎没有，只会越来越严重。

老　人　那活着还有什么意义？

声　音　人的尊严完全丧失，已经不是完整意义上的人了……现在全国老年痴呆症患者有七百万人，也就是说有七百万个家庭遇到了极大的麻烦。有上千万个无辜的人在为他们的亲属操劳，他们无法全身心投入工作，生活受到影响……

〔老妇抖空竹上。

老　人　我的头盖骨没了，被猴精们当文物送潘家园了。

声　音　你是中了收藏的毒了吧？你摸摸你的头。

老　人　（摸头）奇怪，又长上了。

声　音　你有妄想症，你总是害怕死，总是害怕有人害你。

老　人　你不怕，所以你死了？

声　音　我并非因痴呆而死，而是因不痴呆而死。

老　人　那你还是痴呆了。

声　音　你不觉得痴呆很幸福吗？那些明白人都急得围着你团团转，什么正事也干不了。

老　人　那依着你应该怎么办？

声　音　对老年痴呆症患者不要太感情用事，没有用，他们记不住，你不要看见他们哭就跟着难受，他们的智力连三岁小孩都不如。你看孩子不是说哭就哭，说笑就笑吗？他们也一样。你只要尽力为他们做些服务就可以了。日子还长着呢，有的痴呆症患者能活好多年呢。

〔老妇玩了一个花样接住空竹。继续抖。

老　人　你到底是谁呀？霸占我家不走，也不让我上去，你让我害怕，你让我生气！

声　音　我是你的灵魂，你难道没感觉到吗？

老　人　我的灵魂不听我的，专跟我作对？

声　音　不是我不听你的是你不听我的。

老　人　那我听谁的？

声　音　谁知道你听谁的，反正你是不听我的。

老　人　也许我听肉体的？

声　音　嗯，你举个例子，我帮你分析一下。

老　人　比如，哎，你说胃算肉体吗？

声　音　就算是吧。

老　人　我知道炸油条对身体不好，可胃一听说油条这两个字……

声　音　是耳朵吧？

老　人　表面上看是耳朵，可耳朵是中性的，它也听得见地沟油什么的……

声　音　你到底要说什么呀？

老　人　我……要说什么啊，是，我提地沟油干什么？

声　音　你是想说耳朵也听得见地沟油这几个字？

老　人　对,它还能听见花生油这几个字,还能听见豆油这几个字。

声　音　豆油就两个字。

老　人　所以我说几个。

声　音　三个以上的可以用几个,能数得过来的两个就用确数。

老　人　好吧,灵魂先生,咱们就不要纠缠枝节问题了,我们还有更重要的事情要讨论。刚才说哪里了?

声　音　豆油。

老　人　对,我想起来了……

声　音　我提醒你,有一种转基因大豆榨出的豆油还没有经过历史的考验,究竟将来会不会有问题还不好说。

老　人　我说的问题跟豆油没关,跟地沟油有关。

声　音　你能确定地沟里没有豆油吗?难道就是花生油不成?

老　人　也可能还有菜籽油、葵花籽油,还有蓖麻油、芝麻油,也就是香油……

声　音　你怎么对植物油那么了解?

老　人　我当过知青,在油坊里榨过油。

　　　　〔老妇玩花样。

声　音　那又怎么样?你难道从榨油中了解了生命的真谛?

老　人　真谛我都没听说过,我就听说过阴蒂。

声　音　你都什么岁数了,还这么不靠谱儿。

老　人　这是我记得的唯一一个外国名儿,就是印度,我念的是英文。

声　音　对不起,我们又被汉语所害。

285

老　人	是啊，甭说阴蒂，就是阴道我都烦了。
声　音	这回我可没听错吧？
老　人	有人向我推销一部二手货，两个阴道的音响……
声　音	等等，应该是声道吧？
老　人	是，反正是生命的通道吧。
声　音	声音的通道。
老　人	咱们干吗老说这个呢？
声　音	我们回到地沟油上。
老　人	你怎么对地沟那么感兴趣呢？
声　音	我一直就在地沟里啊！
老　人	灵魂在地沟里？
声　音	你的灵魂在地沟里！
老　人	那你离我远点。我讨厌地沟！所以我的耳朵，哎！我想起来了，我的耳朵听见地沟油也听不进去，有句成语怎么说？对，左耳进，右耳出！而一听见油条，我的胃就起了反应，非吃不可！
声　音	也不管它是不是地沟油炸的？
老　人	对！我说不全的地方，你给补充一下。
声　音	你问过胃属不属于肉体？
老　人	我问过吗？
声　音	你问过。你是想说你听肉体的。
老　人	那我提地沟油干什么？
声　音	你大概知道你把我扔进了地沟里。
老　人	对不起，我忽略了你，我真的不知道我还曾经有过灵魂，我只是感觉你对我没什么用处，可能冷落了你，不

过我真的没有虐待你的意思，特别是今天，我有家回不得，我更加感到了你的重要，我似乎，必须要跟你有个交代。

声　音　你一生都快过完了，交代有什么用啊。

老　人　我把我要交代的都告诉你，你替我兜着，就没我什么事了，有人要追问我过去的事，你就说这事他交代了，他已经承认错误了。

声　音　你是不是吃了转基因大豆啦？

老　人　都什么时候啦，你还说这个。我现在随时有脑溢血复发的危险。

　　　　〔老妇玩了一个花样。

声　音　你怎么知道你要脑溢血！

老　人　我的脖颈子像要爆炸一样的疼。

声　音　好吧，你说吧。

老　人　我小时候看见一个大人把一个孩子推到河里淹死了。

声　音　你认识他吗？

老　人　我认识。

声　音　你检举了？

老　人　我没有。因为他说你要是说出去，我就把你也淹死。

声　音　你就一直没说？

老　人　一直没说。后来大人还升了官，死的时候悼词评价很高。

声　音　我知道了。

老　人　他已经死了，怎么才能惩罚他呢？

声　音　这事《圣经》里有回答，回头我给你本《圣经》你自己

　　　　　找答案吧。

老　人　我还摸过老师的屁股。

声　音　大学?

老　人　初中。我没上过大学。

声　音　老师怎么说?

老　人　她耍我。

声　音　说什么?

老　人　洗手去!

　　　　　〔声音大笑,朗朗的笑声回荡着。

声　音　(有点喘不上气) 这,这,这怎么是耍你呢?

老　人　我去洗了,回来她没了。

声　音　有多长时间?

老　人　有一节课吧,我去找肥皂了,后来,后来就……

声　音　后来怎么啦?

老　人　后来老师就把我分配去了边疆。

声　音　你这是对老师的污蔑,这两件事没有关系。

老　人　我还抛弃过我在北大荒的女友。

声　音　你不爱她了?

老　人　不,她没法调到城市里工作,她只能留在农场。

声　音　那你别走不好吗?

老　人　是她说逃生吧,别都误在这嘎达。

声　音　你就逃了?

老　人　对。

声　音　你现在内心不安?

老　人　原来不安,现在麻木了,何处黄土不埋人啊。

声　音　那你为什么要说这件事？

老　人　我也不知道……

　　　　〔忧伤的口琴声响起。吹的是《三套车》。

　　　　〔老妇玩花样。

声　音　你想祈求她的原谅？我告诉你，她永远都不会原谅你。

老　人　我算唐璜吗？

声　音　你也就是一螳螂。

老　人　就是刀郎？

声　音　呸！你还想当歌星！

老　人　我污蔑过二人转。

声　音　你挑重要的说吧！

老　人　二人转还不重要吗？全国人都看，不看别的啦。

声　音　你还有什么要说的吗？

老　人　当然还有……，我还污蔑过肚脐装、露股装……

声　音　你说原话。

老　人　这可是你让我说的。

声　音　对，你当着大家的面把你那些恶毒的语言都说出来。

老　人　我日种菜的，上面的农药能药死他八辈祖宗！我日生产牛奶的，我日节目主持人，我日房地产开发商，我日伟哥，我日柜员机，我日保险，我日移动电话，我日电影，我日腐败，我日体育，我日教育，我日医院，我日的词组如下：卖煤的、装修的、打铁的、卖艺的、当官的、跑腿的、说媒的、拉纤的、电话骗钱的、出书敛钱的、打捞尸体要钱的、毙了犯人向家属要钱的、吃完老

289

鼠吃猫的、给小姐假钞的、羽绒服里塞鸡毛的、猪肉里注水的、卖瘦肉精的、着火让首长先走的、敬酒没完没了的、采访没头没脑的、马路刨了修修了刨的，我日电脑，我日病毒，我日博客，我日屏蔽，我日电力，我日水利，我日铁矿石，我日愤青，我日知青，我日民工，我日工会，成吗？

声　音　你找死啊？

〔老妇拿起空竹急下。

老　人　我日我自己，我日我本人！

〔汽车、摩托车马达轰鸣，喇叭响成一片。人群的骂声和喊叫声混杂。

〔顷刻间，社区变成一条马路，老人所按的门铃原来是人行道的红绿灯控制器，老人冲着控制器在大声咒骂。

〔大批车辆拥堵，司机们有的看热闹，有的按喇叭催促疏散车辆。

〔一交警骑摩托响着警报来到。

交　警　（向老人敬礼，并掏出一个酒精检测喇叭）吹下。

〔老人吹喇叭，嘴里发出《国际歌》的旋律。

〔交警夺下老人的喇叭，把他拉到路边。并示意车辆加速通过。

〔车辆缓速通过。

〔老人向车辆行注目礼，并举手致敬。

交　警　哎，老人家，你酒后影响了交通！请你出示一下身份证。

老　人　我日我自己!

交　警　请你配合一下,不要自己侮辱自己。

老　人　文武双全,黑白两道!

交　警　请你接受罚款。

老　人　我什么都没摸就一块钱?以前简装的"前门"三毛六,
　　　　便宜吗?不便宜,一斤带鱼才三毛八,一天一包"前
　　　　门",就是一天吃一斤带鱼。你一天抽一斤带鱼不是
　　　　找死吗?只有处级以上的干部才抽得起。现在怎么
　　　　样,我抽了!过去你买张桌子,得用一辈子,所以得结
　　　　实!榆木擦漆是最起码的。你找个工作也是一辈子,
　　　　为人处世都要谨慎。你娶个媳妇得一辈子,低眉顺眼
　　　　是必须的。哎,我想起来了,我要说的就是男女这码
　　　　事。过去是一辈子,现在你没法一辈子。你工作换了,
　　　　从北京到深圳了,你媳妇去不了深圳,那没她的工作,
　　　　怎么办?人首先就是跟着工作走吧?工作在哪儿,人在
　　　　哪儿,可不一定有两人的工作吧?你不能换一个工作
　　　　就换一个配偶吧?这就是个问题,没有家,没有后代,
　　　　房子怎么办?给谁?如果没有继承人,谁还买房子。所
　　　　以只要有房地产,家庭就不会消亡。你们北方人就是
　　　　糙,猪的前爪叫手,后爪叫脚。我们叫前蹄,后蹄。也
　　　　有叫大前题和小前题的。还有大逻辑和小逻辑。看看
　　　　我们北方人都懂逻辑。懂个头呀!你们居然把猪肉分
　　　　成前臀尖和后臀尖,搞什么搞?你们知道什么是臀?
　　　　臀就是屁股啊!哪有什么前臀啊!还真有!守门员都
　　　　能用后腿把球挡回去,怎么没有前腿呢,有前腿就有

前臀。哪个是前腿，让老大爷说。（摆了一个弓箭步）这条就是前腿。这叫前腿弓，这叫后腿绷。那前臀尖呢？这里。哇，哲学家啊！（呼口号）知识青年上山下乡很有必要！农民进城很有必要，农民分不清哪是二环，哪是三环。他们很了解六环以外。听说要修七环。到了十环就不能再修了。是，十环就是靶心了。没有比十环更小的了。哼，现在全世界的人都在学汉语，学英语干什么。师弟，我想起来了，那年你非劝我去美国，得亏没去吧？现在美元没人民币坚挺……我日种菜的，上面的农药能药死他八辈祖宗！我日生产牛奶的，我日节目主持人，我日房地产开发商，我日伟哥，我日柜员机，我日保险，我日移动电话，我日电影，我日腐败，我日体育，我日教育，我日医院，我日法院，我日的词组如下：卖煤的、装修的、打铁的、卖艺的、当官的、跑腿的、说媒的、拉纤的、电话骗钱的、出书敛钱的、打捞尸体要钱的、毙了犯人向家属要钱的、吃完老鼠吃猫的、给小姐假钞的、羽绒服里塞鸡毛的、猪肉里注水的、卖瘦肉精的、着火让首长先走的、敬酒没完没了的、采访没头没脑的、马路刨了修修了刨的，我日电脑，我日病毒，我日博客，我日屏蔽……我日——

我日秦始皇谋天下太累不应刺杀，我日卡列宁干工作太忙安娜不该出轨。

我日杜康造酒刘伶醉，我日董卓的媳妇吕布睡。

我日铜雀春深锁二乔，我日艳照天真毁阿娇。

我日毒药药不死朱丽叶，我日保健品害死了西门大爷。

我日冰川萎缩，我日通货膨胀。

我日有氧运动，我日无醇啤酒。

我日WTO，WBO，我日CEO，UFO；我日GPS，ABS，TDS。

我日温斗斯，我日维斯塔。我日数码，我日高清。

我日扩招，我日海选。

我日娱乐至死没人问，我日街上卖煎饼有人管。

我日衙门太多，我日精子太少。

我日停车坐爱枫林晚——没电，我日霜叶红于二月花——污染。

我日自助餐不利减肥，我日超市容易花眼。

我日嘌呤引起痛风，我日血糖诱发青光眼。

我日胆固醇太高冷落鸡蛋，我日智商太低二奶属于违宪。

我日绿水本无波因漏油而皱面，我日青山原不老为开矿而白头。

我日广告无孔不入，我日欠贷有家难返。

我日胡马依北风天气变暖，我日越鸟巢南枝赏雪方便。

我日三省吾身，我日三令五申。

我日暖气不暖，我日毛片不毛。

我日空调，我日我自己……

〔老人摇橹唱《乌苏里船歌》，走圆场进入车流中。

〔警察发动摩托，车尾的警灯闪烁着，追下。

〔空场。一个旋转的空竹从后台转上演区，孤独地旋
转着。

〔雾起。

—剧终—

2009年11月30日初稿

2009年12月15日二稿

2009年12月19日三稿

五百克

人　物

骡子、八零后、心理师、运动员、包工头、律师、孕妇、MP4主持人、摄像师、大巴司机、铲车司机、警察甲、乙、丙、丁, 特警若干、医护人员若干、老乡若干。

时　间

冬天。

地　点

南方。

一

〔一间异国的洗澡间。

〔骡子正把一个装有海洛因的避孕套沾着橄榄油吞下去。

〔他的面前有一个盘子，上面还有九个装有海洛因的避孕套。

医　生　一共五百克。记住，二十四小时内必须排出体外。否则你死定了。

〔骡子迟疑了一下，拿起第二个。

医　生　你是第一次？

〔骡子点点头。

医　生　交货地点不能变更，时间不能变更。中途如果排出，对方可以不接货。要当面排出给他。记住了？

〔骡子点点头。医生把一叠钱交给骡子。

医　生　另一半对方付你。你为什么要挣这个钱？你现在退出还来得及。

骡　子　我需要。我的女儿需要学费。

医　生　记住，不能吃东西，也不能喝水！

骡　子　记住了。

医　生　重复一遍。

骡　子　二十四小时内必须排出体外。还有，还有交货地点不能变。还有，必须当面排出给他。还有，还有不能吃东西不能喝水。

297

医　生　看你的运气啦。

〔喷气机的轰鸣声起。

*〔音乐声起。

二

〔喷气机的声音变成汽车的马达声。

〔一辆大巴的内部。骡子在看手表。

*〔赞美雪的歌曲。

〔大巴行驶在山间高速公路上。窗外阳光渐渐被乌云笼罩。

〔车内坐着各色人等：一个包工头，一个待产的孕妇，一个律师，一个心理医生，一个八零后美女，一个足球运动员。还有一些百姓。

八零后　你们足球界特别黑暗吧?

运动员　你说哪界不黑暗? 教育界? 卫生界?

八零后　你们为什么要打假球?

运动员　你听说过有个运动员被活埋的事吗? 他没有打假球，赌球组织派人活埋他。不要老责怪我们。我们也有难言之隐。

八零后　尽管如此我还是喜欢足球运动员，中国人就运动员能看，性感啊! 你也是足球运动员吗? (问骡子)

〔骡子摇头。

八零后　您是教练? (骡子摇头) 您怎么不说话? 是不是残疾运动员?

298

骡　子　不是。

八零后　那你怎么也这么帅啊？你喝水吗？这么长时间也没见
　　　　您喝过一口水。

骡　子　(舔舔嘴唇)我不渴。

八零后　这一车人就你们两个长得有点模样，你看其他人都
　　　　Like vegetable.

心理师　What do you say?

八零后　啊？您也懂外语啊？

心理师　四门。英语、德语、法语、西班牙语。

八零后　您是干什么的？学那么多外语干什么。不会是间谍吧？

心理师　我是心理医生。

八零后　最熟的是哪门外语？

包工头　最熟的是汉语？哈哈，别放洋屁啦。照顾下情绪。

八零后　你不就一包工头吗？垃圾装修，拖欠工人工资……

包工头　哎，你说什么呢？什么叫垃圾装修？哪样材料不是市场
　　　　上卖的？

八零后　那水管子漏水呢？瓷砖脱落呢？马桶堵塞呢？

心理师　好啦，好啦，大家都宽容点。宽容才是处世之道。

孕　妇　这车中间停不停？

律　师　您有什么不舒服吗？

孕　妇　我怕我要生了。

律　师　再坚持几个小时就到了。您这个情况不应该出远门
　　　　啊，您的先生也不陪您？

孕　妇　哼！他跟我分手了。

律　师　在财产分割上有没有不满意的？

孕　妇　嗨，都签了字啦。他说房子的钱基本都是他的，所以他要多分。

律　师　我帮你打这个官司，他说的没道理。这是我的名片。我会让他倾家荡产。

　MP4　各位旅客，长途跋涉，寂寞难忍，有各类大片可供你消愁解闷。有动作的，有罪案的，有悬疑的，有科幻的，有爱情的，有战争的，有警匪的，有动漫的，有情色的，有惊悚的，有灾难的……

司　机　你有那既不杀人放火，也不强暴妇女的，平平安安的吗？

　MP4　那拍什么呀？你以为电影公司是傻子？因为人们要看杀人放火，要看强暴妇女，人家才拍这个。

心理师　这是人类文化的堕落，电影的本质就是偷窥，人们的偷窥欲造成了电影业的繁荣，电影作品反过来又火上浇油，助长了人们的偷窥欲。

律　师　你这是正版的吗？

　MP4　大哥，您这是拿我们开玩笑。这点小利你让我们卖正版，你还不如让我们喝西北风呢。

八零后　买了你的碟也没法看呀？

　MP4　没关系，您可以租我的笔记本，一部片子收费三十。

包工头　快赶上电影院了。

　MP4　大哥，这是移动影院啊！您不看电影待着也是待着，那不浪费生命吗？

八零后　我不要看爱情的，也不要看动作的。

　MP4　有部《圣经》的，亚当和夏娃怎么被驱逐出伊甸园。

包工头　按揭没钱了，还用问？

〔全体大笑。

三

*〔赞美雪的歌曲。

〔大雪纷飞。地上是厚厚的积雪。一辆警车闪着灯抛锚
了。四个警察站在车外。

警察甲　(用对讲机)雪太大了，怎么办？完毕。

对讲机　一定要抢时间到达预定地点！完毕。

警察乙　跟没说一样。

警察丙　别说怪话了。铲雪！

警察丁　连铁锹都没有，怎么办？

警察甲　到村里借去。

警察乙　哪里有村子啊？

警察丙　我们要抢时间，毒贩一般都很准时，他们可不会闲着。

警察乙　他们有铁锹？我就不信，他们有先见之明？

〔警车里的收音机传来天气预报的声音。

收音机　这次大雪是由于南下的冷空气和南方的暖湿空气相
遇引起的。有关资料显示，这是继1890年以来的最大
一次雪灾。

收音机　现在播报新闻：我省大部分公路、铁路交通都已经瘫
痪。机场航班全部延误。已经启动一级应急预案。解
放军官兵、武警官兵和消防救灾人员已经出动。电力

部门正在抢修被大雪压断的电线。预计八小时后一些线路可以恢复供电。有关部门正在调集大型铲雪机械、融雪剂和食品饮料。请公路上的司机乘客们注意保暖，保持情绪稳定。

警察丙　不能等了，步行前进！

警察乙　我靠！这头骡子带了多少？

警察甲　五百克。

警察乙　线报准确吗？要是一二十克，就等等。

警察丙　少废话，出发！

　　　　〔四个警察踩着没膝的积雪艰难前进。

*　〔草原英雄小姐妹与风雪搏斗的插曲。

四

　　　　〔老桥。

　　　　〔大巴趴在雪堆里。司机熄火。

　　　　〔前后都是抛锚的车辆。

　　　　〔门开了，骡子第一个跳了出来。

骡　子　（看表）我靠！（查看大巴的车轮和道路）

　　　　〔八零后跳下车来。

八零后　哇噻！南方也下雪啊！（团了一个雪球扔向骡子）

骡　子　（挨了一雪球）你还有心思闹。

八零后　我这是第一次看见雪！第一次啊！

　　　　〔司机跳下来。

骡　子　（向司机）有防滑链吗?

司　机　有也没用,雪太深了。

骡　子　你有还是没有?

司　机　没有。南方谁预备这个。

　　　　〔骡子回到车里,拿着一个塑料桶下来。开始把轮子前
　　　　面的积雪清理到桶里然后倒到两边。

八零后　你没事吧?你把完整的雪地都破坏了!怎么也等我照
　　　　完相啊!

司　机　没有工具不成啊!我到其他车上看看。（下）

八零后　帮我拍张照。

　　　　〔骡子瞪了她一眼,还是照办了。

八零后　雪,你能掩盖人间的一切丑恶,让我们忘记那被污染
　　　　的土地、江河,你能冻结人类贪婪的欲望,你能延缓
　　　　生命的节奏!

包工头　这雪就是魔王,它让无数工程停下来,让无数工人挨
　　　　冻受饿。我们的工钱又没指望啦!

　　　　〔骡子继续干活,八零后跺跺脚,跑回车里。

　MP4　人到世间来受苦,这是上帝的决定。想想亚当和夏娃
　　　　吧,好好天堂的生活不过,非听那条蛇的,吃了不该吃
　　　　的东西,被上帝驱逐出伊甸园,到人间受苦,不劳动就
　　　　没吃的。买张碟好好学习学习吧。花六块钱您就了解
　　　　了《圣经》,多值啊!

包工头　这么个伊甸园啊。

八零后　你以为呢?

包工头　我以为是个楼盘呢。

八零后　说实话，没有我没看过的碟，倒是这个《圣经》我没
　　　　看过。

MP4　　小妹妹，我不骗你，看了决不白看。

八零后　要不是耽误在路上，我也不看。

MP4　　那还等什么，来一张吧？

八零后　你真的有笔记本吗？

MP4　　你放心吧。

八零后　你说亚当和夏娃为什么要听蛇的呢？

MP4　　我要告诉你了，你还买吗？

八零后　你说得好我就买，说不好我就不买。

MP4　　好奇！人这路东西，你越不让他干什么，他越想试试。
　　　　比如你……比如你禁毒，他就想这毒品有那么厉害
　　　　吗？为什么有钱人都吸呢？一定有它的道理，我试试，
　　　　我就不信我能上瘾。结果，戒不了了。

八零后　嗯，说得不错，我买一张，是碟版吗？

MP4　　你放心，没枪版的。

五

〔一辆铲车开过来。主持人和摄像师冲铲车挥手。

〔铲车停下来。

主持人　师傅，我们是鸵鸟电视台的，我们的车抛锚了，让我们
　　　　上去吧。

师　傅　不行，我得作业啊！

主持人　不耽误您作业。我们到前边老桥下来，那儿堵了好多车，我们要去采访。

师　　傅　不行。这车里坐不下。

主持人　我们第一个要拍的就是你！你开着铲雪车多牛啊，没有你的车就是不行，你的家人在电视里看到你的工作得多自豪啊！

师　　傅　上来！

〔主持人和摄像师爬上铲车。

＊〔音乐。

六

〔村边。

＊〔可用《打虎上山》的音乐。

〔四个警察浑身是雪艰难行进，警察乙体力不支，落在后边。

〔这一组雪地行进的场面可以用舞蹈来表现。

〔一组被大雪压垮的房屋，除雪的老乡向警察聚拢过来。

老乡甲　同志！我们这里情况非常严重，有房屋倒塌，我们需要你们的帮助！

警察甲　老乡们！我们不是来铲雪的，我们另有任务！

老乡乙　再大的任务还能大过铲雪？眼下老百姓的生命财产受到威胁，你们这些生力军不帮助我们，谁来帮我们？

警察乙　你们这里有共产党员吗？

老乡们　我们都是啊!

警察乙　那你们就带头自救,坚持到救灾人员的到来!

老乡女　那你们干什么?

警察丁　我们要去抓捕罪犯!

老乡女　这么大雪,罪犯往哪里逃啊?你还是先帮我们救人吧!

警察丁　不行,我们有十万火急的任务,不能帮你们救人!

老乡甲　那你们休想从我们这里经过!房子下面就埋着八十岁
　　　　的老人,你们不能眼睁睁看着他就这么等死!

警察甲　请不要妨碍我们执行公务!

老乡乙　你们见死不救,你们不是人民警察!

　　　　〔一群老乡挥舞着扫帚、铁锨挡住去路。

警察乙　你不要挑动群众!

警察丙　群众情绪很不稳定,要化解,不然不但我们走不了,还
　　　　可能爆发冲突。

　　　　老乡们,请大家支持我们的工作,让我们通过。

老乡甲　你说说你们执行什么任务,大家要是觉得很重要,就
　　　　让你们过去。

警察丁　这是个保密任务,不能透露半点信息。

老乡乙　事到临头,你还卖关子,你卖吧,我看你怎么过去!

　　　　〔群众吼叫着,挥舞手里的工具,威胁警察。

警察丁　我看大家一起拔枪冲过去,谁拦我们就击毙他!

警察丙　千万不可,这里民风彪悍,过去因为拆迁问题处理不
　　　　好,群众对政府的意见很大。枪是对敌人的,不是对
　　　　群众的。

　　　　〔警察丙拨打手机,接通。

警察丙　老乡，这是你们乡党委书记的电话。

老乡甲　（接过手机）是我。

手　机　你他妈找死啊！他们真有任务，你要是妨碍公务，先毙
　　　　了你！

老乡甲　这儿有个八十岁的老人压在房底下，我们让他们先把
　　　　人挖出来……

手　机　八十岁啦？再砸死两个二十岁的，哪个值？你给我算
　　　　笔账！

老乡甲　这个老头是个老革命，参加过琼崖纵队！

手　机　胡说，琼崖纵队不就是红色娘子军那个部队吗？怎么
　　　　出来老头啦？他不是洪常青吧？

老乡甲　不是，据说是洪常青的战友——通讯员小庞。

手　机　荣军名单上没这个人，你少跟我胡扯，你要是捣乱我
　　　　开除你的党籍！让警察通过！

老乡甲　哎，上面有命令，你们过去吧。

警察丙　谢谢你们的理解。

　　　　〔欲通过。

老乡甲　等等，你们要帮我们联系救援，把我们这里的情况
　　　　一五一十地传出去！

警察丙　一言为定！请问往老桥有没有近路？

老乡乙　（随手一指）那边。

警察丙　谢谢！

　　　　〔警察冒雪前进。

七

〔大巴司机扛着几把铁锹和两个扫帚来到大巴前。

司　机　这下好了，有的干了！

骡　子　（喊）男的都下来！

〔八零后把包工头推了下来。

八零后　你就是干这个的，你不干谁干！

包工头　我是干室内装修的，又不干道路。

八零后　反正你是干体力的，这时候你不能后退！

包工头　我是包工头，都是手下干。

八零后　你以前不也是小工出身吗？

包工头　英雄不问出身。陈胜种田的时候就说过"王侯将相是祖传的吗？"包工头怎么啦？包工头割破了手，一样流的是血；包工头一样家有妻儿老小需要养活。你们拖欠尾款，是包工头先给工人垫付。我们是有拿室内涂料当室外涂料的时候，那是你们砍价砍太狠了，为了不让到嘴的鸭子飞了，我们不得不先答应然后再偷工减料……

八零后　照这么说，是我们对不起你啦，你做的都是对的？

包工头　我不是这个意思，眼下就是谁都对不起谁。你骗我，我骗你。谁要是太诚实，谁就倒霉。

八零后　我们从来不骗人，货真价实！

包工头　你是小姐？

八零后　SHUT UP!干活!

包工头　都下来啊! 人多力量大啊!

〔骡子迫不及待地铲起雪来。司机扫雪。

〔八零后返回车上轰出一些男人。

〔大家七手八脚地清雪。

MP4　我就算了吧, 我待会儿送大家一人一张科恩兄弟的《冰雪暴》。

＊〔音乐。

八

〔风雪弥漫。警察乙跌倒。

警察甲　我们走的方向对吗?

警察丙　我认为是对的。

警察丁　你为什么不按老乡指引的方向走呢?

警察丙　其实我大致有个判断, 但是又怕万一走错, 所以问了一下老乡, 并且决定不按他说的走。因为我们之间发生了误会, 他们不相信我们, 很可能出于报复, 会指给我们一条错误的道路。

警察乙　看来群众是不能得罪啊。

警察丙　群众既不能得罪, 也不能迁就; 群众也得教育, 可惜这两方面我们做得都不够, 我们只强调破案率, 忽视了平日和老乡们之间的沟通。特别是在有些出警的日子里, 替老乡考虑得不够, 简单完成任务, 给以后的工作留下了隐患。

警察乙　我怕是不成了。(从怀里掏出十块钱)这算是我捐献给抗雪救灾前线的一点心意。

警察丙　兄弟,挺住!你一定会和我们一起胜利地完成任务!

警察甲　(拿起钱照了照)光线不行。

警察乙　十块没假的,还不够成本呢。

警察甲　谁说的,十块也有假的。

警察丙　我们不能把他留下,背上。

警察丁　谁?

警察甲　你,你块儿最大。

警察丁　我就知道。(背上警察乙,吃力地前行)

警察乙　万一我不行了,请告诉李宇春,有一个普通的人民警察喜欢她……

警察丁　你小子断背山吧?李宇春是男的。

警察乙　女的。我是警察我还分不出男女?

警察丁　他是男扮女装!我也是警察,我还分不出这个!

警察甲　男扮女装的是李玉刚!你有没搞错?

警察丙　再扯淡就下来自己走。

警察丁　我同意。

警察乙　别!我还有五十块钱就算咱两个捐的。

警察丁　有五十你捐十块?

警察乙　我估计捐一次恐怕不行。

九

〔老桥。

〔大家感到疲惫,手里的工具越来越不听使唤。

〔只有骡子干得正欢。他脱下外衣。挥锹猛铲。

〔一个男人咕咚栽倒。

〔又一个男人累倒。

八零后　我们大家唱个歌好不好?

运动员　最好回去歇会儿,等待救援。

八零后　就你娇气,难怪中国足球上不去。

运动员　中国足球也不在雪地里发展。我们没有在雪地里训
　　　　练过。

　MP4　我建议大家看看《火的战车》,1982年,第54届奥斯
　　　　卡最佳影片。说的是一种体育精神!咱们的足球缺乏
　　　　的是精神。

包工头　我们唱个《咱们工人有力量》吧。我起个头:咱们工人
　　　　有力量,唱!

八零后　你是农民工,严格地说你是农民。

包工头　那也是工人,这不正转型吗?以后没有农民了,都是市
　　　　民。农村正在加速城市化!

司　机　都不种地了,将来吃什么?

律　师　进口!以后都按国际分工,有的国家就管种粮食;有的
　　　　国家就管生产鞋子。

心理师　有的国家就管印钞票。这哪行啊，不靠谱吧。

八零后　我们可以就管芯片，全世界的电脑都用中国的芯片。

律　师　好像印度的更受欢迎。

运动员　印度？阿三也就出口点薄饼什么的。

律　师　可别小看印度……

八零后　起码印度不下这么大雪吧。

〔骡子脱去衬衫，赤膊上阵。

八零后　哇，好凶猛啊！你看人家，你看你，你还是运动员呢，你看看你。

运动员　他那是逞能，一会儿就得感冒！你看长跑完了，教练头一件事就是给运动员披上毛巾。

八零后　我背包里有浴巾，我去拿给他！

运动员　你是爱上他了吧？

八零后　这样的人还不值得爱吗？我爱上了怎么啦？

包工头　说老实话，这个人比我都有力气。他到底是干什么的呢？

心理师　干什么并不重要，关键时候精神是会发挥巨大的能量的！

包工头　可这能量也太大了。

〔主持人和摄像师赶到。

主持人　大家好！我们是鸵鸟电视台的，我们要现场直播抗雪救灾的实况。请问司机师傅，您的车是什么时候抛锚的？

司　机　有八个小时了。你们怎么过来的？

主持人　我们坐铲雪车过来的。

司　机　铲车呢?

主持人　在前边堵着过不来,有辆车超车,堵在那儿,也调不了头。真自私。哎,还是配合我们采访吧,回答我们的问题。你们现在从我做起,还是对恢复交通有信心的吧?

司　机　没有铲车恐怕起不了多大作用。

主持人　可你们并没有气馁,继续发挥人的力量。

包工头　主要是不好意思,那个光膀子的师傅干得那么欢,咱们不落忍啊!

主持人　好,下面我们把镜头给那位干得最欢的师傅。

〔摄像师把机器对准骡子。

主持人　师傅,您贵姓?

骡　子　保密。

主持人　这么低调啊。请您看着我们的镜头。

骡　子　你们别拍我。

主持人　为什么?

骡　子　不为什么,干活要紧。

主持人　您都出汗了,干了多久了?

骡　子　不知道。车一停就干了。

主持人　你们带的保暖衣物和食品够不够?

骡　子　你们别耽误我干活好不好?去拍别人!

八零后　拍我吧,我给你介绍一些情况。

主持人　好的,让我们把镜头给这位美女。

八零后　大家好,我是……我是张靓颖的粉丝!

主持人　你看上去很年轻啊。

八零后　我是八零后。我第一次看见这么大的雪，而且是在南方。有句谚语说瑞雪兆丰年！

主持人　（打断）可现在已经给南方各省带来了灾害。面对这场突如其来的灾害，全社会都动员起来……

〔啪的一声巨响，一团火花从高压线上迸出。摄像师把镜头对准高压线。

主持人　怎么啦？

摄像师　回头！

〔高压线断裂，铁塔像面条一样瘫倒。

主持人　大家可以看到，高压线塔突然坍塌，具体原因不明，但它肯定给供电和扫雪带来了障碍。

〔一棵树冠嘎巴一声断裂，砸在道路上。

主持人　看，连树都不堪重负，断掉了！这给现场清理积雪带来了意想不到的困难。目前还没有园林部门的人前来清理。

〔骡子拖起树冠，想把它扛上肩，但是力量不够。他只好向路边拖树。

主持人　但是困难吓不倒英雄汉，终于，我们的赤膊无名英雄走上前去，拖起了巨大的树冠！让我们再一次接近英雄！

〔主持人带着摄像师走向骡子。

主持人　此时此刻，您有什么想法？

骡　子　躲开！别碍事！

主持人　我们从他的呼吸里能感觉到树冠的重量，我们相信，他不会孤单，还会有很多双手来帮他，一定会的！（向

众人招手示意帮骡子)

〔众人上前帮忙。

主持人　在这个关键时刻，没有人退缩，大家一往无前。他们都
　　　　是普通乘客，他们之中可能有普普通通的工人，

八零后　农民工。

包工头　快农转非啦！

主持人　医生？

八零后　心理医生。

心理师　心理医生比普通医生要多学两年才能毕业！

主持人　白领。

律　师　我是律师，大家有法律问题欢迎咨询。我的事务所的
　　　　电话是……

八零后　不许插播广告！

主持人　还有一位张靓颖的歌迷，那位年轻的八零后姑娘。

　　　　〔大家一边扛树一边向镜头挥手。

主持人　电视机前的观众朋友们，让我们为他们加油！

十

　　　　〔雪地。

　　　　〔四个警察全部躺倒在地，浑身是雪。

警察甲　洞幺洞幺，我是洞拐。

对讲机　洞拐洞拐，我是洞幺，请讲话。

警察甲　我们，我们……的车抛锚了，正步行前进。雪太大了，

恐怕无法准时抵达……完毕。

对讲机　洞拐洞拐,你们情况怎么样? 有没有减员? 完毕。

警察甲　我们都冻僵了,一步也走不了了。有个弟兄快支持不住
　　　　了,请派人支援! 完毕。

对讲机　请你们坚持住,马上派警力支援! 请打开GPS,完毕。

警察甲　请校正我们的方位。完毕。

对讲机　方位正确,你们离老桥只有二十公里。完毕。

警察乙　我觉得很暖和。

警察丁　你又没走路还暖和?

警察丙　坏了,你那是幻觉,体温肯定在下降。马上起来活动
　　　　活动。

警察乙　我起……不……不来啊。

警察丙　千万不能睡过去,要保持清醒。

警察乙　怎么……保持?

警察丙　我们会不停地喊你,听见你就睁眼,不能闭眼知道吗?

警察甲　咱们穿太少了,北方的警察都有皮袄。

警察丙　黄河以北的才有皮袄,黄河以南没有。

警察丁　可是大雪都下到淮河以南了。

警察丙　美国警察也是北部各州发皮袄,南边靠近墨西哥的都
　　　　是短袖。火龙果! 醒醒!

警察丁　火龙果! 火龙果!

警察甲　(推乙)醒醒,火龙果!

警察乙　要是我醒不了,算烈士吗?

警察丙　算算! 兄弟,你坚持住。

警察乙　上回你就说算,结果……没算。

警察丙　哪……·次？抓香蕉那次？你没受伤啊！

警察乙　我第一个冲进去的……

警察丙　我记得前边还有一个人啊？

警察乙　那他妈是香蕉！

警察丙　是吗？你记错了吧，冻的！好好再想想。脑子别闲着。
　　　　你还记得喜马拉雅山的高度吗？

警察乙　别提喜马拉雅，太冷！

警察甲　你还记得赤道的长度吗？

警察乙　赤道？我记它干什么？

警察丙　我们缉毒警察跑的路，已经超过了赤道的长度！

警察乙　是啊？那得多长啊？我们真的跑了那么多路吗？

警察丙　是啊！

警察乙　我从来没到过赤道，什么时候我们能出差去看看？

警察丙　只要你保持求生的欲望，活着完成任务，将来一定会
　　　　实现自己的梦想！

警察乙　赤道到底有多长呢？

警察丙　四万多公里。

警察乙　多多少？

警察丙　干吗？

警察乙　要精确嘛。

警察丙　你们谁知道？

　　　　〔众人摇头。

警察丙　多七十六公里。

警察乙　你是怎么记住的？

警察丙　我也不知道。

警察乙　赤道很热吧？

警察丙　很热，能把人烤焦。

警察乙　我感觉好多了，身上暖和些了。

　　　*〔音乐。

十一

　　〔老桥。

　　〔众人疲惫寒冷，跑回车里，只有骡子还在一人猛干。

主持人　有资料表明，这是百年不遇的一场大雪，气温下降到
　　　　了零度。这对南方各省来说无疑是一场灾难。我们现
　　　　在在老桥现场为您直播抗雪救灾的实况。刚才我们看
　　　　到的大巴乘客已经有人出现冻伤。他们现在都返回车
　　　　内取暖。车中还有一位临产的孕妇，情况十分危急。
　　　　救护车已经出发，但是被大雪阻隔在两公里以外。哎，
　　　　师傅，歇会儿吧，现在插播广告呢。

骡　子　要歇你歇，待会一化冻，路面结冰就更不好办了。

　　　　〔铲车开了过来。司机跳下车，手里拿着方便面、暖水瓶。

铲车手　师傅，快喝点开水，吃点方便面吧！

　　　　〔主持人接过，递给骡子，骡子不接。

骡　子　我不饿。

主持人　喝点热水暖暖身子吧！

骡　子　我不渴！给车上人。

主持人　师傅您无论如何也要对电视机前的观众说几句，否则

我完成不了任务。（哭）

骡　子　不怕做不到，就怕想不到。窦娥含冤，六月飞雪；冯唐易老，李广难封。这都是命啊！人不能跟命争，我不信，就起上了。老天爷要是不要我的命，我一定甘愿受穷，再也不做发财的梦。人穷志短，马瘦毛长。钱不是万能的，但是没有钱是万万不能的。我要有了钱，就盖学校，让人人都有书念。念书有什么好？念书再不好，也好过在社会上瞎混，对一个姑娘来说能念书有多好啊！

主持人　您说什么呢？我一句都听不懂。你说说雪吧。

骡　子　富人不怕雪，家有暖气；穷人怕雪，影响生计。你怕什么它就来什么。没办法，只能铲雪自救。林冲雪夜上梁山，为什么？不会等雪停了、化了、路干了再走吗？不行，不走性命没了。

主持人　这跟林冲有什么关系？看来您对古代说部演义比较感兴趣。

骡　子　跟林冲有关系，逼的！

主持人　这才说到点儿上，您铲雪自救是不是为了车好通行？

骡　子　当然。

主持人　车上还有很多乘客，您这么做当然不是为了自己！

骡　子　谁说的？当然是为了我自己，必须准时到达知道吗？晚了性命难保。

主持人　我真的糊涂了。您说什么呢？

骡　子　我不想说，你偏要我说，你小小年纪就有个好工作，挣大钱，我呢？我不知道我这辈子为什么老是倒霉。

有人说这是上辈子欠下的债，我是来还债的。

主持人　师傅，你还是说点别的吧，你是干什么的？

骡　子　我是矿工。

主持人　难怪您使铁锹这么利落呢。

骡　子　一天到晚不见天日，只有帽子上的电池灯照着你眼前
巴掌大的一块地方。这日子你过过吗？

主持人　我们的难处是到哪都有灯，晃得你眼睛疼。

骡　子　人要是长时间在黑暗中，会崩溃的。北欧自杀率最
高，就是他们冬天时间长，日照很短。

主持人　您当矿工的时候想得最多的是什么？

骡　子　我不怕死，我怕死后天永远是黑的。所以我想无论如何
我都要活下去，就是为了见见太阳，我也要活下去。

主持人　您的想法也太简单了。

骡　子　我们矿工每天都和生死打交道，你不懂啊！

主持人　所以你特别勇敢？

骡　子　所以我胆子特别小，我怕死，我不想死，我死了，我女
儿怎么办啊？

主持人　你是个父亲啊？你可以求助社会呀？

MP4　主持人，我这里有答案。箴言里说"你要喝自己池中的
水，饮自己井里的水"。

主持人　谁还有自己的井啊？你说什么呢？

MP4　这是一种比喻，也就是说你要依靠自己，唯有他才能
使你得救。

主持人　有道理。你很智慧啊！

MP4　可不是我说的，是碟上说的，大姐你买张碟吧，上面

什么箴言都有，充满智慧可应对人生各种困境。

主持人　有这样的碟吗？

　MP4　有啊，我这里就有，还有一张唯一的正版。

主持人　你再说一句我听听。

　MP4　不要劳碌求富，休仗自己的聪明。

骡　子　哎呦！（骡子捂紧肚子）

主持人　连英雄也终于累垮了！情况真的是万分危急。

〔骡子深一脚浅一脚奔向一个雪堆。

〔铲车手把暖水瓶和方便面送上车。车上的人踊跃进食。

〔主持人和摄像师追骡子。

　MP4　（仰天长叹）你岂要定睛在虚无的钱财上吗？因钱财必长翅膀，如鹰向天飞去。（喊）大——姐——，买张碟吧！

主持人　师傅！您下一步准备干什么？

骡　子　别跟着我！

主持人　我们不能落下镜头没拍，请您配合一下啊！

骡　子　我他妈……

主持人　这是直播，请您注意语言文明。

骡　子　我准备排毒养颜！

主持人　真幽默！您是一位有性格的英雄！

骡　子　快躲开！别跟着我！

主持人　那怎么行呢？电视机前的无数观众都在看着您……

骡　子　什么？我拉屎也有人看啊？

主持人　糟糕！快拍空镜！

〔骡子开始解裤子，但是手已冻僵，解不开。

321

主持人　现在道路上的积雪足有三十五公分厚。陷在道路上的

　　　　乘客急等着疏散……

　　　　〔大巴司机跑下来。

司　机　快上车! 路通了!

　　　　〔骡子紧捂了两下肚子往大巴跑来。

主持人　这么快就解完了?

骡　子　废话! 没解。

主持人　我们等你!

所有人　我们等你!

骡　子　那我更解不了了。

司　机　你还是解了吧,路远得很。

骡　子　不是还有五公里吗?

司　机　那条路不行,刚才我接到总站的电话,说另一条主路

　　　　已经基本通了,让我们掉头走外环进入市内。

骡　子　那要绕行八十公里! 雪地,得一天多啊!

司　机　那样安全! 上车吧。

骡　子　不行! 必须按既定路线走!

司　机　这个不能听你的得听调度的!

骡　子　我就是调度。

主持人　筋疲力尽的无名英雄为了乘客尽早到达目的地,和司

　　　　机展开讨论。

铲车手　我来的路只能逆行通行小型车辆,这大车过不去。

骡　子　不能绕远!

司　机　你是扫雪的英雄,不是开车的英雄!

骡　子　我会开车!

司　机　那也不行!

骡　子　把钥匙给我!

司　机　丢你老母嗨!

骡　子　丢你老母嗨!

主持人　现在出现了点意外,由于人们在寒风中已经度过了十几个小时,情绪都很不稳定,并且出现了暴力倾向。

〔骡子抢夺钥匙和司机扭作一团。

主持人　为了抵御寒冷,两位男子汉正在柔道。无名英雄使用小外挂,大家知道,小外挂是足技的一种。大巴司机逃脱,他使用了一个单手背负投,这是常见的手技。无名英雄逃脱了。可能是气温的关系,双方的动作都有些变形。无效的比较多。但是他们这种乐观面对困难的娱乐精神实在让人感动。他们是要通过比赛取得驾车摆脱困境的资格。好,我们看到大巴司机使用了压技,他用的是逆十字绞,无名英雄如果在规定时间内不能挣脱控制,则判对方得分。无名英雄拍打雪地,这相当于拍打榻榻米,是认输的表现。我们知道他虽败犹荣,因为他为了扫雪已经体力耗尽。

〔哇地一声惨叫。铲车手抱着孕妇走下大巴。

铲车手　羊水破了! 要生!

主持人　让我们把镜头对准孕妇。现在铲车手把一位羊水已破的产妇抱了出来。要是孩子在雪地里诞生,无疑对母婴都是一场严峻的考验。孕妇已经快坚持不住了。

铲车手　我用铲车从原路挤过去。

〔铲车手把孕妇放进车里。

主持人　现在情况有了好转,铲车手准备用他的工具车送产妇前往医院急救。大家知道在眼下这种恶劣道路情况下,铲雪车无疑有它的优势,唯一美中不足的是速度稍慢。但是在这种路面上就是赛车也不敢开快,小舒马赫也无计可施。铲车不错了,我们祝愿他们早日获救。这位未来的母亲,请您谈谈感想,您希望是男孩还是女孩!

孕　妇　(喘气)男,男……

主持人　为什么非……

孕　妇　女,女,男女都一样。生了就好。

主持人　真是好样的,我们的百姓就是理解国家政策,不重男轻女,好,最后一个问题。

铲车手　别啰唆了! 救人要紧! (登上踏板)

主持人　最后一个问题,孩子叫什么名字? 给您一个提示,这可是雪天啊!

孕　妇　雪儿!

主持人　好名字! 是个大明星的名字! 将来长大后也许会扮演一个抗雪救灾的英雄。

　　　　〔骡子上了车。

主持人　看英雄救美! 我们抗雪英雄现在要做护花使者!

铲车手　你给我下来!

骡　子　我也去!

铲车手　这车没地,孕妇要紧!

骡　子　那你别去了! (发动马达)

铲车手　(往下拉骡子)下来!

〔骡子一脚踹下铲车手,开车就跑。铲车手追下。

主持人　这真是戏剧性的场面。英雄代替了铲车手,他究竟是
　　　　了为什么呢? 让我们听听群众的意见。

心理师　这是一种偏执狂的表现,不信任他人能把工作做好,
　　　　凡事都一定要亲自来。当然也有强迫症,强烈地想当
　　　　英雄。

律　师　这属于违法。因为我相信他没有驾驶工具车辆的相关
　　　　证件。如果再交通肇事,后果不堪设想。

八零后　我看这里有点蹊跷,可能另有隐情。

主持人　会是什么隐情呢?本台在晚一些时间会进行事件追踪
　　　　报道。

　　　　〔直升飞机的马达声。

　　　　〔甲乙丙丁四个警察顺着四根绳索从天而降。

　　　　〔两个警察守住车门,两个警察开始登车。

警　察　不许动! 警察! 都待在原地!

　　　　〔众人面面相觑。

警察甲　(扫视每一张面孔) 头儿,目标不在。

警察丙　再查,看看车下。

警察乙　报告,车下没人。

主持人　警察同志,你们在执行什么任务?

警察乙　危险的任务。

警察丙　请你不要妨碍公务,嫌犯身上可能带有武器。

主持人　谁是嫌犯?

警察丁　现在无可奉告。

警察丙　全部乘客都在吗? 有没有人中途离开?

司　机　　有个孕妇。刚用铲车送走了。

警察丙　　这个孕妇肯定是女的吗？

八零后　　那当然，羊水都破了。

司　机　　噢，有个乘客把铲车司机推下来，开车带着孕妇跑了。

警察甲　　铲车司机呢？

司　机　　追车去了。

警察丙　　走！

　　　　　〔四个警察攀上绳索升空而去。

　　　　　〔巨大的引擎声。风把地上的雪吹起。

　　＊〔音乐。

主持人　　啊，真是惊心动魄！抗雪英雄原来是警察追捕的嫌犯。在我们有条件回到市区追踪采访之前，我们先采访一下目睹整个事件过程的群众，看看他们对这一突发事件有何看法。

司　机　　一边行车一边采访吧，抓紧时间。

　　　　　〔主持人和摄像师上了车。

　　　　　〔汽车发动。

十二

　　　　　〔医院。抢救室。

　　　　　〔骡子已昏迷，躺在手术床上，一群医务人员围着他，警察甲、丙在守候。

医　生　　有破裂的橡胶套，有粉状物质泄漏。

警察丙　有问题吗？

医　生　有生命危险。取出物品后马上灌肠。

　　　　〔医生从骡子肛门内取出一个个避孕套。

助　手　一共七个。三个破裂。

医　生　马上灌肠。

　　　　〔护士把大瓶灌肠液体吊起来，把管子伸进骡子体内。

骡　子　请转告我女儿，就说爸爸对不起她，下学期的学费她
　　　　得自己想办法了。无论如何要把学上完……

十三

　　　　〔鸵鸟电视台。

　　　　〔大巴上的乘客八零后、律师、心理师、包工头、运动
　　　　员、铲车手都在。

　　　　〔主持人和摄像师正进行采访。

主持人　我们接到最新消息。老桥抗雪救灾的无名英雄现在因
　　　　涉嫌携带毒品已被警方控制。他体内藏有五百克海洛
　　　　因，目前因包装物破裂，污染了肠道，有生命危险，正
　　　　在抢救中。

　　　　〔八零后哭泣。

主持人　这是我们大家没有想到的。今天请大家来是要做一次
　　　　对话，究竟藏毒的英雄还算不算英雄。他在抗雪救灾
　　　　现场的表现如何评价？

八零后　当然算！

主持人　为什么？

八零后　他感染了我们大家，我们没有等死，而是积极行动起来。

心理师　我请大家注意这样一个问题，就是他为什么要抗雪，如果他体内没有藏毒，他还会那么积极主动地行动吗？

包工头　不管他什么动机，雪是他清理的。

运动员　我们运动员是要查兴奋剂的，如果服用了兴奋剂，比赛成绩无效！

八零后　为什么？

运动员　因为别人没有服用，你这样做不公平。

八零后　我不相信他就是因为毒品的兴奋作用。拿你们来说，就是服用兴奋剂也打不进世界杯三十二强！再说他还冒着生命危险，抢救孕妇。

铲车手　本来是我要抢救孕妇，结果被他踹下来。我折了一根肋骨。

律　师　你可以要求索赔。

铲车手　他要判死刑呢？我找谁赔？

律　师　这个案子你可以交给我打。他除了携带毒品外，还涉嫌侵犯他人身体，致人伤残。而被侵犯者是为了保护抗灾工具不被抢劫，所以你肯定能胜诉。

主持人　好，我收到最新消息，带毒嫌犯，我们现在暂时叫他罗师傅，因为警方不肯透露嫌犯姓名。罗师傅是误入贩毒集团的，他是一位矿工，因为矽肺病而失去工作，聘任单位不肯赔偿他，家境十分困难。他的女儿刚刚考上大学，为了给女儿交足学费，他不得已铤而走险。

八零后　他可以在博客上说明自己的情况谋求社会的支持啊，

干什么非贩毒呢?

主持人　他家里没钱买电脑,女儿用的唯一一台二手电脑还是从
　　　　收废品的手里廉价购买的。就这样,她女儿也不声言
　　　　放弃,以优异的成绩考上了外省的一流大学。

律　师　他的情况很让人同情,但是法律是无情的。穷人犯法
　　　　与富人犯法一样量刑。携带二十克海洛因足以判处死
　　　　刑。他是五百克啊!

主持人　根据香港警察毒品调查科发布的资料,"香港常见
　　　　的海洛因以平均纯度90%计,每只(香港叫法)700克
　　　　的批发价:金三角地区为5000美元(折合人民币约4
　　　　万多元);广东省为1.2~1.6万元人民币;香港地区为
　　　　18~20万港元 (折合为人民币约19~21万元)。而在香
　　　　港,吸毒者通常以0.8克小包(平均纯度40%)购买,价
　　　　钱为港币150元(折合为人民币约为160元)"。正是暴
　　　　利使很多人走上了贩毒的不归路。

铲车手　要是他能挣那么多钱,我一定叫他赔偿。

律　师　下去后我们签代理合同。

铲车手　赔多少合适呢?

律　师　他是携带者,每五百克只能拿一千元左右。

八零后　你们这群没良心的人,一个大活人马上就要判死刑了,
　　　　你们还这么坦然! 你们忘了他是怎么忘我工作的啦!

包工头　那他有利益驱动啊! 他是为了毒品,不是为了我们。

八零后　罗师傅情有可原,能不能要求特赦?

律　师　特赦令只有国家主席可以发布,他这点事怎么可能到
　　　　主席那里。如果赦了他,别人怎么办? 我们刚刚枪毙了

一个英国毒贩。

主持人　电视机前的观众欢迎参加讨论，拨打我们的热线，参
　　　　加有奖问答。

　　　　＊〔音乐。

十四

　　　　＊〔打击乐。

　　　　　〔医院化验室。

化验员　经化验，全部是玉米淀粉。

警察乙　白忙活了。

警察丙　骡子是个圈套，让他做诱饵……那个孕妇？

　　　　　〔两个警察跑下。

十五

　　　　＊〔打击乐。

　　　　　〔产房。

　　　　　〔两个警察冲进来。

　　　　　〔另一个产妇大叫。

产　妇　怎么还有男人！

警察乙　对不起。

产　妇　警察也得尊重妇女的隐私权！

警察乙　对不起!

助产士　警官,孕妇不见了?

警察丙　生了没有?

助产士　(摇头) 连体检还没做完,她是在去X光室的路上,去
　　　　了趟厕所人就不见了。

　　　　〔两个警察跑下。

十六

〔电视台。

〔前场人物都在。

主持人　我们现在已经接到了三千多个热线电话,广大电视观
　　　　众积极参与讨论,根据初步统计结果一半人同意判
　　　　刑,一半人希望减刑。

律　师　你们这种做法是干扰司法程序。

八零后　假使罗师傅要你当辩护律师你接吗?

律　师　这倒是个挑战。我想,我会接吧,现在这个案子受到这
　　　　么多人的关注,这是律师出名的时候,千载难逢!

主持人　如果你为他辩护,你会怎么说?

八零后　我知道,他家庭困难,女儿需要学费……

律　师　别自作聪明了!那样他就死定了!难道家庭困难就贩
　　　　毒吗?家庭困难也有可能抢银行,也可能图财害命,杀
　　　　人!决不能这样辩护。

八零后　那你倒是想点办法啊!

律　　师　当然，要是没办法怎么干这行！

主持人　律师先生，您到底有没有办法？

律　　师　……有！

八零后　太好了！快说啊！

律　　师　今年的冬天，整个南方天寒地冻。

包工头　跑题了。

律　　师　我们强烈地感觉到寒冷……

主持人　律师先生，您能不能把答案告诉大家。

律　　师　现在我们最需要的就是煤！燃料！而被告人正是常年在小煤窑挖煤的一名普通矿工。

主持人　对不起，不是小煤窑，他是在国有企业工作。

律　　师　这无关紧要。我的委托人在缺乏保障的情况下患上了严重的矽肺病。我要请法庭注意被告人的身体，他目前不适宜庭审。因为他患有严重的矽肺病。由于恐惧和紧张，他随时会诱发哮喘毙命。没有一条刑法适用于审判有生命危险的被告人，我建议让被告人先接受治疗，在医生认为病人可以接受庭审的时候出庭。

主持人　报告大家一个好消息：案情有了更新进展。我们请到了缉毒处的警官，令毒贩闻风丧胆的火龙果警官给大家介绍情况，并且回答大家的问题。

〔警察乙在音乐声中登场。

警察乙　大家好，我是火龙果，这是毒贩给我起的外号。请允许我就用这个名字介绍自己。

〔掌声。

主持人　火警官，您给我们带来了什么好消息？

332

警察乙　大家都关心那位带毒的抗雪救灾的罗师傅。请允许我使用这个名字，因为嫌犯的姓名必须保密。大家可能不知道为什么叫他罗师傅，其实这里来自一个俗称。那就是骡子。携带毒品的人在金三角一带被叫做骡子。

主持人　这个我们还是刚刚听说，我们还以为他就姓罗呢。

警察乙　他用体内藏毒的方法携带了五百克粉状物，但是经化验，这些粉状物并非毒品。

主持人　能告诉我们是什么吗？不会是白糖吧？

警察乙　就是白糖我相信在座的也不敢使用。

包工头　太恶心了。

警察乙　是。可是您知道有时候在来不及化验的情况下，为了检验纯度，就得用嘴来尝。

包工头　呜啊！（呕吐反应）

八零后　你别夸张了，你们地沟油的油条不知吃了多少，不也没事吗？

主持人　可见缉毒工作是多么难做。那么这些粉状物到底是什么呢？电视机前的观众可以拨打我们的热线，参加有奖竞猜。现在我们插播一段广告，广告过后，我们再回来。

　　　　〔大屏幕上出现广告。女士：原来人家都背地里叫我太平公主，现在我用了一个月的"挺而走现"，已经成了B罩杯。回头率百分之百！

　　　　〔大屏幕上一个老头拿着一对核桃揉着。老头：还是传统好，就是核桃，我头发也黑了，脑子也不糊涂了，手啊，还能弹琵琶了。

主持人　好，我们现在回来。刚才火警官说到罗师傅携带的粉
　　　　状物，它到底是什么呢？在座的嘉宾有知道的吗？可
　　　　以抢答。

包工头　盐。

八零后　你傻啊？不是糖就是盐。

运动员　一种兴奋剂粉。

主持人　你刚才没有注意听，不是毒品。

运动员　兴奋剂还不能算是毒品。比如类固醇能增长肌肉，很
　　　　多猪就喂这个。收猪的提前三天给养猪的一包瘦肉
　　　　精，也就是类固醇，猪吃了以后趴在地上浑身哆嗦，
　　　　三天后全身的肥肉都变成了瘦肉。

八零后　你怎么知道的？

运动员　做运动员的一定要了解这个。

律　师　蟾酥吧？

主持人　为什么是蟾酥呢？

律　师　因为蟾酥比黄金还贵。

心理师　我说过精神作用也可以使人兴奋，不一定是兴奋剂。

主持人　好了，嘉宾没有一个答对的，我们还是听听火警官怎
　　　　么说。

警察乙　是淀粉。确切地说是玉米淀粉。

主持人　淀粉这么便宜，罗师傅为什么要带它呢？

警察乙　主要是起一个转移警方视线的作用，当我们盯上他的
　　　　时候，另一个真正携带毒品的骡子就容易蒙混过去。

运动员　二过一。

主持人　这名字取得太好了。

警察乙　目前另一名携毒者已经被捕,人赃俱获。

八零后　是不是那名孕妇?

警察乙　(点点头)是的,可是我们不能披露她的姓名。

八零后　她带了多少?

警察乙　也是五百克。

八零后　那么她肯定是死刑了?

警察乙　有个特殊情况,她的孩子保住了。她是孕妇,要等孩子
　　　　出生后才能审判。

主持人　真是没有想到。有孩子还藏毒,也不为孩子想想。

铲车手　我记得你还问她给孩子取个什么名字。

八零后　叫雪儿。

铲车手　这下好了,带毒的妇女生孩子,直接就叫毒生子好了。
　　　　〔众人大笑。

八零后　不许歧视孩子! 不许歧视独生子。我们八零后都是独
　　　　生子,承受了太多太多的孤独!

主持人　那么罗师傅肯定会无罪释放吧? 我们请火警官回答之
　　　　前再插播一段广告,广告过后我们继续讨论。
　　　　〔两段无聊的广告。

主持人　好,下面我们接着回到刚才的话题。罗师傅带了五百克
　　　　淀粉,他会无罪释放吗? 我们请火警官回答这个问题。
　　　　〔又一场大雪从天而降。

警察乙　他虽然没有实际携带毒品,但他是贩毒计划的组成部
　　　　分,所以不能按一般携带淀粉来处理。他还必须配合
　　　　警方调查。另外他还涉嫌抢劫救灾工具车辆,殴打他

人致伤等罪行。所以不会马上释放。

八零后　可是他积极铲雪，使其他车辆能早日通行，对疏通道
　　　　路起了一定的作用……

警察乙　请大家相信，司法部门会给他一个合理的判决。

八零后　可他女儿怎么办，谁来管啊？

主持人　最新消息。现在插播一段新闻。

　　　　〔大屏幕上大雪纷飞。

　　　　〔声音：第二场大雪已经降临我市。据气象部门说，这场
　　　　雪的降雪范围将覆盖整个华南和华东地区，降雪量将
　　　　超过春节前的第一场雪。紧急预案已经再次启动。好在
　　　　中小学目前全部放假。请市民们尽量留在家中，没有急
　　　　事尽量不要外出。我市大部分公交线路已经停止运营。
　　　　司机们开车请不要忘记加挂防滑链，带好保暖装备和
　　　　充足的食品饮水。

　　　　〔舞台上的人只见嘴动，没有了声音。音乐起。

十七

　　　　〔看守所外大雪弥漫的街道。MP4在推销DVD。

　　　　〔骡子的女儿冒雪走来。

MP4　大姐，看谁？

女　儿　看我爸。

MP4　大姐，您别着急。您肯定是第一次碰上这样的事。

女　儿　你怎么知道？

MP4　我以前没见过你嘛。我劝您买张碟增长点犯罪与量刑的知识。《偷天换日》，查理兹·塞隆主演，父亲偷了金砖，被同伙陷害，女儿替父报仇。

女　儿　这帮不了我。

MP4　这个吧，《越狱》第四季，不屈不挠，永不放弃！

女　儿　……算了吧。（走进看守所）

MP4　姑娘！别灰心啊！我每周一、三上午在这儿卖碟！想要就来找我！

十八

〔看守所会见室。

〔女儿在等骡子。

〔狱警押着骡子来到，打开手铐。狱警退出。

骡　子　跟你说别来，你还来。

女　儿　爸！

骡　子　你爸没别的本事，走了这条路。

女　儿　爸，别说了，争取宽大处理吧。

骡　子　你生错了人家，算你倒霉。

女　儿　爸，我不上大学了，你别有压力。我去做工，等你服刑期满，我们一起想办法生活。

骡　子　我不想让你过以前的生活，得变变啦。

女　儿　以前的生活怎么啦，不就穷吗？

骡　子　不光是穷，还没有地位。你出去做工，一个女孩子家，能有什么出息，只有上了大学，毕业后找个好工作，才能改变自己的命运。

女　　儿　你知道读完四年大学得多少钱吗？

骡　　子　我本来计算得挺好，这下完了。

女　　儿　所以我不上了，就是上了，同学知道了学费原来是这么来的，我也抬不起头来。

骡　　子　是爸爸害了你。

女　　儿　我们就过普通人的生活吧，只要你能出来，我们还是一家人。再说上完大学也不包分配，家里没有门路一样找不到好工作。

骡　　子　走一步是一步吧。你妈妈知道啦？

女　　儿　知道也没办法，她说她现在的老公对她可严了，咱们家里的事一点都不让她帮忙。

骡　　子　我不要她帮我，我要她帮你！

女　　儿　我谁的都不要，我自己能成为什么就成为什么！

骡　　子　那爸可就白吃苦了。

　　　　　〔狱警带着八零后、主持人和摄像师上。

骡　　子　你们给我点隐私空间好不好，能不能不拍啊？

狱　　警　这个你无权反对，由看守所决定。

女　　儿　我总有权反对吧？

狱　　警　如果你不同意，可以退出。

八零后　罗师傅，媒体也许可以帮到你。

女　　儿　我们不需要帮忙，你是谁？

八零后　一个崇拜你父亲的人，我们同坐一辆大巴，他铲雪的所有举动我都见证了。他一个人顶十几个人，硬是铲出一条五公里的道路来。为后面的车辆赢得了宝贵的时间。

主持人　我们现在在看守所的会见室里，铲雪英雄，也是涉嫌携毒的罗师傅正在这里会见他的女儿。

女　儿　谁让你们拍我啦？

主持人　是广大电视观众通过热线表示了对你们父女命运的担心，希望我们能追踪报道。我们会在播出的时候对你的面目进行遮挡，你看好吗？

女　儿　遮挡？你能遮挡我的面目，但是你遮挡不了我们的命运。

主持人　你们的命运也正是广大观众所关心的，能告诉我们你们都谈了些什么吗？

骡　子　首先我要纠正你，我不姓罗。干我这行的叫做骡子。

主持人　我们是要保护你的姓名隐私，所以暂时叫你罗师傅。你看可以吗？

骡　子　你爱叫什么就叫什么吧。我们主要谈我女儿上学的问题。

主持人　我们了解到你是为了女儿的学费才走上这条道路的。

女　儿　别说了，学我不上了。

八零后　为什么，这么好的学校一定不要放弃！

女　儿　你说得轻巧，还怎么上啊！

八零后　社会救助也是筹集学费的办法啊！

女　儿　我不上学，我只要我爸爸早日出来，过正常人的生活。

八零后　你爸爸会早日出来的，你的学也要上！

女　儿　镜头对着你，你就唱高调是吗？你这些漂亮话还是留着吧。我不需要别人的怜悯，这个社会的冷漠比这场大雪更让人心寒。

八零后　下面不要拍了，我说几句真心话。我真的觉得你爸爸值得同情，我也真希望你能上学，只有你爸爸看着你上了学，他才能踏踏实实地服刑，争取减刑，早日跟你团聚。

骡　子　这姑娘说得对！孩子，这社会上还是有好人啊！

八零后　我这两年攒了些钱，是准备开个鲜花店的。我就晚两年开好了，我拿出两万块钱给你做学费。

骡　子　这可使不得……（女儿哭出声来）

主持人　你这么年轻，一下能拿出这么多钱来，你是干什么工作的？

八零后　……这你就别问了。钱是真的，没有一张是假的。

女　儿　你怎么就能挣着钱，我爸就不能呢？你，你一定是家里有背景。像你这样的人从小就上重点幼儿园，重点小学，重点中学，高考加分，毕业走后门去高薪单位工作，你的钱我不要！

八零后　哼，我要有那么个爹妈我就不这么受罪了。跟你说实话吧，这钱并不比你爸的干净，但是是我的血汗钱，我说出来就怕你更不要了。但这钱能让你爸安心。你不能光从你的角度考虑问题。你上了学，你爸今后才能彻底改过。不然他还得想别的办法。

骡　子　我肯定得想别的办法。

主持人　我觉得这又引出了另一个问题，就是教育体制的改革问题，对于那些家庭困难的优秀人才，国家一定会想办法加以救助。

女　儿　我不要国家救助,这位姐姐的钱我接受,就算我借

　　　　的,等我毕业后一定还你!

骡　子　八零后,你是我们家的救命恩人啊!

八零后　别这么说,天下穷人是一家!

骡　子　我一定好好服刑,争取减刑,早日出来。

女　儿　那就好了,我怕你……减不了刑……

八零后　我们努力争取吧,别放弃。

骡　子　你真的有那么大信心?

八零后　……我等你出来……

女　儿　你?你才比我大几岁啊?

骡　子　我可没别的想法啊!

八零后　没关系,会有的。

主持人　什么会有的?

八零后　什么都会有的!

主持人　可惜这段感人的场面没有拍摄下来。

狱　警　会见时间到。

主持人　律师给你找好了!

骡　子　我认罪,不用律师了。

主持人　这是审判程序,律师你认得。

骡　子　就是车上那个吧?我可不用他!

主持人　别把人看扁,人家是免费给你打官司。

　　　　〔狱警给骡子戴上手铐,骡子站起。

女　儿　爸!

骡　子　放心吧!一定把学上完!

341

主持人　还没宣判呢! 明天法庭见!

　　　　〔八零后悄悄擦着眼角的泪水。

十九

　　　　〔法庭大门外。积雪没膝。

　　　　〔远处一辆警车的灯闪烁。

　　　　〔主持人和大巴乘客们走出来, 望着大雪一筹莫展。

八零后　怎么回去啊?

包工头　我还得回工地啊!

运动员　我们明天要去基地训练。

主持人　我们还是把这次庭审报道好吧, 请大家关心罗师傅
　　　　到底!

律　师　我有充分的把握量刑从宽。

　　　　〔警车的门开了。

　　　　〔在主持人的指挥下, 摄像机对准了警车。

　　　　〔两名警察押着罗师傅走了出来。

　　　　〔警察开了骡子的手铐, 从后备箱里拿出一把铁锹递给
　　　　骡子。

　　　　〔骡子开始往法庭奋力掘进。

警察乙　是他!

众　人　哎——! 我们在这儿哪!

　　　　〔骡子向大家挥动铁锹。

　　　　〔大家奋力铲雪迎接骡子。

〔手臂翻飞，雪花飞舞。

八零后　（哭）但愿这场雪一直下，千万别停！

〔MP4远远地从风雪中走来。

　MP4　（苍凉地喊）买张碟吧，地球的冰河期即将到来！买张碟吧——

—剧终—

2010年4月30日初稿

2010年7月20日二稿

遗　嘱

時　间

当代

地　点

一间病房

人　物

老头、妇人、儿子

〔海滨疗养院，一间病房的阳台上，儿子守在躺椅前和父亲交谈。随着说话声光渐显。

〔远处是海浪在翻卷，隐约可听见涛声和海鸥的叫声。

老　头　是在海边吗？

儿　子　你听不见海鸥的叫声吗？

老　头　听见了，我愿意从海边出发去天国。刚才我做了个梦，太让人心酸了。

儿　子　那就不说它了。爸，您该想想遗嘱的事情了。

老　头　是呀，到了该留遗嘱的时候了。

儿　子　您有什么一辈子藏在心里的话，现在都可以跟我说。

老　头　你妈不在吧？

儿　子　不在，她和医生谈话去了。

老　头　你妈背叛过我……

儿　子　……现在这个世界谁都不能保证对谁绝对忠诚。王妃都说不定。

老　头　我跟你说的就是这个。你说我马上就要告别人世了，我都没有背叛过你妈一次，是不是太悲惨了？

儿　子　要我说您是值得骄傲的，您一生无愧于爱情。

老　头　你妈呢？

儿　子　不是跟您说了吗？她找医生去了。

老　头　每当我人生的重大关头，她都不在。她是故意的。我那年切除前列腺，疼得撒不出尿来，她和别人在买水壶；我切除扁桃体那天疼得连冰激凌都吃不下去，她和别人一起吃咖喱牛肉。

儿　子　爸，你在这个世界上时日不多了，想点开心的事情好吗？

老　头　梦露的乳房是真的吗？

儿　子　我告诉你乔丹的乳房是假的。

老　头　乔丹是谁呀？

儿　子　英国的三版女郎，比梦露性感。

老　头　我不认识，我就想问梦露。

儿　子　这我不知道。您为什么问这些？这就是您开心的事吗？

老　头　我上中学的时候暗恋一个女孩儿……

儿　子　（打断）爸，说点遗嘱的事情吧。

老　头　你要是不让我痛快，就别想听遗嘱。

儿　子　好吧，把您那点破事都抖搂出来吧。

老　头　跟你妈一样，我不爱听什么你就专说什么。

儿　子　您想想，我现在没有工作，没钱找妞儿，您还要说您中学泡妞的事。

老　头　我没泡妞，我是暗恋。偷偷地跟着她放学回家，还不能让她看见。

儿　子　真是累，现在都是明说，不行就找别人。

老　头　你不懂，你真的不懂，你们这么做是在毁灭爱情。你们

348

从来没有心跳的感觉。爱情是要脸红心跳的。那个女孩刚走过来，离你还有八丈远，你的心就开始狂跳不止，像是要从嗓子眼里蹦出来。

儿　子　您的心脏病就是那个时候落下的吧？

老　头　你为什么要破坏我的感觉？一个临死的人说点心里话都不行吗？

儿　子　行行，我听着呢。

老　头　你们这么做是在颠覆爱情。你们只是在床上做操，完全是一种体育活动，跟爱没有关系。爱是要害羞的，羞怯会把爱情之火烧得更旺。

儿　子　我不懂，害羞还怎么脱裤子。

老　头　不许这么粗鲁！我告诉你我像你这么大的时候还不知道什么是手淫。……直到结婚以后我才悟出这个道理。

儿　子　您结婚以后开始手淫？

老　头　这样就不用求人。一个无求于谁的人才会受到人的尊重。

儿　子　您是一个坚强的人。

老　头　没有谁比那个姑娘更让我惦念的啦。她一说话先脸红。你问她要干什么，她说让你闪闪身，她好过去。你看，请你让路，她都脸红。

儿　子　她要是活着也得六十了吧？

老　头　没有，她跟你妈差不多大，有五十多了吧。我想不出来她会老，她不会老的，她永远是十四岁的时候。我昨天在梦里见到了她。

儿　子　梦里可是想做什么就做什么。

老　头　我什么也没做，我哭了。

儿　子　您在梦里都那么笨蛋。

老　头　什么？

儿　子　您在梦里都那么缠绵。

老　头　她认出我来了，我也鼓足勇气迎上前去。我想我过去没敢说的今天一定要说。

儿　子　您要说什么？

老　头　当然是我爱你！我爱你！

儿　子　您说了？

老　头　她先说的。

儿　子　我爱你？

老　头　比这个要直白。

儿　子　我们结婚吧？

老　头　不是，她说一小时五百块钱，陪夜一千。

儿　子　她是妓女？

老　头　我哭了。我爱了一辈子的人怎么是个妓女？

儿　子　那你就离开她，接着睡你的觉。

老　头　可是她那么楚楚动人，还是那个可爱的样子。

儿　子　谁都有可能成为妓女。

老　头　胡说，那是做梦，那不是真的，她永远不会成为妓女。

儿　子　妓女怎么啦？妓女才是真实的。明码标价，谁也不欠谁的。

老　头　我不想听这个，我都快死了，我不能拥有一次我一辈子都没享受过的爱吗？

350

儿　子　您可以想象这样的爱，想象也是真的。

老　头　可，可我的想象被破坏了。为什么不让我临死前把她想个淋漓尽致！

儿　子　您活了一辈子还不明白，老天就是要让你想什么没有什么！

老　头　为什么是这样？老天让我们来到世间，却让我们痛苦。

儿　子　说说遗嘱的事吧。

老　头　嗯，不过我有个要求……，我知道她的电话，你把她找来，让我见她一面。

儿　子　您为什么自己不打？

老　头　我要是自己能打干什么让你打？

儿　子　这倒是。不过她来了以后你就得立遗嘱。

老　头　我答应你。

儿　子　不能给她留一点东西。

老　头　她不会要我的东西，说不定她都不认识我了。

儿　子　她要是不来呢？

老　头　那我就没有希望地死去。

儿　子　遗嘱呢？

老　头　没有心情了。

儿　子　看来必须把她找来。

老　头　必须。我坚持不了多久了。

儿　子　答应我，她来了以后别太激动，一定要把遗嘱立下……

老　头　我会的。

儿　子　你等我去找她，你一定要坚持住。(把一个无线呼叫器递给老头) 这个是叫护士的，你一按就响了。

老　头　不见她我不会闭眼的！

　　　　　〔儿子下。

老　头　这样的儿子养他有什么用，一点都不像我。要是做个
　　　　　DNA检测，需要一个礼拜，我恐怕活不了一个礼拜
　　　　　了。我怀疑他不是我的儿子。哪儿都不像，不知他是谁
　　　　　的种。我的遗嘱里要写上，必须证明他基因的纯洁。

　　　　　〔老头发出鼾声。

　　　　　〔光渐暗。

　　　　　〔妇人上，她五十左右的年纪，看上去只有四十岁，相当
　　　　　漂亮。

妇　人　是你叫我吗？

　　　　　〔随着妇人的话语，光渐显，老人动了一下，睁开迷茫的
　　　　　眼睛。

老　头　我在梦里见到了你！

妇　人　你能肯定是我吗？

老　头　是，我不会认错的。

妇　人　你在梦中对我说了什么？

老　头　我不记得了，我时日不多了，我觉得把我现在的话告诉
　　　　　你更重要。

妇　人　希望你不要说太刺激的话，心情平静地走向天国该有
　　　　　多好。

老　头　我明白，可是我憋了一辈子的话总要说出来吧？

妇　人　既然能憋一辈子不如索性就憋一辈子。

老　头　我儿子不是我的种！

妇　人　老家伙你怎么这么可恨呀！

老 头　你? 你说话的口气怎么像她?

妇 人　谁?

老 头　像我老婆?

妇 人　……是吗? 人老了,听谁说话都　个样。你仔细看
　　　　看我。

老 头　我得了青光眼,什么也看不见了。

妇 人　那你叫我来有什么用?

老 头　我虽然看不见你,可是在梦里却能看你。看得清清楚
　　　　楚。你是那么迷人。

妇 人　感谢你还珍惜少年时代的那份情感。

老 头　不是感谢,不要感谢,我们需要感动。

妇 人　会的,我会感动的。我会永远记住你的。

老 头　我的话说得太晚了,我一生都错过了。

妇 人　激动的话就不说了吧。我的一生也错过了。

老 头　是吗? 我很难过。你的婚姻如何?

妇 人　我没有结婚。

老 头　是因为我吗?

妇 人　怎么说呢? 我对你印象不那么深,我要是说假话对不
　　　　起一个将要去天国的人。

老 头　有时候假话更有人性。

妇 人　可是我不会说假话。要不就不说了吧。

老 头　那就说真话吧。

妇 人　我一直靠卖笑生活!

老 头　(剧烈地咳嗽)别说了,这不是真的! 告诉我这不是真的!

妇 人　这是真的。打炮五百,过夜一千。

老　头　这是怎么回事？难道我不是在做梦？

妇　人　不是做梦。也是做梦。人的一生都是梦。

老　头　那我的一生还有什么值得留恋的？少年时代的梦彻底破灭了。那么美丽纯洁的少女成了妓女。

妇　人　不美丽的妓女是挣不着钱的。

老　头　老天！你为什么对我这样残酷，为什么要让我临死前知道这些？

妇　人　妓女没有什么不好的。莎士比亚说过：月亮是个妓女，她跟太阳要光；海是个妓女，她跟大地要水；大地是个妓女，她要万物的粪便。

老　头　莎士比亚是这么说的吗？我记得好像不是这样。

妇　人　那是什么样？你说呀。

老　头　一个要死的人，一个临死前又受了致命一击的人倘若还能记得莎士比亚说什么，那他一定是哈姆雷特。你告诉我，你干这个真的是为了钱吗？

妇　人　这个问题有点形而上，需要一些时间，你能坚持听我说完吗？

　　　　〔儿子悄悄上，躲在阳台门后黑暗之处听着。

老　头　如果不是我心爱的人干这个，我是没兴趣听的。

妇　人　不全是为钱。

老　头　（剧烈地咳嗽）什么？不是为了钱，简直是堕落！

妇　人　你以为是为了性欲吗？告诉你，也不是！

老　头　我快要喘不上气了，快告诉我，到底是为了什么！难道爱就再也没有害羞，再也没有脸红心跳？告诉我吧！

妇　人　你还能坚持立遗嘱吗？

老　头　就看你告诉我的话的质量了。它要是真理，我会坚持
　　　　立下遗嘱的。

妇　人　你知道什么动物最爱害羞？你想不到，那就是狼，狼
　　　　才害羞，它羞答答地跟着你，你回头看它一眼，它那么
　　　　害羞地低下头去，躲开你的视线。为什么？因为它最
　　　　后要做一件对不起你的事！我告诉你，一切都是赤裸
　　　　裸的，其他都是伪装。

老　头　有的不是伪装，是真正的品德。

妇　人　妓女不这样看。爱情是有代价的，所以不如明码标价。

老　头　那是肉体的价格，不是爱情。

妇　人　肉体承载着爱情。拿你来说，你的肉体已经承载不了
　　　　爱情了。

老　头　可是我的心，我的大脑，爱情还在那里！

妇　人　那是一种幻觉。能够当时议论价格的是妓女；能够几
　　　　个月后再议论价格的那是情人；能够几年后再议论价
　　　　格的那是老婆；而一生再议论价格的那就是爱情。

老　头　我不懂了，我真的糊涂了。我眼前一片漆黑。

妇　人　立遗嘱吧，一生再议论价格的时刻已经到来。

老　头　你记吧。

　　　　〔妇人拿着一个数码录像机对准老头。

老　头　在当今商品社会里，我的继承人需要具备以下的质
　　　　量：决不相信爱情，省得把一生的价格堆到最后一天
　　　　清算，那样利息太高，且不利于情感的流通。我的妻
　　　　子是我的第一继承人，考虑到她的工作是大量接触
　　　　人，以至于我儿子的出处无从查考，而不必再做DNA

检测，可视为上帝的差遣，归在我的名下，作为第二继承人。因为科学发现，人的基因并不比肉虫子更复杂，只比它多两对。请原谅我忘记了这种虫子的拉丁文名称，所以检测无益。他是灵长类已经于我的家族是莫大幸事。

妇　人　这是物种歧视，应该删掉。

老　头　同意。他必须把他母亲养老送终，日后跟我合葬在一起。因为没有他母亲我不能活到今天。遗嘱从今天生效。口说无凭，有图像声音为证……

　　　　〔铃声大作。

　　　　〔儿子从阴影中摔倒，跪在地上。

儿　子　妈——！

　　　　〔海浪声骤然消失，一片沉寂。光渐暗，传来一两声海鸥的叫声。

—剧终—

2005年8月1日

附　录

荒谬世界的怪诞对话

——从过士行剧作探讨严肃文学"共享性"的扩展

> 我们的权利就是喜剧。
>
> ——迪伦马特

楔 子

2004年6月底，我看了中国国家话剧院上演的话剧《厕所》，过士行编剧，林兆华导演。观众们欢畅的会心的黑色的笑声穿过了整场演出，临到终场之时，凝成一片悲欣交集的静默。然后是经久不息的掌声。身着黑衣的演员们雕像般侧坐在不规则排列的现代抽水马桶上，接受着观者的致敬与狂喜。已经多年没看到这样酣畅有力的原创话剧了，接下来的结果是：《厕所》上演两轮共计二十八场，场场爆满——这还要考虑禁止北京媒体宣传该剧的因素。在这部作品面前，专家和普通观众达成了罕见的共识。上溯上世纪九十年代，过士行的《鸟人》、《棋人》、《鱼人》和《坏话一条街》上演时，也是观者如云，一票难求。如此票房效应当然与导表演的功力有关，但是过士行剧本确是全剧的灵魂，其台词的爆炸性、其剧本本身给人带来的阅读快感，是极其强烈的。在一个经历了现代主义的分裂体验、不再相信文学艺术"雅俗共赏"之可能、主流严肃文学又几已"自绝于人民"的时代，"过士行现象"提醒了这样一个事实：我们必须承认"有趣"和"对话"的价值正当性，是它们的原始魔力将严肃文学从孤独的咒语中解放出来，扩展了其"共享性"，并使其向人潮汹涌的"民间广场"奔泻而去。在本文中，我杜撰了"共享性"这一概念，用以指涉严肃文学的美好特质与接受者的精神能力之间的积极关系——也就是"作者"可共通的精神创造性通过"作品"在"读者"那里激发的精神愉悦，以及此种精神愉悦在文学创作/接受领域中的互动与扩展，简言之，就是创作者和接受者对共通的创造性智慧的接近、抵达与欣赏。关于严肃文学的共享性特质，自由作家王小波是这样描述的（虽然他未如此命名）："从某种意义上说，严肃文学是一种游戏，它必须公平。对于作者来说，公平就是：作品可以艰涩（我觉得自己没有这种毛病），可以荒诞古怪，激怒古板的读者（我承认自己有这种毛病），还可以有种种使读者难以适应的特点。对于读者来说，公平就是在作品的毛病背后，必须隐藏了什么，以保障有诚意的读者最终会有所得。考虑到是读者掏钱买书，我认为这个天平要偏读者一些，但是这种游戏决不能单方面进行。尤其重要的是：作者不能太笨，读者也不能太笨。最好双方大致是同一水平。假如我没搞错的话，现在读者觉得中国的作者偏笨了一些。"[1] 我还想补充一句：但是中国的作者却往往在预设读者比自己笨的前提下写作。在此前提下，作为"庸众"的读者势必永远不可能理解"精英"作者，因此，道德高尚的作者决定教育他们，性情孤傲的作者决定不理他们，于是大家都关起心门来幽闭地写作——即使

---

① 《王小波文集》第4卷，《〈怀疑三部曲〉后记》，第336页，中国青年出版社1999年出版。

写的是"广阔天地"，其精神关怀也是封闭的。因此，当下纯文学是如此缺少"有趣"和"对话"，以至于纯文学作者之外的普通读者几乎不再阅读它们。纯文学成了圈内人自娱的游戏，这种情形真是十足无趣。

当然，必须把"有趣"和"对话"与创作者为了适应受众的智力惰性而投其所好的"挥刀自宫"区别开来，前者实是某种汁液丰沛、开放敏感的不安分创造力自然外溢的结果——联想到纯文学界近年来为改善门可罗雀的处境而提出的"好看小说"的救市概念，强调这一点分外重要。现在看来，"好看小说"的写作实践多是把沉闷不及物的内倾性纯文学，改造成保持了纯文学"精神沉闷性"的半通俗小说而已，可说是故弊未除，又添新恙。

在我看来，纯文学"共享性"丧失的原因大致有二：

1.七十年代末至八十年代，文学界尚未在现代人文主义思想中深深浸淫，尚未在精神层面完成"文化现代性"的本质性转化，便已开始对西方现代主义进行"剥离技巧"式的临摹吸收，那些从"上帝已死"的语境中诞生的表达人类破碎体验的技巧，与源自中国前现代传统的虚无体验生硬地结合，从而形成了蔚为大观的"新潮文学"，其封闭性和崩解性的语码系统与国人千百年来的自然艺术传统发生断裂。文学作品既不再能陶情冶性消烦解闷，也不再能成为想象性介入国运民瘼的移情之所，而是成了各种"颓败体验"的会聚地，普通读者的快感期待受到毁灭性挫折——这种快感期待未必有多大价值，同时我们得承认，它也未能得到严肃文学更有价值和更富魅力的导引。而且，随着现代自由意识在公众中的日渐生长，严肃文学不但未能参与这种精神成熟的培育过程，相反，它在整体精神上仍处于停滞的未成熟状态，而被现代公众精神成长的脚步愈甩愈远。

2.八十年代后期以来，"现代主义孤僻个人"的内倾独白模式逐渐居于中国严肃文学的价值制高点，本体论意义上的孤独、绝望、虚无被确认为静止的真理，它将人的内部世界与外部世界割裂开来，于是作为呈现对象的"内部世界"逐渐成为丧失了外部世界原始动力的枯竭之水（回忆一下易卜生《培尔·金特》那个撕洋葱头的譬喻吧，个性如洋葱头之芯，非本质的经验之皮层层剥开，最终的内里空无一物）——这除了是现代主义思维的逻辑结果，同时也是作家们积累经年的意识形态—社会现实厌恶症的病理性发作，写作主体在历史的暴力面前多陷入打击—逃离的简单条件反射模式，而未发展出有力整合分裂体验和悖谬现实的新的艺术智慧。

于是，在文学中存在了无数世代的驰走于民间广场的活泼有力的"对话性"，自此猝然死去，文学共享性的精神纽带也随之消亡，严肃文学"门前冷落鞍马稀"也便成为自然之事。正如秘鲁作家马里奥·巴尔加斯·略萨所说："如果小说不对读者生活的这个世界发表看法的话，那么读者就会觉得小说是个太遥远的东西，是个很难交流的东西，是个与自身经验格格不入的装置：那小说就会永远没有说服力，永远不会迷惑读者，不会吸引读者，不会说服读者接受书中的道理，使读者体验到讲述的内容，仿佛亲身经历一般。"[①]

现在，纯文学界似乎在从两个方向上重寻文学的"对话性"，于宏观上便也显现出两种隐忧：一是"现实关怀"的表面化，关于弱势群体的生存叙事、与当下处境暗相对位的历史叙事渐成主潮，与之相应的问题是叙事技巧的陈旧化（好像现代主义经验和技巧从未发生过似的）和精神肌理的道学化、民粹化与粗鄙化，在"苦难"、"悲悯"和"正义"的上空，徘徊着不会笑的"新阶级论"的幽灵；二是

---

① 略萨：《给青年小说家的信》，上海译文出版社2004年出版，第31—32页。

世情叙事的半通俗化，坏就坏在这个"半"字上，即它残留着纯文学孤冷的修辞姿态，却秉持着世俗人功利的精神境界，而纯文学奇思高蹈的精神和通俗文学酣畅通达的优点却未留下。总之，是中国文化的反智传统在文学领域里的泛滥。"智慧"和"有趣"仍然是最稀有之物。"对智慧问题的关注在当代文学中只扮演着一个很小的角色。在我们这个时代最敏锐的那些人中，大多数只停留于描绘混乱状态，超越这一状态以期达到某种智慧，一般来说已不再是现代人的做法。"这是玛格丽特·尤瑟纳尔当年对法国当代文学的看法，挪用到我们的当下文学上来，也依旧合适。

正是基于此，我认为过士行作品的广泛共享性具备探讨的价值——它们是由其有趣性和对话性（而非肉麻性和封闭性）激发欣赏者的认同的，而这对于增进普遍的精神成熟有益。由过士行的创作探讨严肃文学之共享可能的问题，可能会引申出对严肃文学在价值层面上的片面深刻原则和反趣味主义的怀疑与颠覆，而这也许正是本文最终的目的。

其实在严肃艺术的共享性问题上，比过士行更显著的例子是文学领域里的王小波——因为智慧和有趣，王小波由"精英的殿堂"冲向"大众的广场"。过士行戏剧并未被如此铺天盖地地共享，但这并不妨碍其作品的精神特质所潜藏的强大的共享可能。

一、对话与冒犯

过士行1952年12月12日生于围棋世家，其祖父过旭初和叔祖父过惕生是我国二十世纪二十至六十年代的围棋国手，围棋界当年有"南刘北过"之说，"过"指的就是他的叔祖父过惕生。他当过知青、车工、记者，后成为中国国家话剧院的专业剧作家。1989年他创作了第一部话剧《鱼人》，之后至今又写了《鸟人》、《棋人》（此三"人"被称作"闲人三部曲"）、《坏话一条街》、《厕所》和《活着还是死去》（又名《火葬场》），最后一部尚未上演。纵观其作品可知，过士行是一位在每部话剧里都对这个世界进行"怪诞"的整体观照的剧作家，而不是对局部世界进行现实仿真和是非判断、或者以形式符号的无限能指运动覆盖存在真实感的剧作家：《鱼人》探讨人的自由巧智和征服意志与自然的和谐延续之间无法调和的矛盾，《鸟人》思考人的无人可以幸免的"异化"问题；《棋人》探究"天才"与"生活"之间你死我活的对立；《坏话一条街》追问文化的发生、保存和扬弃与人的灵魂塑造之间纠缠不清的关系；《厕所》以人之心灵的荒芜沦落质疑"发展"和"进步"的神话；《活着还是死去》则直捣当下社会道德体系的核心病灶——公平、正义和真实的缺失。总之，这是似假还真的情境、变动不拘的氛围、放诞鲜活的人物和黑色幽默的气质构筑的难以言说的形象世界，这个世界与我们生活其中的现实世界之间，构成了一种强烈而复杂的对话关系。

A."独白"与"对话"

借用巴赫金的观点，文学与世界之间存在着"独白"和"对话"两种基本的关系——他是以譬喻的方式来使用这两个词的，因为除了神话中的亚当，没有任何人能真正地"独白"，即能"始终避免在对象身上同他人话语发生对话的呼应"（巴赫金语）。当作家在作品中称述对象世界时，他总是要与其他触及了这一世界的作品与观点相逢，他总是要与已有的话语发生直接或隐性的交流——"同意一些人，驳斥一些人，或者与一些人汇合交叉"，于是"对话"便开始了。但是对话态度本身又有明显的区分：那种仅仅在自我话语的核心深处运动，而把与其话语向心力方向不一的其他现实与杂语摒弃在外的话语方式，即是"独白"——比如用以实现"文化、民族、政治上的集中化任务"的意识形态性诗歌和小说，不及物的、只有"自我"的腹语式现代派作品，等等。意识形态独白（包括官方意识形态独白、反官方的意识形态独白、宗教和准宗教色彩的道德训诫等）的排他性表现在它是以自身权力的方向为方向的；现代主义独语的排他性则体现在另外的维度，即对个性内心之外驳杂"不纯"的社会、世界和宇宙的排斥，它倾向于把人类的内心封闭为一个自给自足的小宇宙。当某种"独白"话语成为主宰性力量时，它"只能消灭语言和思想，兼并真正的个性，或阻碍其发展"（赵一凡语），因而不能建立艺术与世界之间的健康关系。

相反，那种既指称着自我和外部世界，同时又与其他主体的话语相呼应的交流方式，即是"对话"。对话的文学是一种交响着不同精神意识的开放的文学，它在写作者、接受者和整个世界之间，架起了体验、同情与认知之桥，它不认同存在的终极虚无性，相反，它是在深切领悟了存在之荒诞的同时，仍对改善世界的新可能性和人类存在的精神价值表现出坚韧的信念。正如瑞士剧作家迪伦马特所说："诚然，谁认识到这个世界的无意义，无希望，谁就会完全绝望。但这一绝望并不是这一世界的结果。相反地，它是个人给予世界的回答；另外的人的答复可能会不是绝望的，可能会是个人决定容忍这一我们生活于其中的世界，就像格利弗生活在巨人之中一样。他也实现了时间的距离，他也退后两步来测定他的敌人，准备自己和敌人战斗呢还是放他过去。这仍然可以显示出人是个勇敢的生物。"这是未被虚无吞没的现代作家面对世界的一种态度，它导致作家承担世界并与世界的复杂性进行不懈的对话。

在对话的文学中，作者放弃了全知全能的"独语的上帝"角色，而成为与"他人的真理"平等交流的人，以及各个不同的"他人真理"的"中立"的呈现者，在不同真理的碰撞和冲突中，作品呈现出没有答案的终极困惑。正是这种困惑，唤起人对存在的真实而诗性的感知。如果说文学有其"功利目的"的话，那么这种精神感知的唤醒即是。这时的作者是一个多重世界、多个他者的汇聚所，就像陀斯妥耶夫斯基所说："我不能没有别人，不能成为没有别人的自我。我应在他人身上找到自我，在我身上发现别人。"[①] 也正因如此，他笔下的人物"不是无声的奴隶，而是自由活动的人物，他们与作家并肩耸立，非但会反驳自辩，而且足以与之抗衡"。

由是观之，对话的文学实是自由精神的产物，同时也是自由精神的孕育者与传布者。阅读过士行的剧作，更加深了我对这一观念的体验。众所周知，戏剧本身即是一种多声部的文学体裁，与其他文学种类相比，戏剧的对话性和公共性更强——因为它直接面对聚拢在一起的活生生的公众，它的艺术呈现只有直接击中观看者的现实处境和精神处境，才能在剧场中产生共鸣。也正因此，在一个健康自由的社会里，戏剧才拥有了"社会论坛"的功能，人们才在这里直接交流和自由呈现对于政治、社会、艺术、宗教等的看法和体验。也正是由于此种特性，戏剧在我国难以发达，因为若要在严格的话语禁忌中游戏，必得具备更高超的表达智慧和更顽强的道德勇气，否则，不是剧作无法上演，就是上演的尽是些无关痛痒的虚饰之作。不幸的是，这也正是我国当下戏剧的主体状况。不幸中的万幸是，还有一个明显的例外，那就是过士行。过士行如同技艺超群的走钢丝者，在那根纤细摇晃的话语钢丝上翻转腾挪，酣畅嬉戏，在

---

① 转引自赵一凡《欧美新学赏析》，中央编译出版社1996年9月出版，第64页。

我们以为他会跌入禁忌深渊之地，他奇迹般地凌空而起，在我们认为他将脆弱无力之处，他总能当胸给我们重重一击。在当下有限的话语通道上，他以敏捷的身手与这个世界进行着多个层面的精神对话，并在对话中释放着他冒犯性的精神动能。

可以说，"对话与冒犯"是过士行的写作姿态。对话，是他与世界在社会现实层面和精神本体层面的对话；冒犯，则是他对一本正经的冠冕谎言的冒犯，对"唯生存准则是从"的民间劣根性的冒犯，对僵化停滞的艺术惰性的冒犯，对凝固不动的"唯一真理观"的冒犯……在众声的交响中，他服从的既非"草根的正义"，亦非"官方的道德"，他追求的既非"先锋戏剧的形式快感"，亦非"现实主义的生活气息"。他在对话与冒犯中表现出来的精神独立性与艺术创造力，有时是令人惊讶的。

B. 社会现实对话性

我们可以逐层分析他的对话性。先说最表层的"社会现实"对话性。这是过士行戏剧受到公众欢迎的主要原因之一，也是中国剧作家在当下语境中最难实现的一个方面。过士行的独得之秘在于，他掌握了"边缘"与"中心"的微妙平衡——他的戏剧人物及场景是极其边缘的，然而内涵所涉却触及到了公众关注的精神核心；所涉是公众关注的精神核心，然而观照方式和表达姿态却是自我边缘化的，即不采取黑白分明的"道德冲突"与"真理激辩"模式（就像阿瑟·米勒所做的那样），而是在是非不明的灰色地带进行"多重真理"的含混多义而又机锋迭出的立体呈现。

这种"边缘性"直观地体现在过士行对戏剧场景的安排上。与其开放的对话精神相应，他的场景永远都是"交往领域的世界"，即社会各色人等交流聚集的场所；然而这交往之地又与趋向中心的官方性的堂皇地带毫不沾边，而是自由散漫无法"收编"的民间场所，它带有拒绝升格、放浪不羁的粗俗气质：《鱼人》是在钓客云集的湖边，《鸟人》是在养鸟家云集的鸟市，《棋人》是在光棍棋人何云清的家里，这个家已不具备私人性质，完全成了棋迷们的对弈场；《坏话一条街》不消说是一条充斥着流言蜚语和刁钻顺口溜的平民街巷；《厕所》剑走偏锋，是在上世纪七十、八十、九十年代人出人进的公共厕所；《活着还是死去》则将"偏"推向极致，索性让各色人等来到火葬场悼念室接受死亡的拷问。

与场所的民间边缘性相匹配，人物也都处于权力中心之外的边缘地带：沉迷于个人嗜好的社会闲人：钓鱼能手、养鱼把式、退休将军、教授、经理、不得志的京剧演员、心理医生、鸟类学家、孤独的围棋国手、民谣搜集者、精神病人、胡同大爷大妈、厕所看管人、小偷、同性恋者、自由撰稿人、摇滚歌手、殡仪馆老板、魔术师、含冤而死的艾滋病感染者、壮志未酬的足球运动员、歌厅小姐……人物数量庞大，身份庞杂，居于聚光灯下的主人公最是位于社会"阴面"的冷僻角色，不但不承担主流价值观的象征功能，相反，其存在本身倒是对"阳面表述"的映照、质疑与反讽。然而过士行戏剧的人物覆盖面也有一个衍变的过程：在"闲人三部曲"里，是清一色的民间闲人，人物之间的紧张关系是由"超社会性问题"所导致；到了《坏话一条街》中，人物的民间色彩一如既往，然而多了一个异样的角色"神秘人"及其规训者"白大褂"，"神秘人"前半部分像是民间舆论的监视者，后半部分又现身为拼死维护文明遗产的先知，他与胡同居民的紧张关系实是超功利的"文明"与功利的"生存"之间的紧张，然而先知即是世人眼中的狂人，于是终归要被象征着日常秩序的"白大褂"拘拿而去；到《厕所》和《活着还是死去》中，主要人物仍是游荡于社会主流之外的边缘人，但是和"神秘人"色彩相近的人物在这两部戏中有了变异性的延续——那就是《厕所》里的"便衣"和《活着还是死去》里的"侦探"（"神秘人"的另一半变身为"侦探"的对立方"楚辞"），此二人色彩诡异，犹如阴沉天际的隐隐雷声，又似一部交响曲中的黑色音符，总是作为"中心意志"的象征代理人出现，每当民间世界发出摇撼了僵化秩序的旁逸斜出之音，他们的身影便会幽灵一般应声而至，成为"监控者"的谐谑化身——过士行戏剧的社会对话性因此一形象的诞生而增加了张力与深意。值得注意的是，监控者的幽灵最终都如"化身博士"一般隐遁而去——舆论警察"便衣"在市场经济的九十年代，成了出身于小偷的防盗门厂老板"佛爷"的跟班，始终代表义愤填膺的秩序真理的"侦探"直到剧终"白大褂"登场，才让我们知道他原是精神病院里逃出的病人。对"恐怖力量"进行这样的轻逸化处理，乃是创作主体对自由之敌的祛魅与戏谑（在其他作家的叙述中，"自由之敌"形象要么缺席，要么是将其巨灵化和恐怖化，两种情况都是严酷现实作用于创作主体所产生的内在精神恐惧的变形投射）。在《活着还是死去》的结尾，一副手铐从空中缓缓落下，与"侦探"的魅影渐相重叠，黑色的禁锢意象是作家对我们真实处境的冒犯性命名。

就这样，一群边缘人在边缘性的民间汇聚场所，以层出不穷的变幻样态触碰着现实社会的真实核心。这种触碰不是义正词严一本正经的，相反，它是亦庄亦谐和恶作剧的，它通过人物的爆炸性台词，将虚伪光鲜的现实地表炸得千疮百孔。

不妨现举一例。在《活着还是死去》里，第六场下半场是一群小姐追悼一个跳楼自杀的姐妹，变身为"化妆师"的楚辞主持追悼仪式。在他准备赞美她们的"真实"之前，先询问一番众小姐在干这一行之前都是做什么的，于是有了下面的对话：

众小姐　（七嘴八舌）我学花样游泳的，我学音乐的，我学外
　　　　语的，我学耕耘的……

小姐甲　什么耕耘，不就种地吗？

众小姐　是呀！种地的最不值钱，卖完粮食拿的都是白条，提这个
　　　　干什么！

化妆师　种地的就应该拿白条，因为我们从来提倡的就是只问耕
　　　　耘，不问收获。好啦我们不要再纠缠细枝末节了。我要说
　　　　的是你们才是最真实的。

小姐乙　我们这里有人二十六了老说二十一，有人得了性……

小姐甲　SHUT UP！

化妆师　无伤大节。当我们去医院输血得了艾滋病的时候，当我们
　　　　耕耘的是假种子的时候，当拦河大坝用了标号不够的水
　　　　泥引起渗水的时候，当我们的战士在战场上用了劣质子弹
　　　　打不响的时候，当高考题泄露的时候，当会计做假账的时
　　　　候，当处女都被定为嫖娼者的时候，当药都是假的的时
　　　　候……什么还是真的？

众小姐　哎！什么还是，什么还是？

化妆师　这个世界还有真的！那就是你们！你们是真的，你们的血
　　　　是真的，你们的肉是真的，你们出卖的肉体是真的，你们
　　　　的青春是真的！那是真正青春年华的肉体，那是学过美
　　　　术、音乐、播音、花样游泳、外语，哦，还有耕耘等等本
　　　　领的肉体。你们用自己的青春满足了大规模流动人口的生
　　　　理需要，换回了无数良家妇女的人身不受侵犯。当房地产
　　　　业、大中型企业给国家造成大量不良贷款的时候，你们

不要国家一分钱,百分之一百的空手套白狼……

恶毒的嘲谑和悲悯的关切、尖刻的冷眼和炽热的襟怀、没心肝的爆笑和摧心肝的狂怒交融在一起,如同难以化合分解的灼人液体。过士行剧作就是以这样不拘形迹的方式,实现其艰难而酣畅的社会现实对话性的。"你说的一切与我们有关。"——这是其作品的公众"共享性"的基础。

C. 精神本体对话性

然而更深层的共享性则存在于作品与世界在精神本体层面的对话之中。那些轰动一时而事后湮没无闻的作品,就是此一层面的匮乏导致其艺术生命的短暂的。而过士行戏剧的独异性也源于此:它们是剧作家对世界进行怪诞的整体性观照的产物,同时,他与他的对象世界之间的关系也是醒目的——那是一种若即若离、既外且内的关系。应当说,"是否和如何对世界进行整体观照"以及"作家在对象世界面前位置如何"这两个问题,对于作品的精神位格意义重大。如果作家对世界不作整体观照,而是精神活动的起点—过程—终点始终附着在局部现实的形而下碎片上,并且作家与其对象世界之间并不拉开"超我"的审美距离,而是其"自我"或"本我"总在其中利害相关,则该作品将很难具有精神的纯度,而势必染有世俗的杂音。这是当下所谓严肃文学烟火气重、精神混浊的一个原因。相反,若作家是在对世界作独特的整体观照前提下表现对象世界,且既与对象世界拉开"超我"的审美距离,同时又能潜入其内部揣摩和表现每种存在的相对合理性,则他(她)的作品必会抵达一个晶莹浩瀚的世界,通往无限幽深之处。

与一些当代作家的精神观照越来越微雕化和物质化不同,过士行与世界的精神本体对话是大开大阖、自由往还的——他的每部剧作都揭示出人之存在的一种悖论状态。所谓悖论，即意味着事物的任何合乎逻辑的一面都存在着与它正相反对的同样合乎逻辑的另一面，此二者相生相克，互为"生死之因"，互为不可解决的绝境，因此，世界本质上即是由各种悖论所构成。对过士行戏剧而言，"悖论"的呈现本身又经历了阶段性的变化。

在"闲人三部曲"中，过士行专注于探究人之存在的超社会——历史性悖论。《鱼人》揭示的悖论在于：人的自由意志与智慧冲动（它由"钓神"代表）必将驱使人征服自然以致破坏自然与人的和谐；而自然（它的意志由"大青鱼"和"老于头"代表）若要被认知，则又需要人的自由意志与智慧冲动。"人"与"自然"的相生相克关系，在"钓神"和"老于头"惺惺相惜、双双死去的结局中得以寓言。《鸟人》揭示的悖论在于：人终是自身欲望的囚徒与病人，但正是这些并不体面的欲望支撑起一个参差多态的世界——在此剧中，"鸟人"有驯鸟欲，"心理学家"有规训鸟人的窥阴欲，"鸟类学家"有对鸟标本的占有欲，洋人查理有监督欲，他们的欲望背后都有难以启齿的病态动因。但是，人们若要根除其"病"回归"健康"，则势必也会失去生命的基本动力而沦为空壳，这个参差多态世界，也势必变成只有一个正确答案的单一世界，其空荡无聊，就如同《鸟人》最后，众人被三爷审问得哑口无言、曲终人散一样。《棋人》揭示的悖论在于：天才（此剧中，"天才"由孤独棋人何云清和青年病人司炎所象征）若要追求智慧的极致，必将纵身跃入智慧的黑洞而损害"生活"的逻辑（"生活"由司慧所象征），这是一个"反熵"过程；"生活"若要达成自身的圆满，则必要人遵循日常的逻辑而离开对极端之物的追寻，这是一个"熵增"过程。此剧的司炎实是死于人类"反熵"与"熵增"运动对他的争夺与撕裂，而何云清与司慧的落寞则暗示了"反熵"与"熵增"运动各自隔绝所导致的枯萎。此三种悖论超然于特定的社会—历史规定性之外，是过士行戏剧与"放之四海而皆准"的隐蔽"真理"之间的对话，而非与具体的此岸世界的对话，他的对话姿态是暗带讥讽而又冷眼旁观的、非介入性的。

在《坏话一条街》里，过士行半步踏进社会—历史之维，半步踱进超越之门，揭示出人之存在的文明悖论：在一个培植"恶"的文明传统中，文化保守主义者出于文明的焦虑若要保存这文化，则该文化族群的人性劣根亦势必被保存下来（文化保守主义者"耳聪"费尽心机搜集民谣，"神秘人"千方百计阻止拆迁，却反被"槐花街"居民所闲话和围攻。这里"民谣"和"四合院"是文化传统的象征）；若要消除劣根，清洁人性，则势必要斩断该文明的传统之根，使人找不到自身的来路（文化理想主义者"目明"以消去"耳聪"磁带里充满"坏话"的民谣，来实现其"清洁人性"的目的，在"耳聪"看来却有"倒脏水弃婴儿"之憾）。这一文明悖论自"五四"以来一直是中国知识分子纠缠不清的梦魇，竟然在过士行这部发生于平民胡同的"贫嘴剧"中得以呈现，实是奇迹。

在《厕所》和《活着还是死去》中，过士行实现了对以往的"超越性观照"的超越，他终于从一个不涉是非、本乎个人的超社会—历史的精神空间，毅然迈进是非缠绕、沉重浑浊的社会—历史空间，将他本乎内心的道德感，与天赋而来的复调智慧相结合，揭示出后极权社会里"个人尊严"（自由、平等、生命、爱情、荣誉、真实的认知权利、必要的生活条件……）与"整体秩序"（安定、驯服、可规范、可预料、"思无邪"、任宰割……）之间的悖论关系——个人一旦产生尊严吁求并身体力行，秩序必会发生惊悚的松动并动员自身的反作用力，阻挡和摧毁尊严的实现（比如《厕所》中，史老大刚愤怒地说出这个国家在"作","便衣"就立刻应声而至,将其带走);秩序一旦膨胀自身的权力意志,则寻求尊严的个人就会决意抗争,直至遭遇无理性的禁锢与毁灭(比如《活着还是死去》中,象征着秩序意志的"侦探"一叫嚣:"我们活着就是要清理社会的各个角落,把那些垃圾都打扫干净,让整个社会都生活在无菌环境里",象征着秩序不稳定因素的"楚辞"就要落个被推进火化车间的下场)。这是具体时空中发生的限定性悖论,由此一悖论的呈现,观众或阅读者得以追索和认知支撑这一悖论的无形而野蛮的悖谬力量。这种颠覆性的认知导引,乃是文学对现实世界所能做出的有力而富创造性的冒犯。

纵观过士行戏剧,虽然它们在精神本体层面尚未达到精微深邃的境界,其群体性的社会现实情怀尚未转化为个体性的精神存在本身,但是,它们呈现的精神世界却超越了中国文学中习见的伦理道德领域和私人生活领域,也超越了惯常的善恶对立模式与家长里短模式,以一种智性的"悖论"模型,将人之处境的复杂、含混和多元寓言了出来。可以说,这是他在精神对话层面给中国当代文学的独特贡献。

二、怪诞悬念与诙谐思想

实际上,推动观众或读者把一部戏剧从头看到尾的,不是该剧所谓的深刻思想和善良的意图,——纳博科夫有言:在文学中,所谓深刻的思想,无非是几句尽人皆知的废话而已——而是戏剧的悬念、节奏与趣味。这要通过戏剧动作、人物台词和戏剧情境的变化来实现。戏剧的被接受取决于悬念,"它可以由各种问题来表达,如:'下一步将发生什么事?''我知道将要发生什么事,可是它将会怎样发生呢？''我知道将要发生什么事，也知道将怎样发生，但是X将对此怎样反应呢？'或者是完全另外一种问题：'我所看到的是怎么一回事？''这些事仿佛都是按一定形式发生，这次又会是什么形式呢？'等等"。[1] 过士行戏剧本质上属于让观众自问"我看到的是怎么回事？"这种情况，也就是说，他的作品表面遵从生活的外壳，而内里却按照自身的离谱精神一意孤行，最终让观众疑惑于自己所看到的。之所以产生此种效果，是因为过士行的戏剧乃是由"怪诞"悬念所支撑，而怪诞的背后则是一种消解片面严肃性的诙谐思想。

何谓怪诞？Л.Е.平斯基认为，"艺术中的怪诞风格化远为近，把相互排斥的东西组合在一起，打破习惯观念，近似于逻辑学中的悖论。乍一看去，怪诞风格只不过是奇思妙想，滑稽可笑，然而，它却蕴涵着巨大的能量。"[2] 巴赫金则指出："在怪诞世界中，一切'伊底'（即支配世界、人们及其生活与行为的异己的非人的力量。——引者注）都被脱冕并变为'滑稽怪物'；进入这个世界……我们总能感觉到思想和想象的某种特殊的、快活的自由。"[3] 过士行戏剧中的怪诞，正是如此。

这位剧作家"把相互排斥的东西组合到一起"的手段是变幻不定的，现举几例：

A．超现实元素与现实元素的自然交融与并置。《鱼人》里，一个寻常的北方秋天的湖畔和一群寻常的钓鱼者和养鱼工，与神乎其技的钓神和那条神秘的大青鱼自然并置；《鸟人》里，鸟人们自然而然的鸟市生活，被现实生活中不可能存在、却在剧中"自然而然"建立起来的"鸟人精神康复中心"取代，而三爷审案一节，亦是既超乎

① 〔英〕马丁·艾斯林：《戏剧剖析》，中国戏剧出版社1981年出版，第39页。
② 转引自《拉伯雷研究》，巴赫金著，河北教育出版社1998年出版，第38页。
③ 《拉伯雷研究》，第58页。

现实又毫不唐突；《棋人》中，何云清和棋迷的世俗生活与阴魂对何云清的造访（两次出现：先是以一束光形象出现的司炎之父，后是已经自杀的司炎）自然并置；《坏话一条街》中，"互相说人坏话"的现实情境与民谣的形式化奔泻、神秘人的出没（尤其是神秘人将花白胡子打晕，摘下其须，与花白胡子表演双簧一段）、妞子奇迹般的痊愈等超现实情境自然交融；《厕所》中，极度写实的厕所生活，被某夜史爷窗外无迹可寻的"夜半歌声"划破，结尾多名黑衣人在戏仿电话转接台的"超高级马桶"使用说明声中默然静立，也是超现实的黑色幽默之笔；《活着还是死去》中，追悼室里闹哄哄的现实氛围，与魔术师楚辞戏仿现代弥撒超度死者，及死者短暂复活参与生者对话的荒诞情境的混合与并置……超现实元素对现实世界的侵入，使惯常的世界出现间歇性的短暂静场，那些唯有从歪斜刁钻的视角才能发现的真理，由此无声地泄漏。超现实因素出现在过士行戏剧的自然进程中之所以并不显得突兀和不可信，与其戏剧主题都是与世界的整体性对话有关，表达大困惑，唯有依靠大变形和大偏离才能达到，拘泥于生活的日常逻辑，就没有足够的空间容纳荒诞古怪的精神追问；同时，还与营造氛围、从开始就敞开超现实的可能性、叙事空间运行逻辑的首尾一致等多种技巧的运用有关。

可以说，过士行戏剧不是由日常想象力所支撑，而是由变形与偏离的想象力所构建——那是一种由诙谐思想带动的变形与偏离。利希滕贝格指出："把真实的各种微小偏离现象看作真实本身，乃是整个微分学的基础，这一巨大技巧也是我们的诙谐思想的基础，如果我们用一种哲学的严谨性来看待各种偏离现象，那么我们这种诙谐思想的整体常常就会站不住脚。"[1] 这段话也可以视作过士行

---

① 转引自〔瑞士〕迪伦马特著《老妇还乡》，外国文学出版社2002年出版，第3页。

戏剧的方法论。"把真实的各种微小偏离现象看作真实本身"之所以会产生诙谐，是因为"偏离"给人造成的错愕和"看作真实本身"所表现出来的若无其事之间，存在着巨大的张力，这种张力的直接后果导致"笑"，以及举重若轻的从容气度。同时，诙谐的真实观打破了拘泥于事物常相的单调逻辑，建立了一种自由奔放、充满意外和欢乐的想象力，将人从常规的价值观念和等级观念的囚禁中解放出来。这是诙谐思想的价值所在。

B. 情境与语言之间的"错位"。最集中地体现在《坏话一条街》里。此剧将文明批判（也可说是国民性批判）的意图化为"耳聪"采集民谣的动作线索，于是民谣在各种情境"借口"下如泡沫一般飘向空中，其貌似不搭调的"错位感"强化了情境的诙谐。可以随便举出一段：耳聪把她所崇拜的神秘人藏在了自己屋子里，郑大妈循声察看，神秘人躲到床下。郑大妈坐在床上，问耳聪为什么屋里有声？耳聪声称自己在背民谣。郑大妈每欲弯腰，耳聪都抢上前去背上一段，由正常地背，变为"咬牙切齿地"背，进而"一步抢上，与郑大妈并肩而坐，搂住郑大妈"地背，直至"急跪在郑的面前，抱住郑的双腿"，"如泣如诉地"背："山前住着崔粗腿，山后住着崔腿粗，两个山前来比腿，也不知道崔粗腿比崔腿粗的粗腿，也不知道是崔腿粗比崔粗腿的腿粗。"

《厕所》第一幕则更为典型：七十年代的公共厕所，外面已排起了等待的长队，里面排便的人们则一边四平八稳地蹲坑，一边有声有色地交谈：

张　老　对待尼克松的态度就是不冷不热，不卑不亢。
胖　子　（关上半导体，唱京剧）他神情不阴又不阳。

张　老　文件上不是这句话。

胖　子　基辛格喜欢肚皮舞。

张　老　你从哪里听到的？

胖　子　《参考消息》。

张　老　要看他的主流，他对我们中国还是友好的嘛。

胖　子　您是说肚皮舞不好？

张　老　这是一种下流的舞蹈。

胖　子　下流在哪儿？

张　老　用肚皮……

英　子　肚皮舞非常性感，并不下流。

胖　子　非得看了才能知道。

张　老　那得到中东去。你是去不了了。

胖　子　那我就光看肚皮，舞，再说啦。

英　子　是这样的……

〔英子学肚皮舞。

三丫儿　别屙我这边儿嘿。

　　厕所是物质——肉体生活的"终端"场所，"接受排便"是其天职，但是人们却在这里交流着中国的外交、张伯驹的命运、公费医疗、社会风气和未来前景，精神活动与下体活动滑稽地难分彼此，这种滑稽感对那个时代压抑滞重的精神氛围形成了无言的反讽，这种错位之感也产生了特有的过氏诙谐效果。

　　C."自我废黜"的形象。这是过士行为中国戏剧创造的独有形象，也是极具超现实色彩和形而上意味的形象，他们是《鱼人》里的老于头和《活着还是死去》里的楚辞。老于头为了守护自然的生生不息与天人和谐，在劝阻钓神失败、眼看他要钓起大青鱼之际自毁生命，偷偷跳入湖中"替大青鱼和钓神玩耍"，结果二人为了各自的生命追求双双瞑目。楚辞作为"阴面"世界（无权者的世界）的一个不安分的抚慰者，在火葬场追悼室——这个阴阳交界之地——以致悼词的方式，为那些在"阳面"世界（按照权力者逻辑运行的世界）遭受不公平对待的阴魂实现了带有"冥币"性质的替代性公平，虽然只是"冥币"，也仍被秩序的象征者"侦探"认为是扰乱了阳面世界的金融秩序，因此他向楚辞发出了推进火化炉的"判决"，以看看他的存在到底是"真实"还是"虚幻"，楚辞没有反抗，戴上手铐躺在停尸床上被推了进去。

老于头和楚辞都是以自我废黜——虽然他们可废黜的只有自己的生命——来阻挡"阳性世界"对"阴性世界"之侵毁的形象，这与迪伦马特创造的"自我废黜"形象有异曲同工之处——迪氏剧作《罗慕路斯大帝》中的罗慕路斯以自己对罗马帝国的怠工和最终的被黜使异族人民免于自己统治的帝国的荼毒，《物理学家》里的默比乌斯则由于意识到自己的发明将给世界带来毁灭而把自己关进了疯人院。过氏与迪氏的不同在于，迪伦马特人物的"自我废黜"是为了不使自己成为毁灭世界的"伊底"，过士行人物的"自我废黜"是倾全部微力反抗"伊底"对世界的占据。两者的选择都是勇敢决绝的，只是前者的形象散发出一个主体性丰饶的人自由的光辉，后者的形象则充满了柔弱者飞蛾扑火的无奈，由此可见出东西方文化性格的差异和现实生活给予作家的不同暗示。

D.民间俗文化的运用。对民间俗文化的使用给过士行戏剧注入了奇气。过士行精通钓鱼、养鸟、喂虫、下棋，谙熟民间俚语、里巷之事，当文化记者时看过上千部戏，采访过上百位表演艺术家，在他还不知道自己将要写作的时候，侯宝林们就已把自己醇厚幽深的艺术世界掀开了给他看。与民间俗文化有关的交往生活是他生命的一个自然部分。在过士行的戏剧里，民间俗文化不像有些"京味作家"、"民俗作家"那样成为表现目标本身、并最终"物化"作品的精神活性，而是把它们作为人物交往和戏剧动作的起点：《鱼人》、《鸟人》、《棋人》里的人物交流是以钓鱼、养鸟和下棋的常识为前提的，《坏话一条街》是以民谣作语言主体的，它们提供了一系列特殊的生活空间和人物群体，因此有力避免了当代生活表层经验的雷同化（这种趋势在当下文学中愈演愈烈），并赋予表层经验以形象独异性和精神丰富性。

在过士行剧作的关节处，那些关于鱼、鸟和棋的精湛知识会成为营造高潮的推动力和塑造人物的血肉，——至于骨架和神经，就由作家的思想去承担了——没有它们，"钓神"、"三爷"和"何云清"、"司炎"就不可能塑造得如此神奇可信，如同凝结了天地奇气的精灵：钓神和老于头在大青湖边关于垂钓的半韵文体的问难对答，胖子、百灵张与三爷关于"啾西乎跺单，抽颤滚啄翻"的养鸟禁忌和"全套百灵"内容的交流，棋人何云清以"走天元"开始的与少年天才司炎之间的生死对弈……都不是表面敷衍能够完成的。《棋人》在日本上演时，围棋大师吴清源作为观众在场，棋局按照过士行的设计在舞台上一丝不苟地进行，力求每一步棋都经得住他的评判。对于这些"梓庆"式的人物而言（《庄子·达生篇》："梓庆削木为鐻，鐻成，见者惊犹鬼神。"以形容那些神乎其技者），他们的"技艺"已成为他们形象和个性的一部分，作家对知识的掌握稍有闪失，形象的可信性就会土崩瓦解。而这些特殊知识在剧中的自然流溢，则给作品带来了极大的活力和共享快感。尤为可贵的是，作者没有停留于对"技"的炫耀性展示，而是抱着平常心，将"梓庆"和芸芸众生们一道放在现代自由人文思想的光照下冷静审视，以"技"背后的文化精神隐喻为旨归，实现了题材特殊性和主题普遍性的"对立统一"。

然而对这位怪诞剧作家来说，更重要的是民间俗文化的形而上影响——很大程度上，是这个"俗民间"赋予了他"思想和想象的某种特殊的快活的自由"。过士行戏剧的"非集中化"结构和广场狂欢气质，我以为很大程度上得自于民间俗文化的生命状态对他的天然暗示。"应知世间盖天盖地奇书，皆从不通文墨处来。"[①]"不通文墨处"，意味着逃离了思维规训的文化处女地、泥沙俱下本真粗粝的市井民间、承载真实体验但没有话语权力的"沉默的大多数"……由于民间俗文化形成于"权威缺席"（包括世俗权力的权威和精神文化的权威）的语境中，它天然秉有平等精神、自由感受和狂欢气质，与物质—肉体生活联系紧密，与官方世界和官方文化迥然有别。"一个世界是相当合法的，官方的，用官衔和制服组织起来的，表现为对'都城生活'的想往。另一个世界则是一切都极可笑而又极不严肃，这里唯有笑是严肃的。这个世界带来的怪诞荒谬，原来恰是真正能从内部连接一个外在世界的要素。这是来自民间的欢快的荒诞……"[②]欢快和荒诞的民间敞开怀抱迎接一切生命的参与和观察，当别具慧眼的精神天才与它相遇，肉体—精神完美结合，最富活力和奇思、包孕着最丰饶的生命信息的作品便会诞生。莎士比亚的戏剧，拉伯雷的《巨人传》，薄伽丘的《十日谈》，便是从这"不通文墨处"来的。它们带着得自民间的诙谐精神，解放了禁锢于神权的

---

① 《金圣叹批评水浒传》，第十四回，齐鲁书社1991年版，第273页。
② 巴赫金：《文本 对话与人文》，河北教育出版社1998年，第16页。

心灵。进入现代以后，物质／精神的分化隔绝导致大众／精英、俗／雅的僵化对立，肉体—精神的自然循环被阻断，精英意识的绝对化使现代艺术成为自循环的产物，其精神观照的封闭化和人工化造成活力和共享性的减弱。而一些文学艺术的实践表明，物质—肉体化的民间因素一旦介入，精英艺术的孤僻症状便会重新消失，那种源自理念推导的形而上恐惧感，会被从大地上获得的诙谐无畏所消解。这是民间俗文化对过士行戏剧最大的恩惠。它的不受拘管、天马行空和朴素低调的精神，暗示剧作家去超越"非此即彼"的高调思维，以及对"伊底"的恐怖性想象。"恐怖，是诙谐所要战胜的那种片面而愚蠢的严肃性的极端表现。只有在毫不可怕的世界中，才有可能有怪诞风格所固有的那种极端的自由。"[1]

过士行戏剧的民间俗文化世界，正是这样一个"毫不可怕的世界"。游戏精神主宰着这个世界，无论是形而上的追问，还是冷峻的社会批判，都在这种半真半假、面带坏笑的游戏中"顺便"完成。

E. 向心力与离心力并行。向心力是指一部作品在情节、结构、语言、形象等方面向着一个意义核心集中而去的倾向；离心力则是指在这些方面与意义核心背道而驰的那种分散化倾向。西方戏剧的经典传统基本是一个"向心力"的传统——它的典型体现是时间、地点、人物高度集中的"三一律"。而中世纪的笑剧、愚人剧、十八世纪意大利的即兴喜剧，以及二十世纪以来的荒诞派戏剧等形成的"边缘传统"，则呈现出意义和形象的离心倾向。离心力是对向心力的干扰和解构，在过士行戏剧中，两个方向的力则共存并行，正如巴赫金对"杂语"所描述的那样："与向心力的同时，还有一股离心力在不断起作用；与语言思想的结合和集中的同时，还有一个四散和分离

---

① 巴赫金：《拉伯雷研究》，第56页。

的过程在进行。"①

　　这个特点在过士行所有剧作中都有体现，然而最突出的是《鸟人》。过士行自己说，这部戏是一个禅宗公案的结构。精妙至极。禅宗公案是"向心力与离心力共存并行"的极端表现。在一些禅宗公案中，曾有一些关于"佛是什么？"的有趣对答，禅师们的回答千奇百怪："土身木骨，五彩金装。""朝装香，暮换水。""猫儿上露柱。""龟毛兔角。""火烧不燃。""三脚驴子弄蹄行。""干屎橛。"……荒诞不经，不着边际，似在恶作剧。这是因为禅反对自语言形成以来即已开始的"中心化"思维，以及由此种思维造成的生命枷锁。因此，从精神世界的庞然大物开始，直到它里面最微小的团块，都是禅要消解和粉碎的对象，这是"禅"获取精神自由的一种途径，也是为什么禅宗问答总是风马牛不相及的原因，以及为什么它总是以"离心力"的方式出现的原因——因为符合日常逻辑的对答本身就是在接受"中心化"的思维枷锁。

　　然而悖论的是，禅师们在"反中心"的同时，其回答本身也有他自己的侧重，自己的"中心"，而不是全无中心的"百物不思"——"若百物不思，当令念绝，即是法缚，即名边见。"（《六祖坛经》）禅所反对的"中心"，是那种由于人类陈陈相因的默认而严重僵化、不被质疑的"真理"，或曰存在已久的意识深处的"大一统"，它如死亡的磁石，将生的碎屑吸附其上，于是"生"也一同死亡。禅的目标是让这些易被吸附的轻飘碎屑产生自身的力，产生飞翔的翅膀，变成生命的蜂鸟或鲲鹏，最终实现存在的自由。因此，可以说"禅"是一种以"说"来否定"说"、以"思"来否定"思"，并通过这种否定，来达到对无限真理的无限言说与沉思的一种方式，或者说，禅是一

————

①　巴赫金：《小说理论》，河北教育出版社1998年，第50页。

种以对"腐朽中心"的离心运动，来达成对"无限新奇"的无限种向心运动的思维方式。

《鸟人》正是这样的方式。此剧中有四种人，四条精神线索：鸟人（以失意的京剧名角三爷为首），他们的"养鸟经"是反自然、反自由的"驯化"与"恋父"的中国文化传统的象征；精神分析学家丁保罗，他是一个把任何事都归结为"弑父娶母"模式的以己度人的教条主义窥阴爱好者；鸟类学家陈博士，他以鸟类研究为名将世界上最后一只褐马鸡制成了标本，是一个研究生命却走向生命反面的工具理性主义者；国际鸟类保护组织观察员查理，他一方面认为鸟人们的驯鸟是残酷和违反鸟权的，另一方面却给杀死褐马鸡的陈博士颁发鸟人勋章，是一个在逻辑上自相矛盾的监督癖患者。这四种人、四条精神线索是对这个充满矛盾和悖论的世界的反讽性隐喻，每一种人都是一种片面真理的体现者，都有将自己和自己的真理绝对化的倾向——认识的迷障就是由相对真理绝对化所造成，破除这种"绝对化"凝成的僵硬团块，将它的荒谬和有限性彰显出来，这是《鸟人》的野心。禅宗公案的结构使它在很大程度上实现了这一野心：当鸟人（三爷和胖子等）、丁保罗、陈博士、查理在以动作和语言表达自身时，既是在消解其他的三种片面真理，也被其他三种片面真理所消解。这就是"向心力与离心力共存并行"的意思。丁保罗用他的听起来荒诞不经但又不无道理的精神分析消解了鸟人三爷的绝对权威；三爷以京剧审案的方式，挪揄了丁保罗的精神分析、陈博士的鸟类研究和查理的鸟类保护监察，"而那样地处理京剧，京剧本身也被消解了"（止庵语）。没有一种人得以"全身而退"，其对待自身的那种郑重其事的片面严肃态度最终无不以可笑的面目走向终结。然而这种对绝对化的片面真理的消解，并不导致一个虚无漂浮的相对主义世界的诞生，而是相反，这种时刻不停的否定意识，乃是基于对某种更加饱满和无限的"绝对"的朦胧体认。这是禅的方式，它在过士行剧作中润物无声地运行，给过士行的"怪诞"增添了独异的色彩。以我有限的阅读，还没找到任何一部与此剧结构相似的作品。

如果说那种高度集中化的戏剧结构是"集权政府"，那么过士行戏剧处处"离心"、枝蔓横生的"非集中化"结构，则是一种"民主政府"，那些旁逸斜出的小角色的无关大局但是机智幽默的动作和对白，就像民主政府里与总统意见不一的议员，张扬着"公民不服从"的权利。表面看似乎扰乱了富有效率的前进大方向，而真正的自由意志恰恰就蕴涵在这与整齐划一截然相反的杂音式动作里。这是怪诞的文学虽然拉拉杂杂却能给人带来无尽快感的"潜政治学"原因。

三、悲剧意识与喜剧精神

巴赫金这样论述陀斯妥耶夫斯基小说的复调特征："众多独立而互不融合的声音和意识纷呈，由许多各有充分价值的声音（声部）组成真正的复调——这确实是陀斯妥耶夫斯基长篇小说的一个基本特点，在他的作品中，不是众多的性格和命运属于一个统一的客观世界，按照作者的统一意识一一展开，而恰恰是众多地位平等的意识及其各自的世界结合为某种时间的统一体，但又互不融合。"[①]评论过士行剧作，或可借用这段话，虽然其人物主体性的深刻程度无法与陀氏相比。在众多人物"地位平等的意识"组成的复调之上，还有一个大"复调"——悲剧意识与喜剧精神的复调：在他

---

① 《巴赫金文论选》，中国社会科学出版社1996年，第3页。

每一部剧作诙谐浑然的喜剧气氛中，最后总有一股黑色的悲剧性弥散开来；在苦涩的悲剧意识里，最后总有无法压制的笑声响起，如同疑问，如同冷嘲，通向若有若无的自由。格雷格说："笑并非出于欢乐，而是对痛苦的反击。"克尔凯郭尔则说："一个人存在得愈彻底、愈实际，就愈会发现更多的喜剧的因素。"怀利·辛菲尔也指出："现代批评最重要的发现或许就是认识到了喜剧与悲剧在某种程度上的相似，或者说喜剧能向我们揭示许多悲剧无法表现的关于我们所处环境的情景。""我们对喜剧的新的鉴赏源于现代意识的混乱，现代意识令人悲哀地遭到权力政治的践踏，伴随而来的是爆炸的残迹，恣意镇压的残酷痛苦，劳动营的贫困，谎言的恣意流行。每当人想到自身所面临的窘境，就会感受到'荒诞的渗透'。人被迫正视自己的非英雄处境。"①过士行的诙谐怪诞剧可以纳入喜剧范畴中，但是这种喜剧的精神核心是一种对于时代、社会、人的痛苦感受。一种既分裂又交织的悲剧意识和喜剧精神共存于他的戏剧中。

可以看到，过士行与社会现实和精神现实的对话程度愈深，其悲剧意识愈深沉，其喜剧精神也愈高扬，悲剧与喜剧共存于一体所产生的张力愈大，于是形成我们所常说的"黑色幽默"。这种张力更强烈地体现在他的近期剧作《厕所》和《活着还是死去》中。

《厕所》的表面结构是三个时代里一群人各自不同的命运变迁，由此暗示着中国的时代变迁，而这一变迁集中展现在"厕所"这一粗俗的环境里。我们可以看到该剧在物质和精神两个层面的复调性呈现：从"厕所"的形貌上，可以看到从七十年代人们相互打量和聊天的简陋"便坑式"厕所、到八十年代有隔板的冲水收费厕所、直

---

① 〔英〕怀利·辛菲尔：《我们的新喜剧感》，载《喜剧：春天的神话》，第183页，中国戏剧出版社1992年7月出版。

到九十年代豪华宾馆的抽水马桶免费厕所，厕所硬件装备的与时俱进隐喻着中国社会的物质日益繁荣。但人物命运所揭示的中国人的精神境遇，却并未随着物质生活的"进步"而改善，而是由七十年代的压抑窒息、八十年代的困惑犹疑，演化到九十年代的荒蛮虚无；更意味深长的是，人与人的关系由七十年代的"工人阶级领导一切"，到八十年代的"知青返城"，直到九十年代又分出了"新的阶级"，一切都是"物非人亦非"。物质生活的表面"可喜"与精神生活的深层"可悲"在剧中同时行进。

这些人物的境遇变化是富有意味的：七十年代游手好闲的三丫，到九十年代成了深刻意识到"现在又有了阶级"的体面的建筑商；七十年代的扒手"佛爷"，八十年代是经营小本生意的警察眼线，九十年代则成了程咬金防盗门厂的老板，即便如此他还要"拳不离手，曲不离口"地随时偷点东西，富有哲理地声称自己的使命"就是要教育人防盗。我用行动来给人以教训。那些个盗人钱财的被人所不齿，而盗去人灵魂的人却受人尊敬。我是宁肯偷钱包儿，也不去偷人家的心"。颇有迪伦马特笔下人物之风。老实本分的厕所工人"史爷"在三个时代一直与厕所相守；他暗恋的美丽善良的丹丹，七十年代是幸运的文艺兵，八十年代因去云南前线慰问军队踩上自家的地雷失去了双腿，丈夫也在"对越自卫反击战"中牺牲，九十年代与"堕落"的女儿靓靓决裂；靓靓八十年代还是个净如水晶的乖女孩，九十年代则成了颓废绝望骇人听闻的"害虫"乐队女主唱。在第三幕，史爷看不过靓靓的"颓废肮脏"，把她拉到茶座进行了如下对话：

史　爷　咱们搭帮吧？

靓　靓　你功夫怎么样？

史　爷　什么功夫？

靓　靓　床上。

〔史爷低下了头，俄顷，又抬了起来。

史　爷　我说的不是这个意思。我是说咱们能不能跟《红灯记》似的？

靓　靓　什么红灯记？你什么意思？

史　爷　就是，以父女的名义生活在一起？

靓　靓　你干过她吗？

史　爷　谁？

靓　靓　还有谁，我妈呀。

史　爷　你，怎么说话呢！

靓　靓　多老的马我都敢骑，可就是不能乱伦。你说实话，我是不是你亲生女儿？

史　爷　你这副德行，对得起死难的烈士，你的父亲吗？

靓　靓　别那么悲壮。现在咱们跟越南又哥们儿了，他那烈士，以后还真不好提了。

有评论认为靓靓的形象如此极端和脸谱化，是由于作家不真正了解当下新人类的缘故。但实际上，作家并非意在表现"新人类"这种人物类型，而是要以靓靓的"无耻堕落"和嬉笑怒骂，追问当下国人精神荒芜的现实根源。靓靓最后那句喜剧性台词引来观众的哄笑，但这笑声背后，却是对非理性的庞大意志草率拨弄个体生命的沉默抗议。公理不在，正义难寻，父亲的牺牲和母亲的残废都只是变化无常的政治战略的微不足道毫无尊严的牺牲品，在直接的经验中,靓靓不可能找到自身尊严的存在源头。她——同时也是我们——所置身的世界,乃是一个没有亘古长存的价值根基的世界,一个权力的巨手可以随意分派无理厄运而不受惩罚的世界,一个是非不分、善恶颠倒、唯凭"实力"说话的遵循丛林规则的野兽世界。不是靓靓堕落,而是现实的悖谬让人无法找到纯洁的方法。弗洛伊德说:"当幽默使嘲弄直指通常不会遭到社会批评的'神圣'领域时,幽默便成为'穷人'反对'富人'的武器。"[①]从佛爷、三丫儿、便衣和靓靓等反讽性形象看来,的确如此。

《活着还是死去》的悲喜复调更强烈,也更狂欢。此剧以火葬场追悼室为场景,以魔术师楚辞的行为为线索,是火车车厢式结构,就是说,链条松散,每一节都可以随意装上或卸掉,节数可以无限增加,也可以减少。每场的主人公除了楚辞和时隐时现的"侦探",就是那些蒙冤含恨、尸体不肯离去火化的死者——其中包括因在医院输血感染艾滋病而死的小伙子、眼睛因被老师指使的流氓打伤而找不到工作最后绝望自杀的青年、为了考职称劳累而死的古典文学副教授、因自摆乌龙不堪球迷激愤含羞自杀的足球运动员、因父亲与自己断绝父女关系而含羞自尽的卖淫小姐。批判的锋芒指向黑色荒诞的社会现实和文化传统的方方面面,然而其表达方式却是喜剧狂欢的。在第四场,楚辞以译成白话的楚辞《招魂》为死去的古典文学副教授招魂,屈原作为声音出现,吊唁者则作为"群众"出场:

　　屈　原　来来往往的人们追求的是私利,
　　　　　　我为此而万分焦急。

---

① 　梅尔文·赫利茨:《幽默的六要素》,载《喜剧:春天的神话》,第269页。

衰老渐渐来临，

怕美名来不及建立。

楚　辞　这是屈原的声音！他本来应该讲湖南话，但是为了推广普通话，我们不准他使用方言。

死　者　我的正高职称！

学生甲　这是我们先生的声音。

群　众　我们除了擂鼓还有什么任务？

楚　辞　你们可以旁听，也可以退场。

群　众　我们不退场，我们看到底。

楚　辞　现在已经进入非常专业的祭祀阶段，请没事的群众退场。

群　众　我们要关心历史，我们要积极参与！

楚　辞　你们没有耐性，也不认真，三天打鱼两天晒网，以群众运动出现的方式会带有很大的盲目性。

群　众　谁说我们没有耐性！从街头的吵架到最后一个电视节目播完，哪次我们不是把观看坚持到底。

这一场将楚辞《招魂》翻成长长的白话，是对文化传统之贫乏的反讽；此段关于"群众的盲目性"的借题发挥，则反映出作者对于"乌合之众"的警惕和不信任。在《坏话一条街》中，"乌合之众"的另一名称叫做"人民"：

耳　聪　你这是不相信人民。长城就是人民修的。

神秘人　长城也是人民拆的。……这里的长城的城砖都被人民拆回去砌猪圈了。

耳　聪　我不信，拆长城的砖多麻烦呀。

神秘人　你不了解人民。人民是不怕麻烦的。

　　过士行戏剧的民间精神和他对"民间"的实存　　"人民"、"群众"这一庞大空洞、难以指认的群体所抱有的怀疑与厌憎，存在着一种有趣的矛盾。"人民"在历史中表现出来的驯服、盲从、毁灭力与非理性，是过士行对之取反讽态度的原因，然而作家的人道立场又使他必须站在权力的对立方说话。这真是一个复杂的悖论。

　　喜剧狂欢的风格总是东拉西扯、没个正经的，在《活着还是死去》的第六场，楚辞为自杀的足球运动员安魂，对于"足球"这一纠缠了太多现实体制问题和文化心态问题的"国耻"，作者没有让楚辞从常规角度进入，而是先振振有辞地从"床上与场上的辩证关系"说起：

楚　辞　（吟诵）没有美丽的海伦，就没有特洛伊战争；没有玛丽莲·梦露，杰奎琳干吗嫁给希腊大亨，西施成就了越国，没有任盈盈就光剩了令狐冲。要先发展足球宝贝，然后再提高足球水平！床上不能得分，场上焉能破门，（死者的下部瘪了下去）英扎吉可以抢夺维埃里的女友，你们为何不向科斯塔库塔的爱妻进攻。（死者的下部再一次鼓起）没有女人世界杯有何成功！（队员们跳跃，做比赛热身）甲A联赛要保存实力，配合黑哨挣钱为主。（队员们应和：对！）世界杯要请外国教练，出不了亚洲由他承担。但是我们自己的教练也要积极参与，不然真的拿着名次岂不笑我中华无能。他要求的我们不能全听，他要的球员我们决不答应。他说的阵容一定要集体商定。但是责任

要由他负,让他一辈子都记住,中国人的钱不好挣!(队员
们:不好挣!不好挣!)……

《活着还是死去》是一部黑色喜剧,那些令人爆笑处,正是现
实世界令人最感悲哀和荒诞处。正如迪伦马特所说:"我们可以从
喜剧中获得悲剧因素。我们可以显示出使人惊怕的一瞬间,如同突
然裂开口的深渊。"①这部戏中,"突然裂开口的深渊"出现在剧终那
副手铐从天而降的瞬间,它如同禅宗的棒喝,让我们在离席散去之
际参悟自由与禁锢的真谛。

过士行戏剧使人着迷之处在于:它们的命义无不严肃,而它们
的过程却无不幽默。但是"严肃"并不意味着它们只在道德领域打
转,而是意味着对这个世界的真实与荒诞进行毫不回避的智慧有趣
而敏感有力的探究;"幽默"也决不意味着油滑,而是意味着"它尤
其模棱两可,它是价值的真空地带,在这个真空地带中,道德与暴力
在捉迷藏,微笑同苦涩在捉迷藏,严肃同怀疑在捉迷藏以及怪癖与
道德平衡在捉迷藏。"②具有幽默感是难的。"幽默感首先是自己人
格中的一个知觉……事实上,这是一个良心或更为准确地说,这是
一个自我尤其敏感的知觉,人们在别人的目视下才具有这个知觉,
这一知觉可看成胆怯。实际上,它是一种廉耻。它既不排除恶意、戏
弄,也不排除放肆,还不排除勇气。这就是一个拥有幽默感的人的
姿态,就是一个后来被人们称之为幽默家的姿态。"③

诚然,过士行戏剧并非无可挑剔——在一些作品中,其黑色幽

① 迪伦马特:《戏剧的问题》,载《西方剧论选》,周靖波主编,北京广播学院出版社
2003年出版,第599页。
② 〔法〕罗伯尔·埃斯卡尔皮特:《幽默》,商务印书馆2004年出版,第27页。
③ 《幽默》,第28页。

默的最终对象乃是有限有形的现实社会，黑色幽默的主人公乃是带有群体化痕迹、表义功能过于明显的个人，因此他的黑色喜剧空间，还未能成为一个深邃无形的精神之海，他的戏剧主人公，也还没有成长为具有精神穿透力的自由精灵。他的戏剧尚处于形而下与形而上的交界处，还需要一个从天而降的契机，一场神秘无语的参悟，来把他推入无限之门。

但是不管怎样，在过士行已经显现的可能性中，我们已经看到了一位怪诞诙谐的剧作家以其充沛的才华和超越的心胸，创作出的给人带来强烈欢乐的怪诞戏剧。这是他敞开心灵与这个充满悖谬的世界进行真诚而狡黠的对话的结果。敞开的对话引来共享者无数。这不是向公众的智力局限投降，而是与具备认识能力的知音一起狂欢酣醉，共同探索世界的隐秘核心。"需要还给读者笑的能力，而痛苦剥夺了读者的这种能力。为了了解真理，他应该回到人的本性的正常状态。……斯宾诺莎的座右铭是：不要哭，不要笑，而要去认识。对于文艺复兴时期的思想家拉伯雷来说，诙谐就是要从模糊生活认识的感情冲动中解放出来。诙谐证明并赐予明显的精神成熟。喜剧情感和理智是人的本性的两个标志。真理本身在笑，使人处在安详、快乐、喜剧的状态中了解真理。"[①]对于剧作家过士行来说，真理的样子的确是一张笑脸。对于我们来说，恐怕亦复如是。

结　语

二十世纪八十年代后期以来，中国严肃文学逐渐成了写作者自身之事，许多作家相信，写作与读者无关。起初，这是一种拒绝媚俗

---

①　平斯基《文艺复兴时期的现实主义》，转引自巴赫金《拉伯雷研究》，第161页。

的直率姿态，但是很快它便成了媚俗本身——它使写作者逐渐遗忘了文学乃是一种主体与世界之间创造性的精神对话这一事实。一些人把文学当作欣赏自身怪癖的场所和宣布"生命无聊"的讲坛，一些人则把它看成展览"精神脱水"之人的精致蜡像馆，一些人把她当作教育人民、宣扬政治或道德诫命的工具，还有一些人则把它看作承载民生疾苦、为民请命的容器。前两者使读者感到，自己对文学的围观是自讨没趣的，因为作者全部的心神都只在己身的痛痒，他根本没打算和你说话；后两者使读者感到，自己再围观下去就等于承认自己是个需要教育和拯救的傻瓜，因为作者如此捶胸顿足、涕泪交流全都是为了你。这种"严肃文学"的写作者在精神上是如此迟钝、贫乏、武断和封闭，以至于他们很难发现自己不熟悉、不习惯的未知事物并对之加以新鲜的探究，或者，他们很难站在不大喜欢、不想知道然而却真实存在的事物的立场上思考和想象。他们似乎正在成为自己之"有"的牺牲品。他们已不能像一个成长的孩童，总是抱着明净好奇之心面对无尽的世界。他们的经验、思想、感受力和想象力正在逐渐老化，逐渐停滞，然而却在老化和停滞中继续勤奋地生产。这种精神产品看上去是追求深刻、追求意义、追求道德的，是不会笑和反趣味主义的。这种文学认为："趣味"会使人玩物丧志，而"笑"则是堕落、放肆与恶意的标志，而文学应使人纯洁虔诚，道德高尚，或者应使人绝望深刻，杜绝幻念，换句话说，人应当心不旁骛地自我教育和自我改造，直至成为一个正义真理或末日真理的体现者或祭坛上的牺牲。应当说，这种"片面载道"的文学观窒息了人向未知进发、实现自身创造力的无限可能，它忘记了人最终的目的是成为无限丰富和智慧的人本身。这种文学过分严肃的面孔让我想起王小波的一句话："最严肃的是老虎凳。"老虎凳文学让人在心智和情感上饱受煎熬，无法共享，无怪乎一派天然的普通读者离之远去。

其实对中国当下的严肃文学来说，致命的问题已不在于"道德的文学"（在此仅指道德高调的文学）和"犬儒的文学"的分歧在都不具备"精神共享性"这一问题上，两者现在已惊人地一致——而是在于"有趣的文学"和"无趣的文学"、"智慧的文学"和"无智的文学"、"爱的文学"和"无爱的文学"的分歧，一言以蔽之，是"有创造力的文学"和"没有创造力的文学"的分歧。显然，后者的规模远远大于前者。这是中国文学的悲哀。对严肃作家来说，"创造力"是一个综合问题，既不只关乎道义良知，又不只关乎写作技巧，而是关乎智慧、有趣和想象力，关乎爱、幽默与笑的能力。诚如爱尔兰剧作家沁孤所说："在滋润想象力的一切营养中，幽默是最需要的一种，要限制或毁掉幽默是危险的。波德莱尔把笑称作人类邪恶成分中最大的表征；而当一个国家失去了幽默，正像某些爱尔兰城镇正在发生的那样，就会出现精神病态，波德莱尔的精神就是病态的。"①

王小波、过士行，以及一切懂得"笑与良知的辩证法"的中国写作者的存在表明，这个国家的精神病态还未入膏肓。因为这些写作者知道，文学不是实现任何具体功能的工具——甚至连表达正义的工具都不是，如果文学一定要有一个最终的目标，那么她的目标就是：建立一个人类之美、智慧与自由的共和国——创造力的共和国。

2005年5月7日完稿

载《当代作家评论》2006年第1期

---

① 〔爱尔兰〕约翰·密灵顿·沁孤：《西方世界的花花公子》，载《西方剧论选》，第550页。

后　记

　　从一九八九年夏天写完第一部戏《鱼人》至今，一晃已经二十五年了。我也从盛年步入了老年。这期间除偶尔写过影视作品外，一直都在写话剧。这次收入选集的一共十二部。其中《闲人三部曲》和《坏话一条街》曾于一九九九年由中国国际广播出版社结集出版，那是我早期的剧作。这部书出来销路很好，仅在三联书店就卖出一千册。当年周榜第二。当然幸有何宗思、曾军、张战生三位的帮忙。不过萧乾先生的序、止庵的回忆，更加上林兆华、林克欢、田本相、童道明、何西来、申慧辉诸位的点评妙文何尝不是推波助澜呢？我哪敢贪天之功。

　　这期间又有一些剧作家的剧作出版，里面只有剧本，并无别的推介文章，我才意识到我借的"腕儿"太多了，于业内人力资源来说有点不公。加上以前赐文的诸位师友见到的只是四部戏，后面的八部戏并无论及，再次叨用前文有点不知絮烦。并且对已仙逝的萧乾先生多有不恭。于是只能割爱。但对以上诸先生的知遇感激依旧。

　　中后期的创作几乎一个戏一个样式，手法也多变，如果梳理出一个介绍头绪来，我自己都头疼。张兰阁先生对《鸟人》、《鱼人》、《棋人》这三部曲有过深入的阐释，惜中后期我的剧作他已经没有精力再做庖丁了。是为憾事。

　　青年当代文学评论家李静女士用当代批评的方法把我的很

大一部分作品作了深刻的分析，功力深厚，思想锐利，经她同意把她曾获华语文学传媒评论大奖的这篇大作殿后。在此我向她表示感谢。

此次出书的过程，说来话长，简短地说，中后期虽有大量剧作问世，但出版界鲜有敢再出我剧作的，一句话怕赔本。而海内外研究者索要剧本甚多，难以一一应对，幸而素不相识的中华书局徐卫东先生看了我在《中堂闲话》里的随笔后找到我要给我出随笔集，我提出能否连同剧作集一起出版。经他斡旋中华书局慨然应允，并嘱一向严谨的何龙任责编，实在是一大幸事。这是更要感谢的。

过士行

2014年2月6日